AF140183

DER FLUCH VON RENNES-LE-CHÂTEAU

Das Buch:

Jacques Berger und seine Frau Claudia, zwei deutsche Touristen, verbringen einen idyllischen Urlaub im Roussillon. Beide sind sehr an der Geschichte Südfrankreichs interessiert, deshalb beschließen sie, eines Tages nach Rennes-le-Château, einem Dorf in der Nähe der Pyrenäen aufzubrechen. Sie möchten dort auf den Spuren des Abbé Bérenger Saunière wandeln, der um 1900 dort lebte und wirkte. Neben einem angeblichen Goldschatz soll dieser bei der Renovierung seiner Kirche auch geheimnisvolle Dokumente entdeckt haben. Während des Aufenthaltes in diesem Dorf gerät Berger durch einen mysteriösen Zeitsprung in dieses Jahrhundert und lernt Saunière kennen. Dieser ist gerade dabei, mit seinen beiden Amtskollegen aus den Nachbardörfern, die besagten Dokumente zu entschlüsseln und bringt dadurch sich und andere in große Gefahr.

Der Autor:

Helmut Herrmann, geb. 1956, lebt in Nürnberg und schreibt Kurzgeschichten und Romane. Mit der Dilogie „Der Fluch von Rennes-le-Château" stellt er sein erstes Werk vor. Vor allem hat es ihm dabei der Mythos um Abbé Bérenger Saunière angetan.

Helmut Herrmann

DER FLUCH
VON
RENNES-LE-CHÂTEAU

Erster Teil:
Verhängnisvolle Entdeckung

Thriller

**Bibliografische Informationen
der Deutschen Nationalbibliothek:**
Die Deutsche Nationalbibliothek verzeichnet
diese Publikation in der Deutschen Nationalbibliografie;
detaillierte bibliografische Daten sind im Internet über
www.dnb.de abrufbar.

TWENTYSIX - Der Self-Publishing-Verlag
Eine Kooperation zwischen der Verlagsgruppe
Random House und BoD - Books on Demand

© 2017 Herrmann, Helmut

Covergestaltung:
Timo Hollenfels
coveredbydesign.wordpress.com
Bildrechte:
Stockfoto-ID:54672262 Mariano Moriconi
Stockfoto-ID:75835654 Shukaylova Zinaida

Herstellung und Verlag:
BoD - Books on Demand GmbH, Norderstedt

ISBN: 978-3-7407-2900-4

PROLOG

Er wollte dem Tod entfliehen, aber jetzt war er ihm näher als jemals zuvor. Auf keinen Fall durfte er aufgeben, immer nur nach oben blicken. Gleichzeitig riefen sie ihm von unten etwas zu, aber das Rauschen des tosenden Wasserfalls übertönte alles. Ein falscher Tritt und sein Leben wäre keinen Pfifferling mehr wert.

„Oh Vater im Himmel", betete er verzweifelt, „hilf mir, dies zu überstehen." Die einzige Antwort darauf kam von einem Raubvogel, keine zehn Meter von ihm entfernt.

Er nahm jetzt all seinen Mut zusammen und tastete sich mit den Füßen weiter nach unten, dabei immer Ausschau nach einem Felsvorsprung haltend, auf dem er halbwegs sicheren Tritt finden konnte. Da passierte es – er rutschte ab mit dem rechten Fuß und gleichzeitig verlor er seinen Schuh. Seine Hände schwitzten, sein Herz klopfte wie verrückt, dennoch krallte er sich wie ein Tier an der Wand fest und bekam buchstäblich in letzter Sekunde noch ein Stück Fels zu fassen. Wäre dies nicht der Fall gewesen, hätten seine drei Kameraden nur noch gelähmt vor Entsetzen zusehen können, wie sein junger Körper vor ihnen auf dem Boden zerschmettert wäre.

Nach einer quälenden Stunde, die ihm wie eine halbe Ewigkeit vorkam, kam er endlich unten an.

Wie ein Pilger, der heiligen Boden betritt, warf Philippe sich nieder, um diesen zu küssen. Nie mehr wollte er so etwas erleben, schwor er sich. Sie blickten gemeinsam noch ein letztes Mal nach oben, woher sie noch vor wenigen Augenblicken gekommen waren und wo sich ihnen die Burg wie ein Adlerhorst darbot, dann drängte Hugon, neben Amiel einer der Ältesten zum Aufbruch. Er erinnerte sie daran, was der eigentliche Grund ihrer Flucht sei, sie mussten dieses Holzbehältnis unbedingt noch heute finden. Die Angreifer konnten jeden Moment von ihrer Flucht erfahren haben und dann gnade ihnen Gott. Die Lasset-Schlucht, in der sie sich befanden, war keinesfalls mehr sicher.

Sie rannten um ihr Leben und erreichten nach wenigen Kilometern in einem Waldgebiet genau die Stelle, wie man sie ihnen in der Burg beschrieben hatte. Nachdem sie das Kästchen ausgegraben hatten, öffneten sie es und stellten erleichtert fest, dass sich neben etwas Geld, das für ihre weitere Flucht reichen sollte, auch die Dokumente noch darin befanden.

Weil sie ziemlich erschöpft waren, legten sie eine kurze Pause ein. Da! Das Knacken eines Asts war zu hören, was war das? Sie konnten nicht lokalisieren, aus welcher Richtung es kam. War es ein Tier, war es ein Mensch?

Ihnen lief ein eiskalter Schauer den Rücken hinab. „Weiter, weiter, macht schnell", flüsterte jetzt Amiel ungeduldig. Er hatte Recht, sie durften sich nicht länger hier aufhalten, Hauptsache, das Behältnis war in ihrem Besitz, das Einzige was zählte, und sie durften es nicht dem Feind in die Hände fallen lassen. Dessen Inhalt war das gesamte Vermächtnis ihrer Glaubensbrüder und ihn galt es in Sicherheit zu bringen.

Zu allem Überfluss begann auch noch das Wetter umzuschlagen. Würde es zu regnen beginnen, würde sich der teilweise abschüssige Pfad, auf dem sie sich befanden, in eine gefährliche Rutschbahn verwandeln. Dies hätte ihnen gerade noch gefehlt. Durch die vorhergehende Kletterpartie in den steilen Felswänden der Schlucht hatten sie viel Zeit und Kraft eingebüßt.

Sie mussten versuchen, in Caussou, das war das nächstgelegene Dorf, eine Übernachtungsmöglichkeit zu bekommen, auch wenn sie nicht wussten, ob die Kreuzfahrer dort ebenfalls schon präsent waren. Ihnen blieb nichts übrig, als dieses Risiko einzugehen.

Sie hatten Glück. Kurz bevor der Regen immer näher kam, sahen sie das erste Bauernhaus. Sie eilten darauf zu und diskutierten mit dessen Besitzer bis er sie in seiner Scheune übernachten ließ. Hauptsache, sie waren im Trockenen und konnten sich endlich ausruhen. Sogar zum Essen bekamen sie dort etwas, wenn auch nur Brot und Käse – aber immerhin, es war mehr als sie erwarten durften.

Ihr weiterer Weg führte sie durch einzelne Dörfer, die sich fast in keinerlei Weise voneinander unterschieden. Überall fand man die für diese Gegend typischen Natursteinhäuser vor, die sich in ihrer Bauweise bis in die heutige Zeit erhalten haben. Zur großen Erleichterung der Gefährten passierte nichts mehr Nennenswertes. Meist zogen sie schweigend ihres Weges dahin, keiner von ihnen wagte es dabei, das eigentliche Ziel ihrer Mission infrage zu stellen. Man hielt sich mit etwaigen Gefühlsäußerungen, seien es Zweifel am Gelingen oder einfach nur Erschöpfung, zurück, ganz so, wie man es von ihnen als Angehörige ihrer Glaubensgemeinschaft schon immer erwartet hatte.

So vergingen die Tage, ihr erklärtes Ziel jedoch stand fest. In der Burg auf dem Montségur, wo sie noch vor wenigen Tagen gelebt hatten, hatte man sie instruiert, die Schriftrollen unbedingt zur Burg Usson zu bringen. Dort wäre man noch sicher, weil zwischen beiden Burgherren verwandtschaftliche Beziehungen bestünden.

Jeder von ihnen freute sich darauf, endlich wieder einmal ein festes Dach über dem Kopf zu haben, in richtigen Betten zu schlafen und als abschließende Pflichtübung einen ihrer Gottesdienste zu besuchen. Sie waren zwar als Angehörige des albigensischen Glaubens zu anspruchslosen Menschen erzogen worden, aber nach den Strapazen, die sie durchgestanden hatten, war dies das Mindeste, was sie sich vorstellen konnten.

Als sie dort ankamen, wurde ihre Hoffnung jäh zerstört. Bereits bei ihrer Ankunft im Dorf unterhalb der Burg befiel sie eine dunkle Vorahnung. Ein vorsichtiger Blick nach oben ließ zusätzlich nichts Gutes ahnen, gespenstisch und verlassen lag sie auf einem steilen Felsen.

Ein unbestimmtes Gefühl der Angst und Verzweiflung ergriff von ihnen Besitz. Hugon fasste sich ein Herz und ging auf einen der Dorfbewohner zu, die Anderen folgten ihm. Dieser, ein schon etwas älterer Mann, bestätigte dann auch ihre Vermutung.

„Ihr kommt zu spät", meinte er. Er zeigte nach oben. „Dort oben ist niemand mehr. Die meisten haben die Burg über Nacht verlassen. Einen Tag später waren die Kreuzfahrer da. Jeder, der sich noch in ihrem Inneren aufhielt, wurde von ihnen umgebracht."

Die jungen Leute ließen ihre Köpfe hängen, teilweise hatten sie Tränen in den Augen. All ihre Hoffnung schien dahin zu sein.

Der Einzige, der ihnen noch Mut zu machen versuchte, war Hugon: „Uns bleibt nichts übrig, als uns bis zur Burg Queribus durchzuschlagen."

„Dass uns dort dasselbe Schicksal wie hier erwartet, nein danke", meldete sich jetzt Peytavi zu Wort, der bisher Schweigsamste unter ihnen.

Amiel widersprach: „Tatsache ist, dass wir nicht hierbleiben können. Anscheinend wissen sie ja nun, was wir vorhaben."

„Du meinst, dass sie vielleicht hier irgendwo in der Nähe auf uns warten?" Hugon sah ihn dabei fragend an und Amiel nickte nur bestätigend.

„Das ist eigentlich sehr unwahrscheinlich. Denn sonst hätten sie uns ja gleich hier umbringen können. Wie gesagt, unsere einzige Möglichkeit besteht noch darin, dass wir die Burg Queribus aufsuchen. Also was ist, kommt Ihr mit?"

Damit konnte Hugon seine Gefährten überzeugen, dieses riskante Vorhaben umzusetzen.

Wenig später setzten sie ihre Flucht fort. Sie wussten, dass unterwegs noch viele Gefahren auf sie lauern würden, denn nicht nur die Kreuzfahrer bereiteten ihnen Kopfzerbrechen, es waren auch einfache Wegelagerer, die vor allem in der Dämmerung ihrem Handwerk nachzugehen pflegten und nicht davor zurück schreckten, Wanderer wegen einiger Münzen umzubringen. Auch gab es Wölfe und reißende Bäche, die ihnen unter Umständen zu schaffen machen würden. Dabei drangen sie immer weiter in diese hügelige Landschaft, die den

Pyrenäen vorgelagert war, vor. Man gelangte nach Quillan, von dort der Aude entlang nach Axat und erreichte glücklicherweise nach wenigen und nicht nennenswerten Zwischenfällen Couiza, wo man sich dafür entschied, die weniger von Reisenden frequentierte Straße nach Perpignan einzuschlagen. Einzig ihr Glaube an Gott, der sie bisher nicht verlassen hatte, half ihnen weiter, dies alles durchzustehen. Sie hatten wieder Mut gefasst und wurden dadurch zuversichtlich, es doch noch bis an ihr Ziel zu schaffen. Der nächste Ort, den sie erreichten, war Rennes-le-Château, wo das Vermächtnis der Katharer mehrere Jahrhunderte später einen blutigen Tribut fordern sollte.

HOMPS (SÜDFRANKREICH) 2012

Es war gegen sieben Uhr morgens, als eine abwechselnd von Sturm und Regen gepeitschte Nacht sich ihrem Ende zuneigte. Noch etwas benommen richtete ich mich in unserem französischen Bett auf, in dem wir beide, meine Ehefrau Claudia und ich, nun schon seit zwei Tagen nächtigten.

Zwar war es am Anfang etwas gewöhnungsbedürftig für uns, aber ich hatte in relativ kurzer Zeit gelernt, mein Terrain darin zu verteidigen. Aber wir waren beide nicht so dick und hatten deshalb immer noch genügend Platz für uns.

Leise, auf Zehenspitzen, schlich ich mich jetzt aus dem Schlafzimmer und schloss die Türe hinter mir so geräuschlos, wie es ging. Danach schlurfte ich durch den langen Gang bis zur Wohnküche. Dort angekommen schob ich die Vorhänge an der großen Fensterfront zur Seite. Dann öffnete ich die Terrassentür und ließ frische Luft herein. Inzwischen hatte es aufgehört zu regnen und die ersten Sonnenstrahlen durchbrachen die Wolkendecke. Es versprach, ein wunderschöner Tag zu werden. Zum Glück, denn ich wollte keinesfalls zu Hause bleiben.

Im Urlaub verspürte ich immer einen ausgesprochenen Bewegungsdrang. Schließlich waren wir in Frankreich, meinem Lieblingsurlaubsland. Der Ort, für den wir uns entschieden, hieß Homps und lag direkt am Canal du Midi. Unser Traum war es eigentlich gewesen, auf dieser beliebten Wasserstraße eine Fahrt mit dem Hausboot zu unternehmen. Aber da es sich empfahl, diese Vergnügungstour nach Möglichkeit mit mehr als zwei Personen zu bestreiten, verwarfen wir unser ursprüngliches Vorhaben. So konnten wir wenigstens am Ufer des Kanals ab und zu spazieren gehen.

Unser Dorf lag etwa 35 Kilometer südöstlich von Carcassonne und gehörte zum Languedoc. Bei einem Spaziergang durch das Dorf kam man an einem Gebäude vorbei, das entfernt an eine Scheune erinnerte. Dessen Tore standen weit offen und es roch intensiv nach gepressten Trauben. Offensichtlich lieferten hier die Winzer der Umgebung ihre süßen Früchte aus dem Weinbaugebiet ab, um sie weiter bearbeiten zu lassen. Da ich immer über mein Urlaubsziel informiert sein wollte, hatte ich gelesen, dass man diese Gegend als Minervois bezeichnete und es sich hier um eine der bekanntesten Weinregionen Südfrankreichs handelte.

Wenn man diesen Geruch nach vergorenem Alkohol einatmete, lief man bereits Gefahr, alleine vom Vorbeigehen schon betrunken zu werden.

Unsere Wohnung befand sich zum Glück etwas außerhalb des Dorfes, trotzdem konnten wir das Ortszentrum innerhalb von höchstens zehn Minuten bequem zu Fuß erreichen. Was uns aber am meisten begeisterte, war ein herrlicher Duft von Lavendel, Thymian, Rosmarin und anderen mediterranen Gewürzen, der einem sofort in die

Nase stieg, wenn man zur Haustür hinausging. In der gesamten Ferienwohnanlage befanden sich Beete mit all diesen Pflanzen. Es war eine wahre Freude.

Unser Urlaubsort war eigentlich ein ziemlich gottverlassenes Dorf mit überwiegend älteren Einwohnern. Das Einzige, was hier für Abwechslung sorgte, waren die Bootsfahrer auf dem Canal du Midi. Das Tollste für uns war jedoch das berühmte Cassoulet, eines der französischen Nationalgerichte überhaupt, das es in den Restaurants zu essen gab. Es schmeckte hervorragend und man konnte schon fast süchtig danach werden.

Es war immer noch sehr früh und ich begab mich auf die Terrasse unserer Ferienwohnung, um die herbstliche Morgenluft durch meine Lunge hindurch strömen zu lassen.

Da unsere Wohnung eingebettet zwischen den angrenzenden Ferienhäusern lag, hatte man zwar keinen besonders anspruchsvollen landschaftlichen Ausblick, aber dafür herrschte eine ausgesprochene Ruhe.

Der Grund dafür lag auf der Hand: Ende September, befanden sich nicht mehr viele Urlauber in dieser Gegend und so konnten wir getrost unsere Seele baumeln lassen, nur ab und zu von einem idyllischen Vogelgezwitscher unterbrochen.

Während ich also dies alles genoss, hörte ich, dass sich im vorderen Teil unseres Appartements die Schlafzimmertür öffnete und Claudia schlaftrunken und behäbig in Richtung Küche schlich. Ohne große Eile aktivierte sie die Kaffeemaschine und deckte für uns beide den Frühstückstisch. Dann begab sie sich zu mir ins Freie und wünschte mir einen guten Morgen. „Dass heute so ein schönes Wetter ist, hätte ich nicht erwartet. Das war ja ein furchtbarer Sturm heute Nacht. Und dann noch dieser blöde Regen. Ich habe fast kein Auge zugemacht", beschwerte sie sich, „Aber lass uns erst mal reingehen und frühstücken."

Als wir dann beim Essen saßen, verriet sie mir, dass sie wieder einmal einen ihrer seltsamen Träume gehabt hätte.

„Stell dir vor", begann sie, „wir wären in ein kleines völlig fremdes Dorf gefahren. Und dann hätten wir dort die alten Häuser besichtigt." Sie spielte währenddessen nervös mit ihrer Uhr am Handgelenk.

„Und dann wärst du plötzlich ohne jeglichen Grund ohnmächtig geworden und von einem Moment auf den anderen vor meinen Augen verschwunden. Ich habe dann überall nach dir gesucht – aber ohne Erfolg. Du bliebst wie vom Erdboden verschluckt". Völlig schockiert sei sie dann anschließend aus dem Schlaf aufgewacht, verriet sie mir, um gleichzeitig beruhigt festzustellen, dass ich selig schlummernd nach wie vor neben ihr im Bett gelegen habe.

„Cauchemar", murmelte ich.

„Was?"

„Cauchemar", wiederholte ich, „du hattest einen Alptraum."

Aber keine Angst, so schnell wirst du mich schon nicht los", stichelte ich weiter. „Aber jetzt mal was anderes: Was schlägst du eigentlich für heute vor?"

Sie überlegte nun kurz: „Wir könnten ja in dieses mysteriöse Rennes-le-Château fahren, was meinst du? Ist das eigentlich weit von hier?" „Also, auf der Karte schaut es nicht besonders weit aus, aber ich gebe es mal in unser Navigationsgerät ein, dann wissen wir mehr." Ich gab

Start und Ziel ein und nach wenigen Augenblicken zeigte es eine Entfernung von 80 Kilometern an.

„80 Kilometer!", brüllte ich jetzt durch die Wohnung, da sie schon wieder im Schlafzimmer verschwunden war, um die Betten zu machen. Weil ich keine Lust hatte, weiter zu brüllen, nahm ich das Navi in die Hand und ging zu ihr ins Schlafzimmer. „Ich denke, so in etwa ein- bis eineinhalb Stunden sind wir dort. Wir können ja vorher noch kurz zum Supermarkt runtergehen und etwas Verpflegung und Getränke für unterwegs kaufen. Was meinst du?"

Sie stimmte mir zu.

Wir verließen unsere Bleibe und begaben uns durch den Hinterausgang der Ferienanlage auf kurzem Fußweg hinunter an den Canal du Midi. Ein weiteres Mal überlegte ich mir, dass ich zu gerne selbst mit Claudia darauf entlanggefahren wäre. Aber gerade wenn man nur zu zweit ist, ist die Gefahr, sich die Hände beim Vertäuen des Bootes aufzuschürfen oder sie sich einzuzwängen, zu hoch. Aber vielleicht können wir irgendwann noch eine solche Bootsfahrt mit Freunden bewältigen. Wer weiß? Dennoch schlug mein Herz immer schneller, wenn wieder eines der Boote in die Anlegestelle von Homps einfuhr.

Wir kauften nur das Nötigste, vor allem aber Getränke für unterwegs und beeilten uns, dass wir möglichst schnell wieder nach Hause kamen. Dort packten wir eine Flasche Mineralwasser, ein paar mit Wurst belegte Scheiben Baguette, den Fotoapparat und natürlich eine gut gefüllte Geldbörse in unseren Rucksack und schlossen sämtliche Fenster in der Wohnung.

Dann fuhren wir endlich mit unserem Leihauto los, einem Peugeot mit den für französische Autos typischen „Kampfspuren". Man muss der Leihwagenfirma aber zugutehalten, dass sie uns bei der Übergabe fragten, ob uns diese paar Kratzer etwas ausmachen würden. Wir verneinten dies und genossen dabei mehr die inneren Werte, womit ich den Fahrkomfort meine, denn dieser war vollkommen akzeptabel.

Wir fuhren zunächst parallel zum Canal du Midi auf der Landstraße nach Trèbes. Dort überquerten wir sowohl den Canal du Midi als auch die Aude. Wir verließen die Stadt und folgten der nördlichen Umgehungsstraße nach Carcassonne, einer der größten mittelalterlichen Festungsstädte in Europa. Claudia und ich sahen die Stadt bereits von der Landstraße aus. Unwirklich wie in einem Märchen lag sie vor uns und ihre Dächer schimmerten golden glänzend in der Sonne. Eine gewaltige Stadtmauer umschlang sie wie ein Lindwurm, der seine Beute nicht mehr hergeben wollte.

Kurz nach dieser Traumstadt bog nun unsere Straße nach Süden in Richtung Limoux ab und führte direkt in die nicht mehr fernen Pyrenäen hinein.

Wir fuhren immer wieder durch einen Kreisverkehr und man kann mit Fug und Recht behaupten, dass unsere französischen Nachbarn unbestrittene Weltmeister in Sachen „Giratoire" sind. Was mich betrifft, hatte ich jedenfalls noch nie so viele davon überquert wie in diesem Land. Wir befanden uns jetzt bereits in den Corbières, dem hügeligen Vorland der Pyrenäen, und es dauerte nicht mehr lange, bis wir Limoux erreichten.

Die Stadt war für uns enttäuschend. Wir hatten gehofft, etwas von der altehrwürdigen Westgotenstadt Rhedae zu entdecken, aber es gab keine Hinweise mehr auf ihre ruhmreiche Vergangenheit. Für uns eher langweilig, sodass wir schnell weiterreisten.

Von Limoux aus war es nicht mehr weit nach Couiza, das sich bereits am Eingangstor zu den Pyrenäen befand. Die Landstraße dorthin führte durch prächtige Alleen, welche südliches Flair vermittelten.

Wegen der Kürze der Strecke brauchten wir auch keine Pause und kamen deshalb zügig voran.

Die Gegend wurde immer hügeliger.

Als wir Couiza erreichten, wies uns das Navigationsgerät darauf hin, dass wir die Abbiegung nach links in Richtung Rennes-le-Château nehmen müssten. Sie führte uns über eine teilweise etwas steilere Serpentinenstraße hinauf bis an den Fuß des Ortes, wo wir eine größere freie Fläche erkannten.

Auf dieser befand sich ein Besucherparkplatz, auf welchem jedoch gähnende Leere herrschte. Offensichtlich waren wir die einzigen Besucher um diese Zeit und so hatte ich die Qual der Wahl, wo ich das Auto abstellen sollte.

Wir stiegen aus und Claudia stützte sich am Auto ab. „Das waren etwas zu viele Serpentinen." Sie war auffallend blass im Gesicht und ich schlug mir vor die Stirn. Wieder einmal hatte ich vergessen, dass meine Frau nicht schwindelfrei war. An der frischen Luft änderte sich dies aber wieder ziemlich schnell. Außerdem bot sich uns bereits vom Parkplatz aus ein fantastischer Ausblick auf das umliegende Hügelland. Immerhin hatten die Berge hier auch schon eine ziemlich ansprechende Höhe, so zum Beispiel der südöstlich von uns gelegene Pic de Bugarach.

Claudia ging es etwas besser und wir machten uns auf den Weg, die zum Ort hinführende Straße hochzulaufen. Dabei warf sie mir hin und wieder immer noch strafende Blicke zu.

Unmittelbar am Ortseingang empfing uns eine Tafel, auf welcher der wohl berühmteste Einwohner des Ortes und seine heimliche Geliebte abgebildet waren: Abbè Bérenger Saunière und seine Haushälterin Marie Dénarnaud. Natürlich waren sie der Grund unseres Besuches im Dorf. Sie sind auch die Ursache, weshalb der ganze Ort vor allem im Sommer von einigen Zehntausend sensationsgierigen Esoterikern, seriösen und unseriösen Wissenschaftlern und immer wieder auch Schatzsuchern überlaufen ist.

Dieser Geistliche lebte von 1885 bis 1917 in Rennes-le-Château und wohnte dort in einem luxuriösen Pfarrhaus zusammen mit seiner um viele Jahre jüngeren Haushälterin, welche erst in den 1950er Jahren verstarb. Er kam damals als junger Mann aus dem Priesterseminar heraus in dieses abgelegene und vollkommen unbedeutende Dorf. Als er seine zukünftige Wirkungsstätte erblickte, schlug er die Hände über dem Kopf zusammen. Die Kirche war nur noch eine Ruine. Das Dach war fast nicht mehr vorhanden und ein Gottesdienst konnte nur abgehalten werden, wenn es nicht gerade regnete. Saunières größtes Problem bestand also darin, auf möglichst schnellem Weg Geldmittel aufzutreiben, mit deren Hilfe er das Gotteshaus zumindest notdürftig renovieren könnte. Nach einiger Zeit bekam er diese tatsächlich durch Spenden zusammen und begann mit Hilfe der örtlichen Handwerker mit dem Wiederaufbau.

Eines Tages, es war um die Mittagszeit, entdeckte einer seiner Helfer in der Verschalung der Kirchenwände einige merkwürdige Schriftrollen und verständigte sofort den Geistlichen. Saunière begutachtete sie etwas und schickte die Männer daraufhin kurzentschlossen nach Hause. Der Pfarrer schloss sich dann über Nacht in seiner Kirche ein und versuchte angestrengt hinter den Zusammenhang der Sätze auf den Papieren zu kommen, jedoch gelang es ihm nicht. Er hatte zwar als Priester Latein lernen müssen und die Dokumente waren auch zumindest teilweise in dieser Sprache, jedoch ergab die Anordnung der Worte keinen Sinn.

Deshalb nahm er die Papiere mit ins Pfarrhaus und sperrte sie in den Schrank seines Arbeitszimmers ein. Dann erzählte er seiner Haushälterin von dem Fund und gab ihr sogleich den Auftrag, den Abbè Henri Boudet aus Rennes-les-Bains, einen sehr geschätzten Kollegen von ihm, zu holen.

Als dieser eintraf, schlossen sich die beiden Männer in Saunières Büro ein und machten sich daran, die versteckte Botschaft der Dokumente zu entschlüsseln. Allerdings war danach nichts mehr wie vorher in dieser Gegend, denn Saunière hatte nicht nur diese Schriftrollen gefunden, sondern angeblich bereits davor einen Goldschatz, auf den er stieß, als er nach der Renovierung seiner Kirche eine Bodenplatte dort entdeckte. Als er diese anhob, stieß er auf einen Geheimgang, der ihn unterirdisch in ein Labyrinth führte, in dem dieser „sagenhafte Schatz" verborgen lag.

Mit dessen Hilfe ging es dann mit Saunière und Rennes-le-Château stetig aufwärts. Über die Herkunft des Schatzes gab es verschiedene Spekulationen. Die Erklärungsmöglichkeiten reichten von den Templern, über die Westgoten bis hin zu den Katharern. Sie alle hatten entweder in Rennes-le-Château oder in der Umgebung davon etwas verborgen. Noch in den 1950er Jahren, also einige Jahrzehnte nach Saunières Tod, kamen viele Schatzsucher in dieses Gebiet, jedoch blieb ihre Suche bis heute erfolglos. Und dies, obwohl Marie Dénarnaud den Dorfbewohnern versicherte, dass sie auf purem Gold wohnen würden.

Für einige Minuten betrachteten wir die Porträts der Beiden ziemlich ausgiebig. Dabei überkam mich ein merkwürdiges, ja fast unheimliches Gefühl, so als wäre ich für einen kurzen Augenblick in einem Gruselfilm als Darsteller gelandet. Vor allem Saunière selbst war es, dessen Gesicht mich in diesem Augenblick so faszinierte. Er hatte einen freundlichen und dennoch irgendwie stolzen Gesichtsausdruck. Mir war auch bekannt, dass er eine stattliche Erscheinung gewesen sein muss, ein Frauenschwarm, wenn man so will. Vielleicht hing es auch damit zusammen, dass er aus Montazels stammte, einem weiteren Dorf hier ganz in der Nähe und die typischen spanischen Einflüsse äußerten sich sicherlich nicht nur in den Namen der Orte in dieser Gegend. Die Menschen hatten auch schon fast einen iberischen Charakter. Das jedenfalls konnte ich mir gut vorstellen. Da war es bestimmt für ihn ein Leichtes gewesen, seiner Haushälterin den Kopf zu verdrehen.

Zu diesem merkwürdigen und unheimlichen Gefühl kam noch etwas Anderes. Als ich mich nämlich umdrehte und die Häuser am Ortseingang von Rennes-le-Château betrachtete, bekam ich plötzlich für kurze Zeit eine gänzlich andere Wahrnehmung, so als würden sie aus einem anderen Jahrhundert stammen. Was war mit mir los? Aber dann normalisierte sich alles wieder und wir folgten weiter der Hauptstraße des Dorfes. Wir kamen in der Dorfmitte an. Fast kein Mensch, außer ein paar Touristen wie wir, war unterwegs. Die wenigen Läden, die wir erkennen konnten, schienen geöffnet zu sein. Ein großer Hund trabte uns gemächlich entgegen, blickte uns kurz an und legte sich dann einfach mit ausgestreckten Gliedmaßen quer über die Straße. Wahrscheinlich wollte er Siesta halten, nur der Ort war dafür etwas ungewöhnlich.

Ein Autofahrer fuhr hinter uns langsam die Straße herauf. Als er den Hund sah, hupte er, um ihn von seinem Liegeplatz zu verscheuchen, dieser machte jedoch keinerlei Anstalten, sich wegzubewegen. Erst als einer der Dorfbewohner zufällig vorbeikam und ihn mit einem energischen „Allez! Allez!" von der Straße scheuchte, konnte der Autofahrer seine Fahrt fortsetzen. Gleich danach legte sich der Hund wieder auf die Fahrbahn, als ginge ihn das alles gar nichts an.

„Tja, das ist eben das südfranzösische Dorfleben", kommentierte ich. Claudia grinste bestätigend. Es verdeutlichte uns auf anschauliche Weise, dass die Mentalität in dieser Region nicht nur alleine von den Menschen Besitz ergriffen hatte.

Wir setzten unseren Weg fort und kamen zu einem freien Platz, an dessen Ende sich eine hüfthohe Steinmauer befand. Auf diesem Dorfplatz gab es mehrere Parkplätze, einige Bäume, unter denen sich Sitzbänke befanden und nicht zuletzt das Rathaus, das wir zumindest an seiner Beflaggung als solches identifizierten. In diesem war nicht nur der Amtssitz des Bürgermeisters, sondern auch die Touristeninformation untergebracht. Ein nicht zu übersehendes großes "i" wies darauf hin.

Wir schlenderten weiter zu einer Steinmauer. Dort angekommen, genossen wir einen herrlichen Ausblick auf das unter uns liegende Hügelland und die sich etwas weiter befindlichen Gipfel der Pyrenäen, die bereits mit Schnee bedeckt waren. Claudia beschloss, die Toilette in der Tourist-Info aufzusuchen und ich versprach ihr, hier inzwischen die Stellung zu halten.

Nachdem sie verschwunden war, beobachtete ich leicht belustigt, wie ein Kleinwagen angefahren und auf einem der Parkplätze zum Stehen kam. Kurz darauf quälte sich langsam aber stetig eine mehrköpfige Familie aus dessen Innerem. Wenige Minuten später verließ meine Ehefrau wieder das Rathaus.

Danach beschlossen wir, die Villa Bethania, das eigentliche von Saunière erbaute Pfarrhaus, und die daran sich anschließende Kirche mit dem klangvollen Namen „Sainte Marie-Madeleine" zu besichtigen. Als wir davor standen, ragte sie in ihrer ganzen Herrlichkeit als zweistöckiger Prachtbau vor uns auf. Es nötigte uns ein befremdetes Kopfschütteln ab, da es uns so ganz und gar nicht in das gesamte, von Natursteinhäusern geprägte Bild des kleinen Dorfes zu passen schien. Trotzdem diente sie Saunière als Pfarrhaus, in dem er nicht nur für seine Esoterikerfreunde, sondern auch für die Bewohner des Dorfes ein paar Mal im Jahr Bankette abhielt. An der Eingangstüre konnten wir feststellen, dass es inzwischen zu einem Museum umfunktioniert wurde, das wir allerdings nicht besuchten. Ich hatte mich vor unserer Reise ausgiebig über den Ort und seine berühmten Bewohner informiert. Deshalb erinnerte ich mich, dass der Abbè aber meistens gar nicht in der Villa anzutreffen war, sondern ein paar hundert Meter weiter im ebenfalls von ihm erbauten Tour Magdala, einem Turm mit 22 Zinnen auf dessen Dach. Dort hatte er sich sein Büro und eine beachtliche Bibliothek eingerichtet, welche ihm auch oft als Schlafstätte diente. Die wenigsten Menschen durften ihn in diesem Gebäude stören, wenn er seine zahlreichen Studien von irgendwelchen Dokumenten abhielt. Zu ihnen gehörten seine beiden Freunde und Amtskollegen Henri Boudet aus Rennes-les-Bains und Abbè Antoine Gelis aus Coustaussa. Mit Letzterem hatte es eine besondere Bewandtnis, welche mir aber bei der Ankunft in Rennes-le-Château partout nicht mehr einfallen wollte. Saunières Turm wollten wir uns zu diesem Zeitpunkt jedoch als absolute Krönung unserer Reise aufsparen.

Nach der Besichtigung der Villa Bethania besuchten wir endlich Saunières Kirche. Was uns dabei als erstes interessierte, war eine Art monumentaler Grabstein, der sich in der Nähe des Eingangs befand. Auf ihm fanden wir den Namen des damaligen Bischofs von Carcassonne, Mgr. Felix Arzene Billard. Über ihn wusste ich noch, dass er ein väterlicher Freund und Gönner Saunières war. Es war mir entfallen, welche genaue Rolle dieser Mann im Zusammenhang mit den Ereignissen in Rennes-le-Château spielte. Sicherlich, ich hatte das eine oder andere Buch darüber gelesen, wusste auch, dass Saunière sehr reich war, was dazu führte, dass man, wie schon erwähnt, mit Schaufeln bewaffnet nach dem Tod des Pfarrers und seiner Haushälterin alles umzugraben begann.

Aber so etwas selbst zu tun, konnte ich mir bei all den Gedanken daran nie vorstellen. Heutzutage würde man bestimmt Ärger mit den französischen Behörden bekommen, dachte ich mir. Vor allem ich, als ausländischer hergelaufener Tourist würde den „Schatz von Rennes-le-Château" finden, welch unvorstellbarer Gedanke für die französische Volksseele. Trotzdem konnte ich es mir nicht verkneifen, eine Bemerkung in dieser Richtung loszulassen.

Claudia stemmte daraufhin die Arme abenteuerlustig in ihre Hüften und meinte: „Es gibt bestimmt eine Möglichkeit, eine Grabungserlaubnis zu erhalten. Wir könnten doch einfach mal unverbindlich auf dem Rathaus nachfragen."

„Klar, die haben ja nur extra auf uns damit gewartet, auf ein paar weitere Schatzsucher aus dem Ausland."

„Darf ich dich daran erinnern, dass wir sowieso schon längst einen Metalldetektor kaufen wollten", meinte sie kampfeslustig.

„Tut mir leid, aber ich komme mir dabei reichlich blöde vor, wenn ich damit durchs halbe Dorf laufen würde."

„Feigling", entgegnete sie resigniert. Aber wie gesagt, das waren eben nur augenblickliche Gedankenspiele, die zumindest ich schnell wieder verwarf.

Jetzt folgte das eigentliche Highlight, die Besichtigung der Dorfkirche, welche unbestreitbar das älteste Gebäude von Rennes-le-Château war. Von der Originalgrundmauer selbst war aber nicht viel vorhanden. Schon Saunière hatte sie nämlich mit Hilfe seines beträchtlichen Vermögens fast vollständig erneuern lassen.

Als wir nun vor dem Portal der Kirche standen, bekam ich wiederum dieses seltsame Gefühl, welches mich vor kurzer Zeit schon einmal heimgesucht hatte.

Zugleich musste ich dabei an den Geistlichen denken, wobei ich mich ernsthaft fragte, ob einiges zu seiner Zeit tatsächlich mit rechten Dingen zugegangen sei. Stand er möglicherweise sogar mit dem Teufel in Verbindung, gleichsam einer faust`schen Figur? Schließlich war er ein armer Dorfpfarrer und wurde über Nacht reich. Ging dies wirklich mit rechten Dingen zu? Auch Claudia fühlte sich anscheinend komisch, denn sie ergriff plötzlich meinen rechten Arm und sagte mit zitternder Stimme: „Ich habe plötzlich ein ganz komisches Gefühl im Bauch, so als wäre hier etwas Unheimliches geschehen." Ich fragte sie, ob es vielleicht immer noch die Nachwirkungen der anstrengenden Serpentinenfahrt gewesen sein könnten.

„Nein, das ist etwas Anderes, irgendwie Unbegreifliches", kam ihre Antwort. Ich wusste von ihr, dass sie für so etwas noch viel empfänglicher war als ich. Immer mehr begann ich zu verstehen, warum die ganze Gegend hier ein großer Anziehungspunkt besonders für Esoteriker zu sein schien. Bisher waren es für mich als rational denkenden Menschen immer irgendwelche Spinner, die an so etwas glaubten. Aber mehr und mehr begann ich jetzt meine Meinung zu ändern, denn auch ich spürte die Ausstrahlung dieses Ortes, die mich an Übersinnliches glauben ließ.

Wenn wir nicht schon etwas darüber gelesen hätten, wären wir spätestens beim Betreten der Kirche noch mehr erschrocken gewesen. Auf der linken Seite des Eingangs stand eine lebensgroße Statue des altbiblischen Dämons Asmodis. In voller Lebensgröße ragte er vor uns auf, ein Weihwasserbecken auf dem Rücken tragend. Aus kalten, toten Augen funkelte er uns teuflisch grinsend an. Es war eine von mehreren Merkwürdigkeiten des Gotteshauses und stellte auch bestimmt eine gewisse Einmaligkeit in puncto Inventar einer christlichen Kirche in dieser Gegend dar.

Die spannende Frage aber war: Was macht ein Geschöpf des Teufels an einem geweihten Ort der Christenheit?

Nun, hierüber gab es jede Menge Spekulationen, aber die unumstößliche Tatsache bestand darin, dass es tatsächlich Saunière selbst war, der diese Figur in seiner Kirche aufstellen ließ. Welche Beziehung hatte der Geistliche zu diesem Geschöpf? Hatte es ihm gar den Weg zu unermesslichem Reichtum gewiesen? Konnte es so etwas überhaupt geben? Wer war Asmodis?

Ich erinnerte mich: Asmodis war der Erbauer des berühmten Tempels von König Salomo, dem legendären biblischen Herrscher aus dem Alten Testament, so stand es jedenfalls geschrieben. Er verkörpert die Laster des Zorns, der Begierde und der Wollust. Seinem Beschwörer konnte er angeblich wahre und vollständige Antworten auf alle Fragen des Lebens geben und ihn unbesiegbar machen. Zudem bewachte er Schätze und half bei der Schatzsuche. Es bestand also Grund zu der Annahme, dass der Pfarrer von Rennes-le-Château ihn genau aus diesem Grund am Eingang seiner Kirche postiert hatte, als Hüter eines Schatzes, welcher dort verborgen sei. Eine Art Schatz waren auch die bei den Renovierungsarbeiten gefundenen Dokumente.

Für uns jedenfalls war dies allemal wert, ein Foto davon zu machen. Aber gerade, als ich durch die Fotolinse blickte, ließ mir dieser stechende Blick meine wenigen Haare zu Berge stehen und führte einen weiteren Schweißausbruch herbei. Die aus der Teufelsfratze heraustretenden Augäpfel taten dazu ihr Übriges. Schon lange nicht mehr war mir so gruselig zumute.

Als wir uns davon endlich losgerissen hatten, sahen wir uns weiter in diesem Gotteshaus um.

Da standen sich im Altarraum zum Beispiel die Statuen von Maria und Josef gegenüber und beide hielten jeweils ein Kind in ihren Händen, eine sehr befremdliche Szene mit einer seltsamen Symbolik. Es gab zwar Vermutungen, dass Jesus noch Geschwister hatte, aber stand dies in unmittelbarem Zusammenhang damit? Wir wussten es nicht.

Ein weiteres Detail der Inneneinrichtung fiel uns auf: Ein aus einer Schnitzerei bestehendes Altarbild stellte eine offensichtlich weinende Maria Magdalena dar, welche in einer Art Höhle vor einem aus zwei natürlichen Ästen bestehendem Kreuz kniet. Der eine dieser Äste blüht noch, während der andere bereits abgestorben zu sein scheint. Alles dieses kam uns sehr merkwürdig und dabei vor allem gewöhnungsbedürftig vor.

Der eigentliche Höhepunkt sollte aber noch in der Form eines dreidimensionalen Gemäldes folgen, das sich im Eingangsbereich befand. Es trug den bezeichnenden Namen „Berg der Seligpreisung". Nun muss ich zugeben, dass mir Kunst im Allgemeinen und die Darstellung biblischer Szenen im Speziellen nicht so sehr vertraut sind. Außerdem kannte ich die Landschaften Südfrankreichs bisher nicht besonders. Mir war nur lediglich bekannt, dass es in Saunières Kirche sehr viele kleine Ungereimtheiten geben sollte. Für mich als Betrachter, der davorstand, stellte dies alles nichts Ungewöhnliches dar.

Was uns aber als Laien auffiel, war eine fast bedrückende Dunkelheit, welche in der Kirche herrschte, und dies, obwohl draußen herrliches Wetter herrschte.

So empfing uns auch ein wunderbarer Herbsttag mit fast ungebrochenem Sonnenschein, als wir das Gotteshaus wieder verlassen hatten. Eine angenehme Wärme empfing uns und wir waren irgendwie froh, die Besichtigung hinter uns gebracht zu haben.

„Ich weiß nicht, wie es dir geht, aber ich fühle mich wieder wesentlich besser", meinte meine Ehefrau.

„Stimmt, ich bin auch ganz froh, wieder draußen zu sein. Obwohl, interessant war es auf jeden Fall". Sie pflichtete mir bei und unsere Aufmerksamkeit fiel als Nächstes auf den angrenzenden Friedhof. Diesen wollten wir sogleich besichtigen, aber er war von einer hohen Mauer umgeben und die Eingangstüre verschlossen. Probehalber drückte ich auf die Türklinke, aber es war umsonst. Enttäuscht kehrten wir ihr den Rücken zu und standen kurze Zeit später wieder auf der Straße.

Bei unserer Ankunft am Dorfplatz hatten wir noch flüchtig registriert, dass sich dort auch ein Souvenirladen befand. Deshalb bummelten wir wieder die Straße hoch in Richtung Aussichtspunkt, um diesen aufzusuchen. Es war der einzige weit und breit und ich stellte mir das Gedränge vor, welches darin im Sommer zur Zeit des Touristenansturms herrschen würde. Er war hauptsächlich bestückt mit Büchern in mehreren Sprachen, teilweise mit esoterischem Inhalt, aber auch mit verschiedenen Hochglanzfotografien. Auf den üblichen Firlefanz, den man in jeder von Touristen überlaufenen Stadt, beispielsweise in Deutschland, vorfinden konnte, hatte man großzügigerweise verzichtet.

Jetzt jedenfalls hatten wir ihn fast ganz alleine für uns und so ging ich natürlich gleich zielstrebig auf all die Bücher zu, die dort standen. Bücher haben mich seit jeher schon immer magisch angezogen und so fing ich unverzüglich an, in jedem davon ausgiebig zu blättern. Mir war es dabei egal, ob sie in englischer, französischer oder sogar in deutscher Sprache verfasst waren.

Gegenstand der meisten davon waren natürlich Rennes-le-Château und seine beiden berühmtesten Einwohner. Mittlerweile füllte sich der Laden einigermaßen mit weiteren Touristen und die Besitzerin versuchte, da sie einigermaßen englisch sprechen konnte, diese in ein Verkaufsgespräch zu verwickeln. Sie musste natürlich auch einige Fragen über Saunière und die Dénarnaud beantworten, welche mich natürlich auch aufhorchen ließen. Das meiste davon wusste ich allerdings schon.

Nach einer Viertelstunde verließ ich wieder den Laden und trat ins Freie, wo Claudia bereits ungeduldig auf mich wartete. Sie hatte nämlich beschlossen, sich lieber in der Sonne etwas zu wärmen und war deshalb draußen geblieben.

Wir hatten Hunger bekommen und wollten zu diesem Zweck ein Restaurant aufsuchen. Als Diabetiker musste ich aufpassen, um Hunger – und damit Unterzucker – gar nicht erst aufkommen zu lassen. Nicht, dass ich am Ende noch umkippte.

Die Suche nach einem Restaurant gestaltete sich etwas schwieriger, da wir der Hauptstraße folgend zunächst kein Lokal fanden. Stattdessen fanden wir den Hund wieder, den wir am Anfang unseres Aufenthalts zurückgelassen hatten. Amüsiert stellten wir fest, dass er sich seit dem letzten Mal keinen Zentimeter von der Straße herunter bewegt hatte. Als ich ihn jedoch filmen wollte, musste ich mir erst ein paar mal meine schwitzenden Hände an der Hose abwischen. Wie ich dann den Fotoapparat in die Hand nahm, begann ich leicht zu zittern.

Zwar gingen wir jetzt wieder weiter und es kam am Ortseingang tatsächlich das langersehnte Restaurant in Sicht, aber ich begann zu torkeln, als wäre ich betrunken. Ein bisher nie erlebtes Schwindelgefühl setzte bei mir ein und alles drehte sich um mich herum. Alles flimmerte nur noch vor meinen Augen und ich wollte mich noch irgendwo festhalten. Jedoch griff ich ins Leere, dann wurde es mir endgültig schwarz vor den Augen und ich verlor das Bewusstsein.

RENNES-LE-CHÂTEAU 1897

Nach einiger Zeit öffnete ich wieder die Augen und helles Tageslicht blendete mich. Zuerst nahm ich noch alles verschwommen wahr, wurde dann aber wieder klarer im Kopf.

Dann sah ich absolut Seltsames: An den Häusern fehlten die Briefkästen, es existierten nur noch altmodische Straßenlaternen und die Dorfstraße war nicht mehr geteert.

Was hatte das zu bedeuten?

Ich saß auf dem Boden an einem Gartenzaun angelehnt. Ein Hund stand vor mir, irgendwie sah er mich komisch an, so als wollte er fragen, ob es mir besser geht. Als er dann aber bemerkte, dass ich wieder zu mir gekommen war, wedelte er erfreut mit dem Schwanz. Dann fuchtelte mir jemand mit der Hand vor meinen Augen.

Ich versuchte, aufzustehen, aber ein furchtbarer Schmerz im Genick hinderte mich daran. Augenblicklich wusste ich, dass es sich nur um einen früheren Bandscheibenvorfall handeln konnte, der mir jetzt erneut wieder zusetzte.

Neben mir ertönte eine Männerstimme mit leicht okzitanischem Akzent: „Geht es Ihnen wieder gut, Monsieur?" Zum Glück kamen mir in diesem Moment meine ausreichenden Französischkenntnisse zugute. Trotzdem antwortete ich zunächst mit einem noch sehr unsicheren „Oui". Ganz vorsichtig und langsam hob ich jetzt den Kopf und erblickte einen freundlich lächelnden Mann, der unmittelbar neben mir stand.

„Können Sie aufstehen? Wenn nicht, ist es auch kein Problem. Ich werde meiner Frau auf jeden Fall sagen, dass sie den Doktor holen soll. Er stammt zwar aus Couiza, aber Sie haben Glück, dass er gerade Hausbesuche hier macht. Ach, entschuldigen Sie, ich habe mich Ihnen noch gar nicht vorgestellt. Mein Name ist Lucien Dubois und mir gehört sozusagen der Gartenzaun samt dem sich dahinter befindlichen Anwesen, vor dem Sie sitzen".

Ich konnte dies alles noch immer nicht begreifen. Ich wusste nur, dass es mir schwarz vor den Augen geworden war und ich offensichtlich ohnmächtig wurde.

Und vor allem: Wo war Claudia abgeblieben? Sie war doch noch vorher da und jetzt auf einmal verschwunden.

Ich sah Monsieur Dubois an: „Haben Sie vielleicht meine Frau gesehen? Holt sie Hilfe?"

„Hier war keine Frau. Mein Hund Toto hat sie gefunden. Sie haben mutterseelenallein hier gelegen und waren bewusstlos".

Es war für mich alles unbegreiflich. Claudia musste doch irgendwo sein. Ich konnte mir nicht vorstellen, dass sie mich alleine hier in Rennes-le-Château zurückließ. War ich überhaupt noch in diesem Dorf?

„Eine Frage hätte ich noch: Wie spät ist es eigentlich?"

„Es ist ziemlich genau zwölf Uhr", er blickte dabei auf eine Taschenuhr, die er herausgezogen hatte.

„Jetzt hätte ich aber auch noch eine Frage an Sie: Mit wem haben Toto und ich eigentlich das Vergnügen?"

Immerhin fiel mir zumindest mein Name gleich wieder ein: „Ich heiße Berger, Jacques Berger."

„Der Name Berger klingt aber nicht gerade französisch und Ihrem Akzent nach darf ich wohl annehmen, dass Sie eventuell aus einem anderen Land kommen könnten. Habe ich recht?"

Gut kombiniert, dachte ich mir. „Das stimmt. Ich bin Deutscher und meine momentan nicht vorhandene Ehefrau und ich sind als Touristen hierher gefahren, um uns Ihr Dorf anzuschauen. Ich habe schon viel über Rennes-le-Château gelesen, speziell über Abbé Saunière und seine Haushälterin."

„Über unseren Pfarrer? Wie kann es sowas geben, dass man im Ausland über ihn Bescheid weiß?" Ich war einigermaßen verblüfft angesichts dieser Äußerung. Unsere Unterhaltung wurde aber abrupt unterbrochen, als eine Frau und ein Mann mit einem kleinen schwarzen Köfferchen, wahrscheinlich die Ehefrau von Monsieur Dubois und der Arzt, in flottem Schritt um die Ecke kamen und vor mir zum Stehen kamen.

Was mir dabei an allen drei Personen auffiel war, dass alle fremdartig gekleidet waren, sozusagen ziemlich altmodisch.

Der Doktor stellte seine Tasche auf den Boden. „Ich bin Doktor Thibaut. Haben Sie Schmerzen? Können Sie aufstehen?" Ich schilderte ihm, wo es mir wehtat. Dann tastete er mein Genick ab und konstatierte, dass es ziemlich verhärtet sei. Vorsichtig begann er damit, mich für ein paar Minuten an dieser Stelle zu massieren und der Schmerz ließ tatsächlich schon nach kurzer Zeit nach.

Als es mir dann wieder besser ging, griff er in seine Tasche und zog ein Stethoskop daraus hervor, mit welchem er mich abhörte. „Sie können jetzt versuchen, langsam aufzustehen, aber machen Sie mit dem Kopf noch keine schnellen Drehbewegungen. Wenn sie dabei bemerken sollten, dass ihnen wieder schwindlig werden sollte, dann setzen Sie sich augenblicklich wieder hin."

Ich bedankte mich bei ihm und fragte ihn nach seinem Honorar. Er winkte aber nur ab und erwähnte, dass es schon in Ordnung gehe mit seiner Hilfe. Daraufhin wiederholte ich meinen Dank. Dann wünschte uns der Doktor noch einen schönen Tag und verabschiedete sich.

Monsieur Dubois und seine Frau Henriette griffen mir jetzt beherzt unter die Arme und hievten mich behutsam auf die Beine. Das Stehen war mir ganz gut möglich. Zwar hielt ich mich noch am Zaun fest, aber ich wurde mit jedem Moment sicherer auf den Beinen. Dann probierte ich, ob es mit dem Laufen auch wieder ginge und es klappte tatsächlich.

Meine beiden Helfer freuten sich mit mir darüber und fragten mich, ob sie noch etwas für mich tun könnten.

Ich erkundigte mich nach der Hauptstraße, da ich mich ja auf die Suche nach meiner Frau machen wollte. Dann nahmen wir endgültig voneinander Abschied. Ich bedankte mich erneut für ihre ausgiebige Hilfe. Vorsichtigen und langsamen Schrittes machte ich mich nun auf den Weg und Toto begleitete mich noch ein paar Meter dabei, als wolle er verhindern, dass mir noch einmal etwas passierte. Dann verlor er das Interesse und ich war wieder ganz allein auf mich gestellt.

Mir begegneten weitere Leute, aber seltsamerweise waren diese ebenfalls irgendwie merkwürdig gekleidet. Irgendetwas stimmte hier nicht, denn auch sie sahen mich nun etwas befremdet an und ich vermutete, dass es auch wegen meiner Kleidung war.

Von weitem sah ich nun wieder die Villa Bethania und die angrenzende Dorfkirche.

Auch hier roch es immer noch nach Lavendel und anderen aromatischen Kräutern. Aus dem Augenwinkel heraus sah ich von beiden Seiten neugierige Menschen aus ihren Häusern schauen. Vermutlich war ich durch meinen Unfall Tagesgespräch. Da gab ich mich keiner Illusion hin.

Was sie darüber dachten, war mir in diesem Moment aber trotzdem reichlich egal, denn ich hatte nur den einzigen Gedanken, wie ich meine Ehefrau finden könnte. Vielleicht suchte sie ja jetzt ebenfalls nach mir und wir würden uns irgendwo in der Mitte des Dorfes wieder treffen. Hinterher würde ich ihr aber dennoch sofort vorschlagen, den Ort ziemlich schnell wieder zu verlassen. Wir konnten auch auf der Rückfahrt noch irgendwo anhalten, um etwas Essbares zu uns zu nehmen.

Dies war mir alles zu unheimlich geworden und ich wollte deshalb nur noch die Flucht antreten. Die grellen Farben der weiß und ocker gestrichenen Häuser blendeten mich in der Mittagssonne und verliehen dem Dorf insgesamt ein unwirkliches Aussehen. Ich ging weiter den Berg wieder hinauf in Richtung Dorfplatz.

Unterwegs kam mir die Idee, das Rathaus aufzusuchen. Vielleicht könnte man mir ja dort weiterhelfen. In der Mitte der Ortsstraße, nicht mehr weit von der Kirche entfernt, kam ich an einem alten Ziehbrunnen vorbei, bei welchem Kinder spielten. Als sie mich erblickten, schienen sie sich über mein Aussehen lustig zu machen. Merkwürdig, dachte ich mir, ich war vor einer halben Stunde hier schon einmal vorbeigelaufen, konnte mich aber beim besten Willen nicht an einen Brunnen erinnern. Der Hund, den ich vorher gesehen hatte, war ebenfalls nicht mehr da, vielleicht hatte er sich aber auch jetzt in den kühlenden Schatten eines Baumes zurückgezogen. Langsam stieg eine unangenehme Wärme in mir auf und kalter Schweiß lief an meinem Körper herunter. Ich merkte, wie meine Kräfte langsam wieder schwanden und es bildeten sich Schleier vor meinen Augen. Ein dumpfes Hämmern durchdrang meinen Kopf. „Tack, tack!" und wieder „Tack, tack!"

Ich taumelte nur noch vor mich hin, da hörte ich eine Stimme.

„Heda aufgepasst! Aus dem Weg, Mann!"

Plötzlich streifte mich ein großer, unförmiger und zugleich eilig an mir vorüberziehender Schatten. Ich stürzte zur Seite, bekam aber im letzten Moment noch die Latte eines Gartenzauns zu fassen. Dabei konnte ich nicht verhindern, dass ich mir einen Holzspieß einriss.

Der Schatten kam jetzt jäh zum Stehen und ich vernahm ein lautes „Brrr!" Eine schwarze Gestalt stürzte in Windeseile auf mich zu. Inzwischen wurde ich wieder klarer im Kopf, nicht zuletzt auch aufgrund des Schmerzes, der mich in die Realität zurückgeholt hatte und in meiner rechten Hand wie verrückt pochte. In meinem Genick spürte ich einen dumpfen Druck. Ich versuchte, meinen Kopf zu der vor mir stehenden Gestalt zu drehen, musste aber auf halber Strecke vor dem erneuten Schmerz, welcher dadurch ausgelöst wurde, kapitulieren.

Eine besorgte Stimme ertönte. „Sind Sie verletzt, Monsieur? Ich hätte Sie fast überfahren. Falls ich Sie erwischt haben sollte, tut es mir entsetzlich leid", und dann mit Nachdruck: „Monsieur, Monsieur – sagen Sie doch etwas!" „Es geht schon wieder. Lassen Sie mich bitte erst wieder ganz zu mir kommen", war meine unsichere Antwort. Dann betrachtete ich diesen Mann. Er schien nicht besonders kräftig gebaut und vom Alter her auch nicht mehr Jüngste. Später sollte ich erfahren, dass er schon 60 Jahre alt war. Er trug das Gewand eines katholischen Pfarrers und es kam mir so vor, als hätte ich ihn schon einmal irgendwo gesehen. Ich konnte mich aber nicht mehr erinnern, wo. Eine mittelgroße, schlanke Erscheinung mit einem besorgten Gesichtsausdruck. Wo hatte ich nur diesen Menschen schon einmal gesehen? Eine dunkle Vision stieg in mir hoch, so als wäre sie aus einer anderen Welt oder einer anderen Zeit. Ein Foto, ja, ein Foto war es, aber in welchem Zusammenhang? Ich überlegte krampfhaft.

Währenddessen fuhr er fort. „Entschuldigung, Monsieur, dass ich mich Ihnen noch nicht vorgestellt habe. Mein Name ist Henri Boudet, ich bin der Pfarrer von Rennes-les-Bains, dem etwa drei Kilometer von hier gelegenen Nachbarort. Zum Glück hat Gott Sie beschützt, sonst müsste ich mir jetzt bittere Vorwürfe machen. Aber verraten Sie mir doch Ihren Namen. Schließlich möchte ich wissen, bei wem ich in der Schuld stehe."

Als ich den Namen des Geistlichen hörte, fiel es mir schlagartig ein, wo ich diesen schon einmal gelesen hatte: Es war im Internet und zwar im Zusammenhang mit den geheimnisvollen Ereignissen in Rennes-le-Château -

aber im 19. Jahrhundert! Ich war fassungslos, wie konnte es so etwas geben?

Vielleicht ein Streich meines Unterbewusstseins, so dachte ich mir. Oder war es vielleicht nur ein Zufall, dass der jetzige Abbé von Rennes-les-Bains auch wieder Henri Boudet hieß, man wusste ja nie. Ich blickte mich nun langsam um, was ich dann aber zu sehen bekam, sollte mir das genaue Gegenteil von dem beweisen, was ich mir in meinen Gedankenspielen soeben noch vorgestellt hatte. Das Fortbewegungsmittel des Geistlichen war nämlich kein Auto, sondern eine richtige einspännige Kalesche!

Es hatte etwas gedauert, aber erst jetzt begriff ich, was hier vorging. Voller Entsetzen musste ich feststellen, dass ich in einem anderen Jahrhundert gelandet war. Dabei wurde es mir heiß und kalt und ich rang nach Luft.

„Beruhigen Sie sich doch, es ist ja nichts weiter passiert", versuchte Boudet beschwichtigend auf mich einzuwirken, während er dabei eine Hand auf meine Schulter legte. „Soll ich Sie vielleicht zu einem Arzt bringen oder kann ich sonst etwas für Sie tun?"

Ich erinnerte mich in diesem Moment an manches Theaterstück, in welchem der Protagonist rief: „Hebe dich hinweg, Geist". Aber mir war irgendwie klar, dass Boudet danach immer noch da wäre. Also ließ ich es lieber bleiben, dies in Erwägung zu ziehen.

Stattdessen stotterte ich in geradezu blödsinniger und vollkommen unangebrachter Weise: „Wo…wo ist meine Frau? Haben Sie sie vielleicht gesehen, während Sie hierhergefahren sind – so eine kleine Rothaarige." Ich merkte in meiner Verzweiflung, wie meine Stimme zwar nicht versagte, aber dafür umso brüchiger wurde. Und dann war es soweit, ich begann heftig zu weinen. Es war einfach zu viel für mich. Zuerst diese andauernden Ohnmachtsanfälle und jetzt auch noch dieses plötzliche Sichwiederfinden in einer fernen Zeit. Ich war so verzweifelt, dass ich mir fast schon vorstellte, mein Schicksal wäre dadurch ein für alle Mal besiegelt.

Inzwischen waren mehrere Menschen dazugekommen. Anscheinend hatte ich für so viel Aufsehen gesorgt, dass sich in ihren Gesichtern eine rege Anteilnahme feststellen ließ, obwohl sie wahrscheinlich gar nicht wussten, um was es überhaupt ging.

Selbst Boudet rang mit den Händen und suchte krampfhaft nach den richtigen und tröstenden Worten. Aber mir hätte jetzt nur ein Mensch helfen können, und der war weiter von mir entfernt, als ich mir je vorstellen konnte.

Allmählich ging es mir besser und ich hatte mich wieder soweit im Griff, dass ich noch ein paar Mal tief ein und aus atmete, so als hätte ich gerade eine Entspannungsübung beendet. Dann nahm ich ein Taschentuch und schnäuzte mich laut und vernehmbar, sodass dieses im Nu durchnässt war. Ich schämte mich schon fast angesichts dieses heftigen Gefühlsausbruches.

Minutenlanges betretenes Schweigen.

Der erste, welcher die Stille durchbrach, war Abbé Boudet.

„Kann ich Ihnen meine Hilfe anbieten, Monsieur?"

„Vielen Dank, Hochwürden. Aber ich bin noch etwas verwirrt".

„Kein Problem. Wissen Sie was, ich bringe Sie ins Pfarrhaus, zu Abbé Saunière. Dort werden wir in aller Ruhe besprechen, wie wir Ihre abhanden gekommene Ehefrau wieder finden können. Ich denke, wir werden ein paar Freiwillige zusammenrufen, die sich dann auf die Suche nach ihr machen könnten. Was halten Sie davon?"

Was blieb mir anderes übrig, als dem Vorschlag zuzustimmen. Dabei war es mir bei dem Gedanken daran, dem Pfarrer von Rennes-le-Château gegenübertreten zu müssen, ziemlich mulmig zumute. Ich war immer noch in einer Welt voller Gespenster gefangen und das Unheimlichste daran würde sicherlich die Begegnung mit Saunière selbst sein.

Andererseits musste ich mir aber auch eine gewisse Neugier auf diesen Menschen eingestehen. Auf den wenigen Bildern, welche ich von ihm bis jetzt gesehen hatte, machte er einen sehr stolzen und fast unnahbaren Eindruck, aber es konnte ja trotzdem sein, dass er in Wirklichkeit ganz anders war.

Die Kirchenuhr schlug eins und Boudet zuckte erschrocken zusammen. „Es ist schon ein Uhr nachmittags? Oh, ich muss mich sputen. Saunière hasst Verspätungen. Kommen Sie, kommen Sie".

Mit diesen Worten hakte er sich bei mir ein und führte mich zu seinem Gespann. Etwas zaghaft meinte ich, dass ich die letzten paar Meter eigentlich auch zu Fuß gehen könnte, denn ursprünglich wollte ich ja gar nicht zum Pfarrhaus, sondern zum Sitz des Gemeindepräsidenten. Aber Widerstand war zwecklos.

„Ich bestehe darauf, Sie zur Villa Bethania zu fahren. Haben Sie denn überhaupt schon etwas gegessen? Schließlich ist ja Mittagszeit." Ich musste diese Frage verneinen, schon allein aus dem Grund, weil sich mein Magen lautstark zu Wort meldete und bereits eine leichte Übelkeit in mir hochstieg.

„Dann ist das ein doppelter Grund, mit zu meinem Freund Saunière zu kommen. Marie, seine hübsche junge Haushälterin, kann Ihnen bestimmt etwas zu Essen machen. Außerdem hält sie für Sie garantiert einen stärkenden Kräutertee bereit. Ihre Tees sind nämlich in der gesamten Umgebung berühmt." Ich gab mich geschlagen und bestieg mit ihm die Kutsche, dachte aber dabei insgeheim, dass ich es jetzt auch noch mit Marie Dénarnaud zu tun bekommen würde. Die Geister der Vergangenheit kamen immer näher und ich konnte sie nicht mehr aufhalten.

„Entschuldigen Sie meine Aufdringlichkeit, aber ich bin ganz darüber hinweggekommen, Sie nach Ihrem Namen zu fragen. Sie haben ihn mir immer noch nicht verraten", sagte Boudet.

Ich teilte ihm diesen mit und erzählte ihm auch, dass ich als Reisender aus Deutschland in diese Gegend gekommen sei. Natürlich konnte ich ihm schlecht sagen, dass ich dabei offensichtlich unfreiwillig zum Zeitreisenden geworden war. Ich konnte es ja selbst immer noch nicht glauben.

Zum Glück begann er nicht, sich mit mir über die aktuellen politischen Zustände im damaligen Deutschen Kaiserreich zu unterhalten. Ich hätte ihm nämlich keinerlei Auskunft darüber geben können, was kurz vor der Jahrhundertwende in meinem Land los war.

So fragte er mich nur danach, aus welcher Stadt ich käme und ich gab ihm wahrheitsgemäß Nürnberg als Antwort.

„Ah, eine sehr schöne Stadt", war sein ganzer Kommentar dazu und ich war mir sicher, dass er eigentlich weiter nichts über Nürnberg gehört hatte.

Beide einigten wir uns wortlos darauf, zu einem neutralen Thema zu wechseln. Also sprachen wir über das herrliche Herbstwetter und die wunderbare Landschaft, in der Rennes-le-Château lag. Dabei schwärmte ich ihm gleichzeitig etwas über den intensiven Geruch von Lavendel, Thymian und Rosmarin vor, welcher hier in der Luft lag. Nach einer kurzen Fahrt erreichten wir auch schon die Villa Bethania. Boudet sprang nun mit jugendlichem Elan von der Kutsche herunter, lief an meine Seite und half mir beim Absteigen, da ich mich etwas ungeschickt anstellte.

Er packte mich wieder am Arm, führte mich zur Eingangstür des Pfarrhauses und klopfte energisch. Die Villa sah kaum anders aus, als sie es hundert Jahre später tun würde.

„Ich komme gleich!", ertönte es von innen. Dann öffnete eine junge Frau die Tür, die unzweifelhaft Marie Dénarnaud sein musste. Sie war hochgewachsen und schlank. Ihr braunes Haar trug sie hochgesteckt. Aber das war nicht das Auffälligste an ihr, sondern ihr strahlendes Lächeln, mit dem sie mich sofort verzauberte. Es verschlug mir die Sprache.

Boudet allerdings ließ sich davon nicht beeindrucken und kam gleich zur Sache. „Bonjour, Marie. Wie geht es Ihnen? Ist Saunière da? Wir waren schließlich verabredet und er erwartet mich sicher schon ungeduldig. Ach ja, das ist übrigens Monsieur Berger, ein Reisender, welchen ich auf der Herfahrt kennengelernt habe. Der arme Mann ist immer noch etwas verwirrt. Er wäre mir nämlich fast vor die Kutsche gestürzt. Außerdem vermisst er seine Ehefrau, welche sich seinen Angaben zufolge noch im Ort aufhalten soll."

Mir war klar, dass dies alles im Augenblick etwas zuviel für sie war. Deshalb zuckte ich nur entschuldigend mit den Schultern. „Leider ist es so, wie Pfarrer Boudet gesagt hat. Aber ich will Sie jetzt nicht länger aufhalten, Sie haben sicher noch viel zu tun. Also, dann gehe ich mal wieder. Es war nett, Sie kennengelernt zu haben, Mademoiselle. Au revoir."

„Aber nein, Monsieur. Kommen Sie doch herein und ruhen Sie sich etwas aus. Haben Sie vielleicht Hunger? Es gab bei uns heute Linseneintopf und wir haben noch etwas davon übrig. Ich würde I,hnen gerne einen Teller davon anbieten und dazu noch ein Glas Wein einschenken, wenn Sie wollen. Ich bin überzeugt, dass Abbé Saunière Ihnen bestimmt bei Ihrer Suche behilflich sein kann."

Ich war angesichts dieser spontanen Gastfreundschaft vollkommen überrascht. „Wenn Sie meinen, aber nur, wenn es Ihnen keine Umstände macht. Das ist alles sehr freundlich von Ihnen."

Meine Gastgeberin betonte noch einmal, dass es ihr absolut nichts ausmachen würde und sie sich im Gegenteil freue, mich bewirten zu dürfen. Dann rief sie laut nach Saunière, welcher sich bislang immer noch nicht hatte blicken lassen, dass Abbé Boudet da wäre und er außerdem noch jemanden mitgebracht hätte.

Wir saßen bald am Küchentisch und warteten auf den Hausherrn. Derweilen betrachtete ich die in der Diele und in der Küche stehenden Möbel. Sie strahlten keinen besonderen Luxus aus, welchen man vielleicht als Mobiliar einer Villa hätte annehmen können. Vielmehr waren sie schlicht und zweckmäßig gehalten.

Während ich nun vom Küchentisch aus meinen Blick umherschweifen ließ, öffnete sich im hinteren Teil des Hauses eine Tür und dann erschien er endlich, Bérenger Saunière, der Geistliche von Rennes-le-Château. Hatte ich insgeheim immer noch gehofft, dass das alles nur ein böser Traum war und ich spätestens jetzt aufwachen würde, entpuppte sich meine Zeitreise endgültig als real.

In Natura entsprach er den Beschreibungen, die ich in mindestens fünf Büchern über ihn gelesen hatte: Ein groß gewachsener, sportlicher und gutaussehender Typ mit einer südlichen Bräune. Er war auf den ersten Blick gesehen ein absoluter Frauentyp, das musste ich neidlos anerkennen. Aber gleichzeitig bekam ich auch den Eindruck, dass er so ganz und gar von seiner Erscheinung her nicht in diese eher ärmliche Gegend passte. Und was mir noch sofort auffiel, war die intensive Aura, die ihn umgab.

„Bonjour, Henri. Bonjour, Monsieur…Mit wem habe ich die Ehre?" „Bonjour, ich heiße Jacques Berger und bin zufällig als Reisender aus dem Deutschen Kaiserreich hierher gekommen. Zusammen mit meiner Gattin, die auf seltsame Art und Weise just in diesem Ort abhandengekommen ist, wollte ich mir die Corbières ansehen", stotterte ich verlegen. Zugegeben, es war auch eine recht blödsinnige Antwort meinerseits. Dabei konnte ich ihm ja nicht auf die Nase binden, dass wir unter anderem auch wegen ihm nach Rennes-le-Château gekommen waren, sozusagen auf seinen Spuren wandeln wollten.

„Ihre Haushälterin, Madame, Verzeihung Mademoiselle Marie hat mich eingeladen, mich mit einer kleinen Mahlzeit hier zu stärken. Ich hoffe, das ist Ihnen recht."

„Aber selbstverständlich, sie hat mein vollstes Einverständnis. Sie soll Ihnen sogar dabei Gesellschaft leisten.

Ich werde später ebenfalls zu Ihnen stoßen, wenn Abbé Boudet und ich mit unserer Besprechung fertig sind. Gehen Sie nicht fort, Sie müssen solange noch unbedingt bleiben. Und jetzt entschuldigen Sie uns, wir müssen uns leider zurückziehen. Kommen Sie, Henri, gehen wir in meine Bibliothek." Eines musste man ihm lassen, er hatte eine sehr einnehmende Art an sich.

Mit der Bibliothek meinte er den Tour Magdala, der nur ein paar hundert Meter von hier entfernt stand.

Ich stand auf. „Ich werde auf alle Fälle auf Sie warten, Monsieur. Danke nochmals für Ihre Hilfe." Ich ließ mich wieder auf der Küchenbank nieder und schaute Marie dabei zu, wie sie das Essen wärmte. Die Küche war schlicht und vor allem zweckmäßig eingerichtet, der eigentliche Blickfang war dabei der Herd. Man musste in meiner Zeit bestimmt lange suchen, bis man ein solches Schmuckstück fand, dachte ich mir. Am ehesten fand man so etwas wahrscheinlich noch in einem der großen Bauernhofmuseen. Ich war überzeugt, dass es in Frankreich sicherlich auch welche gab.

Der Herd selbst war sehr groß und hatte in der Mitte eine schwarze kreisrunde Platte, die man zur Seite schieben konnte, um besser an die Feuerstelle im Inneren zu gelangen. Man konnte darauf sogar breitere Töpfe abstellen, da seine Arbeitsfläche groß genug war. Über dem Herd hingen unter anderem Schöpfkellen und Schaufeln, um Fleisch beim Braten wenden zu können, an der Wand.

Während also der Eintopf noch vor sich hinköchelte, nahm sie ein Glas aus einem der Küchenschränke und füllte es mit dem Inhalt einer Weinflasche, die auf dem Tisch stand. „Das ist Rotwein aus dem Minervois, einem großen Weinbaugebiet in der Nähe von Carcassonne. Sie sollten ihn probieren, damit Sie wieder zu Kräften kommen. Er schmeckt ausgezeichnet und ist einer von Abbé Saunières Lieblingsweinen."

Ich konnte ihr in diesem Augenblick nicht sagen, dass ich noch heute Morgen in genau derselben Gegend gewesen war. Mit leichter Wehmut erinnerte ich mich daran, wie entspannend jetzt alles sein könnte, wäre ich nicht in dieses vermaledeite Dorf gefahren. Ich stellte mir vor, wie ich irgendwo am Ufer des Canal du Midi säße und von dort den vorbeiziehenden Hausbooten zuschauen könnte.

Aber naja, vielleicht war spätestens am nächsten Morgen der ganze Spuk wieder vorbei und ich würde in meinem Bett in unserer Ferienwohnung aufwachen und meiner Frau von diesem verrückten Traum erzählen, den ich gehabt hatte.

Aber wenn nicht: Wie würde mein Abenteuer hier weitergehen? Wie konnte ich wieder in meine Zeit zurückkehren? Einerseits war ich von einer natürlichen Neugier ergriffen, andererseits schnürte mir der Gedanke daran die Kehle zu.

Die Dénarnaud musste wohl an meinem sorgenvollen Gesicht gespürt haben, um was meine Gedanken kreisten. „Sie können beruhigt sein, Monsieur. Wenn Abbé Saunière wieder hier ist, werden wir gemeinsam überlegen, wie wir Ihnen helfen können. Und jetzt lassen Sie es sich erstmal schmecken." Damit stellte sie den Topf und einen Teller auf den Tisch und füllte diesen.

Der Linseneintopf schmeckte hervorragend und ich bat sie um einen kleinen Nachschlag.

Sie meinte, ich dürfte soviel davon essen, wie ich wolle. Nach dem Essen lehnte ich mich entspannt und pappsatt zurück.

Marie wusch noch kurz das Geschirr ab und setzte sich dann zu mir an den Tisch.

Während Marie das Geschirr wusch, musste ich an Claudia denken, die vermutlich im Moment zu unserem Leihwagen etwas außerhalb von Rennes-le-Château zurückgekehrt sein dürfte. Es konnte leicht sein, dass sie dort auf mich warten würde. Und da ich sie gezwungenermaßen warten ließ, war sie vermutlich inzwischen ziemlich wütend auf mich. Sie konnte ja schließlich nicht wissen, wo ich mich tatsächlich befand. Ich vermisste sie so sehr. Nicht auszudenken, wenn ich sie niemals wieder sehen könnte.

Ich haderte mit meinem Schicksal und es kam mir sogar der Gedanke, dass ich der erste Zeitreisende war. Aber diesen verwarf ich sogleich wieder, denn es konnte ja durchaus sein, dass es vor mir schon mehrere sogenannte „Zeittouristen" gegeben haben könnte.

Auf jeden Fall existierten jede Menge Filme über dieses Thema. Mir fiel ein, dass man immer wieder von Menschen hörte, die eines Tages spurlos verschwanden. Ich dachte an die berühmte Geschichte von dem Ehegatten, der zu seiner Frau gesagt hatte, dass er eben nur mal um die Ecke gehen wolle, um Zigaretten zu holen. Ob er auch in einem Zeitloch verschwunden war?

Die alles entscheidende Frage für mich war jedoch die, ob eine reelle Chance vorhanden war, wieder in meine Zeit zurückzukehren. Allerdings musste ich diese Überlegungen erst einmal beiseiteschieben, mich auf das Hier und Jetzt konzentrieren. Vielleicht lag ja darin des Rätsels Lösung?

Ich seufzte und stützte die Arme auf dem Tisch ab. Dann erst bemerkte ich, dass mich Marie die ganze Zeit über angesehen und angelächelt hatte.

Sie nutzte die Gelegenheit, mich zu fragen, aus welcher Stadt in Deutschland ich käme.

Ich verriet ihr den Namen. „Aber wahrscheinlich sagt Ihnen das jetzt gar nichts", fügte ich noch hinzu.

„Oh doch, ich habe schon einmal davon gehört, eine schöne mittelalterliche Stadt mit einer großen historischen Vergangenheit. Ihre Stadtmauer soll fast genauso massiv gebaut sein wie die von Carcassonne, habe ich irgendwo gelesen." Sie strahlte mich dabei an und war offensichtlich etwas stolz auf ihr Wissen. Ich war überrascht, dass sie das wusste, dann erinnerte ich mich jedoch daran, dass sie auch Sauniere schon einmal mit ihrer Bildung verblüfft hatte.

Damals ging es um die Katharer, über die sie sich einiges Wissen angeeignet hatte. Sie verriet Saunière, dass sie damals von einem kurzen Aufenthalt bei ihrem Bruder in Lyon heimlich verschiedene Bücher mitgebracht hatte. Darunter befanden sich auch Geschichtsbücher, da sie sich sehr für Geschichte interessiere. Diese Bücher habe sie in ihrem Schrank unter ihrem Nachtzeug versteckt und ab und zu während der Abwesenheit des Abbés immer wieder darin gelesen.

Der gebildete Geistliche und die einfache Haushälterin, ein ungleiches Paar, über welches schon einige Autoren ein Buch geschrieben hatten. Woher hatten diese eigentlich ihre Informationen? Das hätte ich zu gerne gewusst, da ich nun den Vergleich hatte, ob die von mir gelesenen Romane und Sachbücher den Tatsachen entsprachen, oder ob sie frei erfunden waren.

„Wie sind Sie eigentlich hierher in diese Gegend gekommen?" Eine interessante Frage und schon kam ich in Erklärungsnot. Und es war mir klar, dass in der nächsten Zeit noch mehrere solcher Fragen folgen würden.

Aber in diesem Fall, war das Grundproblem, wie man von Nürnberg im Deutschen Kaiserreich nach Rennes-le-Château in Südfrankreich kommen würde, und zwar im 19. Jahrhundert! Auf keinen Fall mit dem Auto und schon gar nicht mit dem Flugzeug, einer Linienmaschine der Lufthansa nach Toulouse. Nein, es gab nur eine Möglichkeit und sie fiel mir gottseidank geistesgegenwärtig sofort ein. „Mit dem Zug", antwortete ich aus voller Überzeugung, „man kommt vom meinem Land zunächst bequem nach Paris. Von dort fährt man weiter nach Toulouse und dann … dann …" Ich überlegte krampfhaft, aber sie rettete mich: „Nach Limoux und dann sind Sie wahrscheinlich hier in Montazels ausgestiegen, oder?"

„Ja, genau. Ich kann mir leider diese kleinen Orte nicht immer merken, aber es muss so gewesen sein, wie Sie sagen."

Sie schien mir zu glauben, was ich ihr erzählte. Aber andererseits – warum sollte sie auch misstrauisch sein.

„Bérenger, äh Abbé Saunière fährt des Öfteren nach Paris, aber auch zwischendurch mal nach Lyon. Er reist sehr viel." Dabei hörte ich eine gewisse Traurigkeit aus ihrer Stimme heraus. Zusammen mit ihrem kleinen Versprecher bewies mir das, dass sie zu diesem Zeitpunkt bereits ein Verhältnis mit Abbé Saunière hatte. Ein Geheimnis, von dem vermutlich längst das ganze Dorf wusste.

Ich spielte den Unwissenden. „Auf meinem Weg hierher habe ich zwischendurch immer wieder diese herrliche Landschaft bestaunen können. Die schönste Aussicht hat man, glaube ich, von hier oben auf dem Dorfplatz. Da bietet sich einem ein wahrhaft malerisches Bild, angefangen von den Corbières bis hin zu dem naheliegenden Bugarach", versuchte ich nun, das Gesprächsthema zu ändern. Dabei merkte ich, dass ich mich bei der Erwähnung dieses Berges verplappert hatte. Als Fremder konnte ich unmöglich wissen, wie die höchste Erhebung hier heißen könnte.

Aber sie war anscheinend noch so in Gedanken an Saunière versunken, der sie offensichtlich häufig alleine in Rennes-le-Château zurückzulassen schien, dass sie es offenbar nicht bemerkt hatte.

„Ich meine, es geht mich ja nichts an, aber gehe ich richtig in der Annahme, dass er Ihnen sehr zu fehlen scheint, wenn er nicht da ist. Ich meinte, so etwas herausgehört zu haben."

Ich war zu weit gegangen, denn es bildeten sich langsam Tränen in ihren wunderschönen Augen.

„Entschuldigen Sie mich kurz", sagte sie und verließ eiligen Schrittes die Stube.

Das hatte ich nun davon, wie konnte ich mich nur zu so einer so unsensiblen Bemerkung verleiten lassen.

Es dauerte etwa zehn Minuten und in dieser Zeit blickte ich für einen kurzen Moment auf meine Armbanduhr, weil ich seit meiner Anwesenheit jegliches Zeitgefühl verloren hatte. Ach ja, die Armbanduhr. Anscheinend hatte sie noch keiner an meinem Handgelenk entdeckt oder zumindest nicht nach diesem seltsamen Gegenstand gefragt. Schließlich hatte man ja damals nur Taschenuhren, welche sich bequem einstecken ließen. Deshalb nahm ich sie schleunigst ab und steckte sie ein, um mir unnötige Fragen zu ersparen. Immerhin hatte ich nun auch eine „Taschenuhr".

Endlich kam sie wieder zurück. „Entschuldigen Sie diesen Gefühlsausbruch, Monsieur." Marie lächelte wieder.

„Es braucht Ihnen keinesfalls leid zu tun. Ich denke, Sie sind jung, Sie wollen nicht die ganze Zeit alleine sein und Sie haben ein Recht auf Gesellschaft. Ich hoffe, dass Sie wenigstens öfter Besuch bekommen", versuchte ich, sie aufzuheitern.

„Rennes-le-Château ist leider nur ein Dorf und keine große Stadt wie Nürnberg. Dadurch hat man auch nicht die Gelegenheit, sich mit vielen Leuten auszutauschen. Vielleicht liegt es auch daran, dass man sich ab und zu einsam fühlt. Außerdem gibt es noch etwas anderes, aber das kann und darf ich Ihnen nicht verraten. Dazu kennen wir uns zu wenig."

Ich merkte, dass sie dieses leidige Thema unbedingt beenden wollte und wusste, dass ich spätestens jetzt das Gespräch auf etwas anderes lenken musste. Ich konnte es mir denken, was sie damit meinte, denn Tatsache war: Saunière hatte zu allem Überfluss ein heimliches Liebesverhältnis mit Emma Calvé, einer gefeierten Opernsängerin. Bei seinen Reisen nach Paris hatte er sie kennengelernt und sich in sie verliebt. Ich konnte Marie vollkommen verstehen, wenn sie mir nichts darüber verraten wollte. Aber ich konnte mir auch so vorstellen, dass sie eifersüchtig auf ihre Nebenbuhlerin war.

Jedenfalls musste ich nun endgültig das Thema wechseln, da ich an einem Punkt angekommen war, wo ich sie auf keinen Fall weiter ausfragen konnte. Es geziemte sich einfach nicht für einen Wildfremden wie mich.

Unsere Unterhaltung war sowieso schon ziemlich ins Stocken geraten. Also begann ich erneut: „Dieses Pfarrhaus oder Villa, wie es ja allgemein genannt wird, sieht sehr neu aus. Es erscheint mir fast etwas zu luxuriös für ein einfaches Dorf wie Rennes-le-Château. Wie kann eine kleine Gemeinde sich so etwas leisten?"

„Abbé Saunière hat es zum Teil aus Spenden und zum anderen Teil aus gelesenen Messen finanziert. Mit der Zeit hatte er eine beträchtliche Summe Geldes zusammen, von welcher er die Villa Bethania und seine Bibliothek, den Tour Magdala erbauen ließ. Bereits davor ließ er die Kirche hier im Dorf renovieren. Dies war die am dringendsten notwendige Maßnahme, die er ergreifen musste. Sie hätten sie damals in ihrem erbarmungswürdigen Zustand sehen sollen. Die Bibliothek hingegen ist sein absolutes Heiligtum und sein ganzer Stolz. Wenn Abbé Boudet uns besucht, schließen sich beide dort immer ein, um irgendwelche wissenschaftlichen Studien abzuhalten. Ich darf sie dabei meistens nicht stören, aber Sie sollten diese Bibliothek einmal sehen. Sie ist absolut beeindruckend."

Komisch, ich musste in diesem Moment mit einer gewissen Wehmut an meine mit mehr als 3500 Büchern ebenfalls nicht kleine Sammlung zu Hause in unserer Wohnung in Nürnberg denken. In dieser Hinsicht konnte ich Saunière auf Anhieb verstehen. Außerdem war mir vollkommen klar, dass ich diese große Menge an Büchern niemals mehr in meinem Leben lesen würde. Dennoch brauchte ich diese einfach, auch wenn man mich dafür für verrückt erklären sollte.

Dann kam ich nochmals auf meine Ehefrau zu sprechen und gab vor, dass ich mich beim Gemeindeamt erkundigen wolle, ob man mir dort vielleicht auch bei der Suche helfen könne.

Marie bot mir ihre Hilfe an und fragte mich, ob sie vielleicht mitkommen solle. Sie befürchtete nämlich, dass ich aufgrund nicht ganz vollständiger Französisch-Kenntnisse leichte Verständigungsprobleme dort bekäme. Ich lehnte aber dankend ab und meinte, dass ich mich mit ihr ja bis jetzt auch ganz gut verständigt habe.

Sie entließ mich schließlich und ich musste ihr versprechen, später auf jeden Fall wieder vorbeizukommen. Abbé Saunière wollte sich ja unbedingt auch noch mit mir unterhalten.

Ich sagte, dass ich auch noch jede Menge Fragen an ihn hätte und verabschiedete mich von ihr.

Draußen vor der Tür angekommen, begab ich mich zielstrebig in Richtung Dorfplatz, welcher sich vor der Maîrie, dem Bürgermeisteramt, befand. Ich wollte mir dort eine freie Bank suchen, auf welcher ich überlegen konnte, wie mein weiteres Vorgehen aussehen sollte. Vor allem wollte ich dabei nach einer schlüssigen Erklärung für die anzunehmende bevorstehende längere Abwesenheit von Claudia suchen. Dabei ließ ich meinen Blick umherschweifen und es kam mir tatsächlich eine ganz brauchbare Idee, inspiriert von der kleinen Poststelle, welche sich neben dem Rathaus befand. Zwar erschien sie mir nicht besonders groß zu sein, aber man konnte dort sicherlich Telegramme aufgeben und empfangen. Aufgrund dieser Gegebenheit wollte ich bei meiner

Rückkehr in der Villa erzählen, dass meine Frau dort eine Nachricht in der Form eines Telegramms hinterlassen habe. Dabei hätte sie mir geschrieben, dass sie sich bereits wieder auf der Rückfahrt nach Paris befinden würde, denn sie habe sich hier in Rennes-le-Château nicht besonders gut gefühlt. Zwar habe sie nach mir gesucht, um es mir persönlich mitzuteilen, habe mich aber nirgendwo mehr gefunden. Sie wolle nun noch ein paar Tage in Paris in unserem vorherigen Hotel bleiben und wenn ich in dieser Zeit nicht nachkommen sollte, würde sie dann wieder nach Hause fahren. Ich solle ihr deshalb nicht böse sein.

Auf diese Art wäre dieses Thema zunächst beendet. Denn jetzt eine intensive Suchaktion im ganzen Dorf und in der näheren Umgebung zu starten, musste irgendwann die Frage danach aufwerfen, warum man Claudia nirgendwo finden konnte.

Außerdem dachte ich, dass meine Erklärung mit der gemeinsamen Zugreise hierher doch relativ stichhaltig gewesen war. Ich konnte es ohnehin niemandem erzählen, dass ich aus einer anderen Zeit kam. Die Gerüchte über die mystische Gegend um Rennes-le-Château, an die vor allem Esoteriker glauben und spezielle Reisen hierzu veranstalten, bewahrheiteten sich jedenfalls mehr als mir lieb war. Daraus ergab sich auch, dass ich keinerlei Ahnung hatte, wie ich jemals wieder in meine Zeit zurückfinden könnte. „Oh, ich Unglückswurm", sprach ich leise vor mich hin, wobei mich einige Passanten beobachtet hatten und deshalb kopfschüttelnd an mir vorübergingen.

Zugleich sah ich aber auch ein, dass Jammern mir im Moment gar nichts nützen würde.

Ich beschloss deshalb, mir erst einmal etwas Entspannung zu suchen und ging bis zur Mauerbrüstung des Dorfplatzes, um von da aus meinen Blick über die herrliche Landschaft der Corbières schweifen zu lassen und den langsam einsetzenden Sonnenuntergang zu genießen. Die immer tiefer stehende Sonne verfärbte den Himmel in ein bleiches Licht, die Blätter der Bäume leuchteten im Gegenlicht immer bunter und greller. Nebelschwaden stiegen zunächst nur als einzelne Fetzen, dann als eine weiße und undurchdringliche Wand aus den Tälern. Ein geheimnisvolles, aber auch phantastisches Bild entstand vor meinen Augen.

Die herbstliche Luft tat dazu ihr Übriges und ließ mich leicht frösteln. Nach und nach verstummte das Gezwitscher der Vögel und ich konnte hinter mir vernehmen, wie sich langsam alle Fensterläden der umstehenden Häuser der Reihe nach schlossen.

Fehlte jetzt nur noch, dass man die Gehsteige hochklappen würde, wie man im Volksmund immer so schön sagt. Jedenfalls herrschte Todesstille.

Als mein Blick jetzt in die Richtung von Saunières imposantem Bibliotheksturm schweifte, merkte ich, wie sich dort etwas bewegte. Die Eingangstüre öffnete sich und zwei schwarzgekleidete Gestalten, welche ich unschwer als die beiden befreundeten Geistlichen identifizieren konnte, waren ins Freie getreten. Sie befanden sich in einer angeregten Diskussion und gestikulierten dabei wild mit den Armen. Dabei kamen sie langsamen Schrittes auf mich zu und bemerkten mich zunächst erst gar nicht. Als sie nur noch etwa 20 Meter von mir entfernt waren, entdeckten sie mich endlich und beendeten ihre Unterhaltung sogleich.

Es war offensichtlich, dass ich nichts von dem Gespräch mitbekommen sollte. Ich konnte mir aber trotzdem vorstellen, um was es ging, denn ich hatte aufgrund meines geheimen Wissens noch in Erinnerung, dass Saunière und Boudet sich des Öfteren in die Bibliothek des Tour Magdala zurückzogen, wo sie in unzähliges Kartenmaterial vertieft manchmal die ganze Nacht hindurch saßen. Diese Pläne der Umgebung, so wusste man etliche Jahre später, standen in unmittelbarem Zusammenhang mit den damals wie heute vermuteten Schätzen, welche sich hier befinden sollten. Ein verwegener Gedanke schoss mir dabei durch den Kopf: Es konnte durchaus sein, dass ich die einmalige Chance bekommen hatte, etwas von Saunière darüber zu erfahren. Natürlich unter der Voraussetzung, dass er mir sein Vertrauen schenken würde. Aber im selben Moment verwarf ich es wieder, denn, wer wusste, wie lange ich überhaupt dort sein würde.

Trotzdem, meine Neugierde war erwacht und ich überlegte, ob es diese Schätze in materieller Form oder lediglich in Form von Aufzeichnungen auf irgendwelchen alten Papierrollen geben würde. Andererseits war es auch möglich, dass es diese Schätze gar nicht gab, und Saunière tatsächlich nur durch das Lesen nichtgehaltener Messen, die er mit Rom dennoch abrechnete, reich geworden war. Eine unwahrscheinlich spannende Sache, die ich, sollte ich jemals die Gelegenheit dazu erhalten, unbedingt aufzuklären mir vornahm. Außerdem bedeutete es für mich eine willkommene Ablenkung von meinem eigentlichen Problem, nämlich mir darüber den Kopf zu zerbrechen, wie ich wieder in die Gegenwart zurückfinden konnte. Diese Gedanken waren mir unvermittelt durch den Kopf gegangen, bevor die beiden Abbés mit mir zusammentrafen.

Boudet brach als Erster das Schweigen. „Ah Monsieur Berger, ich nehme an, dass Sie sicherlich die Zeit schon genutzt haben, um etwas über den Verbleib Ihrer Gattin in Erfahrung zu bringen, n`est-pas?" Ich bejahte die Frage und erzählte den Beiden, was ich mir vorgenommen hatte, zu erwidern.

Als ich damit geendet hatte, bemerkte Saunière: „Aber Henri, davon haben Sie gar nichts gesagt, dass unser Gast ursprünglich gar nicht alleine hierhergekommen ist. Naja, gottseidank löst sich jetzt alles in Wohlgefallen auf. Deshalb schlage ich vor, dass wir zur Villa gehen, denn Sie müssen mir unbedingt etwas über das Deutsche Kaiserreich verraten. Ich muss Ihnen gestehen, dass ich zwar immerhin schon bis Paris gekommen bin, aber dennoch noch nicht weiter vorgedrungen bin. Oder möchten Sie zuerst noch eine kleine Führung durch unser Dorf? Als Reisender haben Sie bestimmt jede Menge Fragen zu dieser Gegend. Mein Kollege und ich stehen Ihnen in diesem Fall uneingeschränkt zur Verfügung, Monsieur."

Da ich Zeit brauchte, um mir meine Geschichtskenntnisse über das Deutsche Kaiserreich um die Jahrhundertwende einigermaßen zurechtzulegen, blieb mir nichts Anderes übrig, als Saunières Vorschlag einer Führung durch sein Dorf zuzustimmen. Ausgangspunkt unserer Wanderung war, wie schon sooft zuvor, der Dorfplatz vor dem Rathaus. Nur mit dem Unterschied, dass die beiden krampfhaft bemüht waren, mir jeden einzelnen Hügel und Berg namentlich zu nennen.

Merken konnte ich es mir sowieso nicht, aber ich wollte sie nicht in ihrem Eifer bremsen.

Danach begaben wir uns wieder die Dorfstraße hinunter, wo sie mir erzählten, dass sowohl die Kirche als auch das Dorf selbst aus dem 11. Jahrhundert stammen würden. Saunière begann dann zu berichten, wie es sich verhielt, als er damals als junger Pfarrer nach Rennes-le-Château kam. „Stellen Sie sich vor, Monsieur, als ich vor elf oder zwölf Jahren hierher versetzt wurde, bekam ich zuerst einen riesigen Schock. Das hing zusammen mit meiner zukünftigen Kirche. Sie können sich nämlich kein Bild davon machen, wie sie damals aussah, es war furchtbar, ja geradezu erbarmungswürdig. Eine Ruine stand damals vor mir, ein Gerippe von einer Kirche. Ein Dach gab es überhaupt nicht, die Mauern waren stark beschädigt und ein Glockenturm existierte nur, wenn man viel Fantasie hatte, nicht wahr, Henri?" Dabei sah er Boudet herausfordernd an.

Dieser nickte dazu bestätigend mit dem Kopf.

Saunière fuhr fort: „Ich hatte jedenfalls nicht übel Lust, auf dem Absatz wieder kehrtzumachen, Aber was half es? Ich fragte mich, wie mein Vorgänger so etwas zulassen konnte. Irgendwann dann später erfuhr ich von einigen Gemeindemitgliedern, dass er ein ziemlicher Eigenbrötler gewesen sein soll, aber dass dies der Grund gewesen sein soll, bezweifelte ich. Ich selbst habe ihn nie kennengelernt. Auf alle Fälle war es schwierig für mich, denn ich musste die ersten Gottesdienste im Freien abhalten. Wenn schlechtes Wetter war, was in dieser Gegend zum Glück nur zu einigen bestimmten Zeiten vorkommt, musste ich sie ganz ausfallen lassen. Erst, als ich die nötigen Geldmittel beisammenhatte, konnte ich mit der Renovierung beginnen. Deswegen sieht alles noch neu aus. Aber ich lade Sie dazu ein, morgen der

Frühmesse beizuwohnen, dann können Sie sie auch von innen sehen. Jetzt eine ausgiebige Führung im Innern des Gebäudes zu machen, würde zuviel Zeit beanspruchen."

Ich hörte indirekt heraus, dass er mir wahrscheinlich vorschlagen wollte, über Nacht in Rennes-le-Château zu bleiben, also sozusagen eine von ihm ausgesprochene Einladung an mich.

Naja, was blieb mir schon anderes übrig. Es gab ja keine Alternative für mich.

Interessiert fragte er mich noch nach meiner Konfession.

Kleinlaut bekannte ich mich, eine evangelische Religionszugehörigkeit zu besitzen und fragte die beiden, ob ich jetzt als Andersgläubiger in Ungnade gefallen sei.

Die beiden Priester amüsierten sich über diese Frage und bestätigten, sehr zu meiner Beruhigung, dass Gott in dieser Hinsicht keinen Unterschied machen würde, da wir alle seine Geschöpfe wären. Wir unterhielten uns noch angeregt über die verschiedenen Religionen und interessanterweise setzten sie den Gott der Juden und des Islam mit unseren beiden Glaubensgemeinschaften gleich, denn es würde sich jeweils um denselben Gott handeln, auch wenn er andere Namen hätte.

Was für eine aufgeschlossene Ansichtsweise!

Dann kamen wir auf die augenblickliche politische Lage zu sprechen, wobei ich mich aus verständlichen Gründen zurückhielt. Aber das machte nichts, weil Saunière jetzt in seinem Element war. So fortschrittlich er nämlich in seinen religiösen Ansichten war, so kompromisslos erschien er, was die Politik betraf. Als Monarchist verteufelte er die im Augenblick regierenden Republikaner und nahm auch die Linke nicht ernst. Seiner Ansicht nach hätte man sie alle getrost in die Hölle schicken können.

Boudet hatte bisher mehr oder weniger amüsiert zugehört, als er aber diese Worte von seinem Kollegen vernahm, wies er ihn scharf zurecht. Auch sie wären Geschöpfe des Herrn, für ihre „politische Verirrung" könnten sie schließlich nichts, meinte er.

Gemeinsam beschlossen wir, das Gesprächsthema zu wechseln und man führte mich weiter durchs Dorf, wobei wir an einen weiteren Aussichtspunkt gelangten. Von dort aus konnte man auf die etwas unterhalb gelegene Stelle blicken, wo sich etwa einhundertzehn Jahre später ein Parkplatz für Busse und PKW befinden sollte.

Jedenfalls fand ich keine freie Fläche vor, alles war mit dichtem Wald bestanden, nur die Straße, welche sich in Serpentinen nach oben wand, gab es schon damals.

Es sollte auch die einzige Verbindung nach Couiza hinunter sein. Nur am anderen Ende des Dorfes existierte noch eine zusätzliche Straße, die Rennes-le-Château mit Rennes-les-Bains, der Wirkungsstätte Boudets, verband.

Diese führte wieder den Berg hinunter und war von Weiden gesäumt. Ich nahm mir vor, Rennes-les-Bains auch einmal zu besuchen, wenn ich schon hier war, jedoch sollte es noch eine Weile dauern, bis ich dazu Gelegenheit bekam.

Inzwischen hatte sich die einbrechende Dunkelheit des Ortes bemächtigt. Es wurde kälter und mich begann es zu frösteln.

Die Anstrengung des Tages forderte ihren Tribut.

Meine Begleiter hatten ein Einsehen und wir beschlossen, uns endlich zur Villa Bethania zu begeben.

Eine wohlige Wärme erwartete uns beim Betreten derselben, denn Marie hatte bereits den offenen Kamin in der Stube mit genügend Brennholz versorgt.

Abbé Boudet verabschiedete sich von uns, um seine Kalesche zu besteigen und heimzufahren. Vorher verabredete er sich aber mit seinem Amtskollegen ein weiteres Mal für den nächsten Tag. Offensichtlich gab es viel zu besprechen.

Ich bekam außerdem am Rande mit, dass sie auch noch einen Abbé Gelis aus Coustaussa hinzuziehen wollten. Eine sehr wichtige Angelegenheit stünde an und duldete keinen Aufschub mehr. Alles dies kam mir sehr geheimnisvoll vor, denn eine gewisse Nervosität war den beiden Pfarrern anzumerken, als sie dies erwähnten. Für einen kurzen Moment überlegte ich, nach dem Grund all dessen zu fragen, verwarf diesen Gedanken aber wieder schnell. Denn erstens war ich noch völlig fremd hier und zweitens wollte ich durch meine Neugierde keinesfalls verdächtig erscheinen. Viel besser wäre es, fürs Erste den völlig Ahnungslosen und Unbefangenen zu spielen.

Trotzdem ahnte ich, dass anscheinend etwas Außergewöhnliches geschehen war. Dies konnten die Beiden trotz aller Freundlichkeit gegenüber mir nur mühevoll überspielen, für so etwas hatte ich schließlich einen Blick. Ich war gespannt, wie sich die weiteren Tage hier entwickeln würden.

Der Rest des Tages nun gestaltete sich in entspannter Atmosphäre, denn wir saßen alle drei am Tisch in der Küche und aßen Brot mit Käse, wobei mich Saunière dazu einlud, ein Glas Rotwein mit ihm zu leeren. Vor dem Essen noch äußerte er eine Bemerkung, welche an die Dénarnaud gerichtet war und sie ziemlich zu überraschen schien: „Marie, ich hoffe, dass Monsieur Berger nichts dagegen einzuwenden hat, dass du als meine Angestellte beim Essen mit am Tisch sitzt. Du weißt ja schließlich, dass es in der Vergangenheit Gäste hier gegeben hat, die sich, wie sie es selbst ausgedrückt haben, sehr darüber gewundert haben. Angeblich geziemt sich so etwas nicht, meinten sie." Dann sprach er mich direkt darauf an, ob es mir etwas ausmachen würde.

Innerlich sogar etwas empört darüber, dass man mir überhaupt so eine Frage stellte, erwiderte ich höflich, dass es mich ganz und gar nicht stören würde.

Ich konnte mir leicht vorstellen, dass Marie innerlich vor Wut kochte, dies sah ich ihrem säuerlichen Gesicht an. Ich wusste auch, um was es eigentlich dabei ging.

Bei einem vor längerer Zeit stattgefundenen Bankett für seine Esoterikfreunde aus Paris hatte Saunière unter anderem auch die Opernsängerin Emma Calvé eingeladen. Diese besagte Dame hatte sich entsprechend darüber mokiert, dass dieses „Heimchen am Herd" als die nicht besonders vorzeigbare Lebensgefährtin Saunières, und zugleich Dienstbotin, mit am Essenstisch sitzen dürfe. Diese giftige Bemerkung der Calvé traf Marie gezielt mitten ins Herz und sie kochte deshalb vor Wut.

Als die Gäste aus Paris wieder abgereist waren, stellte sie Saunière zur Rede, worauf dieser allerdings alles abstritt und ihr versicherte, er würde nur sie lieben. All dies hatte ich einmal irgendwo gelesen. Ich verstand jetzt allerdings nicht, weshalb er sie ausgerechnet während meiner Anwesenheit wieder so provozieren musste. Konnte es sein, dass die Beiden vor meiner Ankunft in Rennes-le-Château deswegen gestritten hatten? Oder ging Saunière die ständige Eifersüchtelei seiner Geliebten immer mehr auf die Nerven?

Ich suchte nach einer Möglichkeit, diese verfahrene Situation noch zu retten und fand sie nach einigem Überlegen. Ich bat den Geistlichen, mir noch unbedingt den Tour Magdala von innen zu zeigen, bevor ich das Dorf wieder in Richtung der Pyrenäen verlassen würde. Außerdem bekundete ich ehrliches Interesse an seiner Bibliothek und gab vor, zuhause in Nürnberg eine ebenfalls nicht gerade kleine Sammlung von etwa 3500 Büchern mein Eigen zu nennen. Genauso wie er sei ich ein bibliophiler Mensch.

Damit konnte ich bei ihm ziemlich punkten.

„Das klingt sehr interessant, was Sie da sagen. Selbstverständlich ist es für mich eine große Freude, Ihnen den Turm zu zeigen. Ich hoffe nur, Sie stört die momentane Unordnung dort nicht zu sehr. Aber ich würde Sie gerne bitten, dies auf morgen zu verschieben. Somit wären wir auch schon bei einem weiteren Thema. Sie haben doch nicht etwa vor, noch heute Nacht abzureisen. Ich mache Ihnen einen Vorschlag: Ich lade Sie dazu ein, für ein paar Tage mein Gast zu sein, schon alleine deswegen, weil mir Abbé Boudet einiges Besorgniserregendes über ihren derzeitigen Gesundheitszustand erzählt hat. Denn ich gebe Ihnen zu bedenken, wenn Sie noch eine längere Reise in die Pyrenäen unternehmen wollen, sollten Sie sich erst darauf einlassen, wenn Sie wieder im Vollbesitz Ihrer physischen Kräfte sind. Ruhen Sie sich doch ganz einfach hier noch etwas aus, das wird Ihnen sicher gut tun. Was halten Sie davon?"

Ich musste einsehen, dass es im Augenblick keine andere Alternative für mich zu geben schien. Dennoch versicherte ich mich, dass es den Beiden auch wirklich nichts ausmachen würde und auch Marie hielt es für die beste Lösung.

Danach tranken wir noch mindestens zwei Gläser Wein, ich konnte mich an die tatsächliche Anzahl nicht mehr so genau erinnern, da ich aufgrund des Alkoholgehaltes schon eine gewisse Bettschwere bekam. Aber bevor ich erlöst wurde, ins Bett gehen zu können, musste ich Saunière noch Rede und Antwort über meine Heimatstadt stehen. Hierbei vermied ich es aber ein weiteres Mal, über die aktuelle politische Lage in meiner Heimat zu reden. Über Frankreich, meinen derzeitigen Aufenthaltsort, wusste ich immerhin, dass sich bereits mindestens eine Revolution ereignet hatte.

Dann wechselte mein Gastgeber auf einmal unvermittelt das Thema, „Was mich noch brennend interessieren würde, ist, wie Sie eigentlich zu diesem halbfranzösischen Namen gekommen sind. Ich denke, nicht jeder Deutsche heißt Jacques mit Vornamen." Ich verriet ihm, dass mein Großvater aus dem Elsass stammen würde, was aber nicht zwangsläufig bedeuten würde, dass ich von frühester Jugend an französisch sprechen könne, vielmehr hätte ich mir meine Sprachkenntnisse erst in den letzten Jahren mühsam angeeignet. Dabei wollte ich ihm aber nicht erzählen, dass ich einen Sprachkurs an der Volkshochschule in Nürnberg besucht hätte, denn er hätte gewiss nichts damit anfangen können. Aus diesem Grund schwindelte ich ihm vor, dass ich zu Hause jemanden kennen würde, der gebürtiger Franzose wäre und irgendwann nach Deutschland ausgewandert sei. Somit habe es sich ergeben, dass mir derjenige nun schon seit ein paar Jahren Französisch beibringen würde.

Mein Französisch wäre sehr gut, meinte Saunière, aber er wundere sich, warum ich in diesem Zusammenhang immer von „Deutschland" reden würde, gäbe es doch eigentlich ein Deutsches Kaiserreich dort, wo ich herkomme.

„Oh, das ist so eine Angewohnheit von mir", antwortete ich geistesgegenwärtig, „natürlich haben wir ein Kaiserreich, aber sei es wie es ist, ich mache mir nicht viel aus Politik." Mir fiel dabei siedendheiß wieder ein, dass ja noch Kaiser Wilhelm II. regierte! Hätte ich nur besser im Geschichtsunterricht aufgepasst!

Da mein Gesprächspartner einsah, dass er mit mir nicht viel über dieses Thema reden konnte, gab er es auf.

Der Rest des Abends bestand deshalb aus einer weitestgehend oberflächlichen Unterhaltung.

Ich musste der Dénarnaud dabei versprechen, gleich am nächsten Morgen meiner Ehefrau ein Telegramm zu schicken, in welchem ich ihr mitteilte, dass es mir gut geht und sie sich keine Sorgen zu machen braucht.

Hierbei beobachtete ich für einen kurzen Moment, dass sie Saunière einen, so interpretierte ich es zumindest, leicht vorwurfsvollen Blick zuwarf. Wahrscheinlich wollte sie ihm damit sagen, dass er dies ruhig auch mal tun könnte, wenn er gerade wieder in einer anderen Stadt weilen sollte.

Saunière ignorierte dieses Verhalten weitestgehend und es lag ein weiteres Mal an mir, diese im Moment etwas verfahrene Situation zu retten. Mir fiel dabei aber auch nichts Besseres ein, als Saunières Wein zu loben und mich mit ihm über das Minervois und den Canal du Midi zu unterhalten. Insgeheim wusste ich jedoch, dass Maries Eifersucht ein allgegenwärtiges Thema war und sie wahrscheinlich keine Gelegenheit ausließ, ihm wegen der Calvé Vorwürfe zu machen. Dabei hatte ich schon früher einmal gelesen, dass durchaus Grund zu der Annahme bestand, er würde seine angebetete Opernsängerin auch finanziell unterstützen. Es konnte ja auch sein, dass sie sich mit voller Absicht mit diesem einfachen Dorfpfarrer eingelassen hatte, da sie davon wusste, wie reich er in Wirklichkeit war. Man sprach von einem Vermögen von immerhin mehreren Millionen Francs.

Gerade dieses hätte die Dénarnaud so sehr geärgert, da sie nichts gegen die ihrer Meinung nach totale Blindheit ihres Bérenger unternehmen konnte. So erfüllte sie dies jedes Mal mit großer Traurigkeit, wenn er des Öfteren vorgab wieder einmal, aus welchen Gründen auch immer, nach Paris reisen zu müssen. Außerdem verlangte er von ihr, es solle möglichst wenig Aufhebens wegen dieser Reisen gemacht werden.

Aber nicht nur nach Paris war er unterwegs, Lyon und einige andere Orte waren ab und zu auch seine Ziele. „Marienette", wie er sie liebevoll nannte, machte ihm jedenfalls meistens eine Szene und bezeichnete die Calvé schlichtweg als „Hure". Gleichzeitig warf sie ihm auch immer vor, dass er sich kein einziges Mal in der Form eines Briefes oder eines Telegramms während seiner Abwesenheit bei ihr rühren würde, obwohl sie sich grundsätzlich Sorgen machen würde, vor allem dann, wenn er länger als geplant ausbleiben würde. Wie schon bereits erwähnt, wusste ich dies aus der einschlägigen Literatur über Saunière und Rennes-le-Château und ich war gespannt darauf, ob es tatsächlich der Wahrheit entsprechen würde.

Inzwischen hatte sich eine gewisse Bettschwere über uns alle gelegt, die behagliche Wärme in der Stube und der Alkohol trugen dazu ihr Übriges bei.

Als erstes zog Saunière die Konsequenzen, indem er sich von uns verabschiedete. „Ich darf mich für den Rest des Abends entschuldigen und werde mich in meine Bibliothek zurückziehen. Ich wünsche eine gute Nacht. Ach, Marie, wärst du so nett und würdest Monsieur Berger noch sein Zimmer zeigen?" Dann wandte er sich noch an mich: „Monsieur, wir sehen uns morgen früh, so hoffe ich, beim Gottesdienst. Danach werde ich Ihnen noch einiges zeigen und erklären, wenn Sie möchten. Den an die Kirche angrenzenden Friedhof sollten Sie übrigens auch noch unbedingt besichtigen, er hat einiges Interessantes zu bieten." Dann verließ er uns endgültig. Meine Kammer im ersten Stock der Villa war zwar nicht besonders groß, aber dafür fehlte es an nichts, was man in der damaligen Zeit brauchte. Sie verfügte über einen Kleiderschrank, einen Tisch mit zwei Stühlen und über ein Bett, neben dem ein Nachtkästchen stand. Sogar eine kleine Waschschüssel war vorhanden.

Das Bett selbst war einfach, aber trotzdem hatte ich genügend Platz darin, Für die damalige Zeit war dies beileibe keine Selbstverständlichkeit.

Bevor ich nun zu Bett ging, öffnete ich das Fenster, um etwas frische Nachtluft hereinzulassen. Ich streckte den Kopf hinaus, um ein paar tiefe Atemzüge zu machen, als mein Blick zu Saunières Turm ging. Er kam mir dabei vor wie ein Leuchtturm, es war weit und breit das einzige Gebäude, in welchem noch Licht brannte.

Der Abbé saß als rast- und ruheloser Mensch sicherlich wieder über jeder Menge Büchern und Karten. Aber genauso kannte ich ihn auch aus allen Beschreibungen.

Ein weiteres Mal quälte mich die Frage, was er entdeckt hatte und was ihm seinen angenommenen Reichtum verschaffte. Waren es nur bestimmte geheime Dokumente, deren Brisanz mittlerweile ungeahnte Ausmaße annahm oder hatte er tatsächlich Gold gefunden, das er in Toulouse oder gar in Paris selbst in handfeste Banknoten eintauschte. Oder waren es beide Faktoren zusammen, die ihn irgendwann später zu einer Berühmtheit werden ließen?

Möglicherweise würde ich es irgendwann später herausfinden, denn eines war sicher: Mein detektivischer Spürsinn war geweckt!

Als der nächste Morgen anbrach, wurde ich durch lautes und fröhliches Vogelgezwitscher sanft aus dem Schlaf in die Wirklichkeit zurückgeholt.

Da ich tief und fest geschlafen hatte, blinzelte ich zuerst noch ziemlich belämmert der Helligkeit des Tages entgegen. Meine Armbanduhr zeigte mir, dass es gegen sieben Uhr war.

Insgeheim hatte ich gehofft, dass sich der ganze Spuk vom Vortag wieder verflüchtigt hatte, aber dem war leider nicht so. Ich lag immer noch in einem Bett aus dem ausgehenden 19. Jahrhundert und nichts, aber auch gar nichts um mich herum hatte sich verändert.

Trotzdem war ich gut erholt und fühlte mich prächtig.

Ich stand auf, um meinen Kopf aus dem offenstehenden Fenster zu stecken und die einsetzende Morgenröte zu begrüßen. Ein schöner spätsommerlicher Tag schien sich anzukündigen und neugierig harrte ich der Dinge, welche mich heute erwarten würden. Dann schlich ich auf Zehenspitzen zur Treppe, um niemand aufzuwecken. Dort angekommen, musste ich jedoch feststellen, dass meine Bemühungen umsonst waren. Aus der Küche im Erdgeschoss konnte ich bereits lautes Klappern von Tellern und Tassen vernehmen.

Mademoiselle Dénarnaud war offensichtlich schon wieder am Werk, um ihre hausfraulichen Pflichten zu erfüllen.

Als ich nach unten kam, begrüßte sie mich mit einem freundlichen „Guten Morgen, Monsieur Berger! Haben Sie gut geschlafen?"

Ich bejahte diese Frage gerne und wünschte ihr ebenfalls einen guten Morgen. „Bérenger, äh, ich meine Abbé Saunière erwartet Sie bereits in der Kirche. Sie wollten doch am Gottesdienst teilnehmen und wenn Sie bis später durchhalten können, dürfen sie sich auf ein reichhaltiges Frühstück freuen. Bevor Sie hinübergehen, möchte ich aber noch von Ihnen wissen, ob Sie Tee oder Kaffee dazu wollen."

„Eine Tasse kräftigen schwarzen Kaffees wäre wundervoll", sagte ich im Hinausgehen.

Zum Gottesdienst kam ich leider zu spät und als ich den Kirchenraum betrat, nickte ich höflich lächelnd in Saunières Richtung.

Natürlich war es unvermeidlich, dass sich sämtliche Anwesende wie auf ein Kommando zu mir umdrehten und mich neugierig begutachteten.

Der Abbé jedoch räusperte sich laut hörbar, um die Aufmerksamkeit wieder auf sich zu ziehen.

Natürlich konnte man nicht erwarten, dass um diese frühe Morgenstunde die Sitzbänke bis auf den letzten

Platz besetzt waren, aber immerhin waren es fünfzehn zumeist ältere Besucher, die ihrem Pfarrer bei seiner Predigt wieder zuhörten.

Ich ging davon aus, dass die jüngeren Bewohner des Dorfes noch keine Zeit hatten, da sie sich verständlicherweise um ihre Tiere und in Einzelfällen auch Äcker kümmern mussten. Saunières Gottesdienst selbst verlief ohne große Rituale, wie man sie heutzutage aus vielen katholischen Kirchenbesuchen kennt. Eine einfache, aber allgemeinverständliche Predigt stellte den Kern des Gottesdienstes dar. Es handelte sich um den Dank des Menschen für ein gelungenes landwirtschaftliches Jahr, vergleichbar mit dem hierzulande bekannten Erntedankgottesdienst. Danach sang man ein paar Lobeslieder auf den Herrn und zum Abschluss erteilte Saunière seinen Segen für alle Anwesenden und ihre Familien.

Was dabei fehlte, war das obligatorische Abendmahl, aber da ich kein Kenner des katholischen Gottesdienstes war, wusste ich nicht, ob es schon zu so früher Stunde dazugehörte oder nicht. Mir war es auch, ehrlich gesagt, ziemlich egal. Ich blieb jedenfalls sitzen, bis alle Menschen das Gotteshaus verlassen hatten und erntete von ihnen weitere interessierte Blicke, als sie an mir vorbeidefilierten. Dennoch war keiner darunter, der mich nicht gegrüßt hätte, es herrschte sozusagen eine höfliche Reserviertheit.

Als die Kirche sich geleert hatte, stand ich auf und ging zu Saunière.

„Guten Morgen, Monsieur Berger, wie gefällt Ihnen meine Kirche? Ich konnte mit Genugtuung feststellen, dass Sie sich während der Predigt interessiert umgesehen haben, besonders die einzelnen Gemälde scheinen es Ihnen angetan zu haben, habe ich Recht? Ich erkläre Ihnen gerne, was es damit auf sich hat, wenn Sie wollen."

Ich war sehr gespannt darauf, konnte mir aber trotzdem nicht wirklich vorstellen, dass er ausgerechnet mir die tatsächlichen Hintergründe ihrer Bedeutung offenbaren würde und so war es dann auch – er behielt auch in diesem Moment weiter sein großes Geheimnis für sich und erzählte nur ganz allgemein darüber, welcher Künstler sie kreiert hatte und wo er sie erworben oder in Auftrag gegeben habe. Zwar hatten sich irgendwann später Esoteriker und seriöse wie unseriöse Wissenschaftler darüber den Kopf zerbrochen, um hinter Saunières tatsächliche Absichten zu kommen, aber niemand kannte bis heute den genauen Sinn dahinter.

Dann lenkte ich das Thema auf Saunières Lieblingsfigur, den nicht zu übersehenden Dämon Asmodis, welcher den Eingang der Kirche zierte. „Ich habe ihn hier aufstellen lassen, weil er einen gelungenen Kontrast zu all den Gutmenschen- und Engelsdarstellungen auf den Gemälden bildet. Er ist deshalb ein Sinnbild für den ewigen Kampf zwischen Gut und Böse in der Welt. Außerdem behaupten viele, dass er auch der Erbauer des Tempels des Königs Salomo sein soll. Daraus folgend wäre er der Hüter unermesslicher Schätze, welche sich in diesem Tempel befunden haben sollen, welche man aber bis jetzt vergeblich gesucht hat. Übrigens, finden Sie nicht auch, dass es sich um eine sehr gelungene Darstellung dieses Dämons handelt? Er ist fast vergleichbar mit der Vorstellung, welche man im Mittelalter von einem anderen Wesen mit dem Namen Baphomet hatte und welche die Verkörperung Satans selbst sein sollte."

„Oh ja", dachte ich, mir liefen immer wieder eiskalte Schauer den Rücken herunter, wenn ich Asmodis gegenüberstand und seine kalten und durchdringenden Augen mich hypnotisierten wie eine Schlange das Kaninchen kurz vor dem Todesstoß. Aber ich war in diesem Augenblick überzeugt, dass ich bestimmt nicht der Einzige war, dem es an dieser Stelle so erging. Die Dunkelheit in der Kirche trug noch ihr Übriges dazu bei.

Saunière bemerkte offensichtlich an meinem Gesichtsausdruck, dass mir leicht mulmig zumute war. Deshalb wechselte er das Thema und packte mich sanft am Arm, um mich nach draußen zu führen. Dort machte er mir den angesichts der Situation besten Vorschlag, nämlich uns zur Villa Bethania zu begeben, wo das Frühstück auf uns wartete. Dies erfüllte mich mit Erleichterung und ich vergaß umso schneller meine dunklen Gedanken.

Saunière konnte seine verstohlenen Blicke auf die Taschenuhr nicht vor mir verbergen.

Im Pfarrhaus gab er sich heiter und unbefangen, indem er der Dénarnaud ein übertrieben lautes „Guten Morgen, Marie!" entgegenschmetterte.

Dies hatte zur Folge, dass wir beide ziemlich zusammenzuckten und uns fragend anblickten, was denn dies nun wieder sollte.

Aber Saunière ließ erst gar keine Kommentare in dieser Richtung aufkommen. Er nahm Marie kurzerhand freundschaftlich in den Arm und gab ihr, natürlich auch nur freundschaftlich, einen schmatzenden Kuss auf die Stirn. Dann rieb er sich demonstrativ die Hände über das festliche Petit-Déjeuner, das sie bereits auf den Tisch gezaubert hatte und lobte sie dazu in den höchsten Tönen. Das sei jetzt genau das Richtige, was wir alle brauchen würden, um den neuen Tag mit viel Kraft und Elan angehen zu können, meinte er.

Dann setzten wir uns alle drei an den Tisch, wobei Marie aber vorher noch, gänzlich rot im Gesicht angesichts von soviel spontaner Zuneigung geworden, leicht zitternd die Kaffeekanne auf den Tisch stellte. Für einen kurzen Moment fühlte ich mich wie im Paradies, soviel Gemütlichkeit strahlte diese anheimelnde Szene aus. Aber unser Glück sollte nur von kurzer Dauer sein, als es laut und energisch an die Haustüre klopfte.

Wenige Augenblicke später trat Abbé Boudet unaufgefordert im Priesterrock und mit einem eleganten Zylinder auf dem Kopf in die Stube. Seine Kopfbedeckung ließ ihn dabei noch viel größer wirken und hatte etwas Bedrohliches an sich. Beim Anblick des Frühstückstisches klatschte er erfreut in die Hände und rief „Guten Morgen allerseits. Gelobt sei Jesus Christus!". Wir antworteten alle drei im Chor mit dem üblichen „In Ewigkeit, Amen!" Boudet fuhr jetzt vollkommen entzückt fort. „Ich glaube, besser kann ein Tag gar nicht beginnen. Ich darf doch?" Ohne eine besondere Einladung abzuwarten, setzte er sich auch schon zu uns an den Tisch. Entschlossen grapschte er nach einer Scheibe Weißbrot und bestrich sie flugs mit einer dicken Schicht Aprikosenmarmelade. Dann ergriff er die Kaffeekanne und goss die schwarze dampfende Flüssigkeit in die inzwischen von Marie für ihn bereitgestellte Tasse.

Saunière verfolgte die ganze Szene sichtlich amüsiert. Wahrscheinlich dachte er dasselbe wie ich. Denn ich nahm an, dass der Pfarrer von Rennes-les-Bains bestimmt in seiner Pfarrei nicht so verwöhnt wurde wie hier.

Zufrieden faltete Boudet die Hände über seinem Bauch. „ Bérenger, ich muss schon sagen, Marie ist eine Perle in Ihrem Haushalt. Die sollten Sie auf keinen Fall jemand anderem mehr geben." Bei den Unmengen von Kaffee, vermischt mit Milch und Zucker, welche er an diesem Morgen weiter konsumierte, wäre bei ihm unter normalen Umständen sicherlich der Verdacht auf eine Diabeteserkrankung aufgekommen,

Nach dem Frühstück legte er seine Hände auf sein schon etwas angeschwollenes Bäuchlein und sein Gesicht nahm einen entspannten, fast schon verklärten Ausdruck an.

Sein Kollege dagegen schien immer nervöser zu werden, da er weitere Male auf seine Uhr blickte und mit den Fingern in rhythmischen Abständen auf die Platte des schweren Eichentisches trommelte.

Etwa gegen neun Uhr konnte man draußen vor der Eingangstüre Geräusche vernehmen, die auf das Vorfahren einer Kutsche schließen ließen. „Endlich! Das muss Gelis sein", rief Saunière aus und ohne zu zögern, eilte er sogleich nach draußen, ließ dabei aber die Türe offenstehen.

Deshalb konnte ich hören, wie er ihn begrüßte und ihn fragte, ob er eine Aktentasche für die Papiere dabeihabe. Gelis bejahte dies und Bérenger kam sogleich wieder in die Küche gerannt und forderte Boudet auf, sich doch gefälligst zu erheben.

Nur widerwillig folgte dieser der Aufforderung seines Kollegen und Saunière packte ihn am Arm, um seiner Forderung Nachdruck zu verleihen.

Im Hinausgehen drehte sich Saunière nochmals um und trug seiner Haushälterin auf, einen Krug Wasser mit drei Gläsern in die Kirche zu bringen, wobei er erwähnte, dass niemand die drei Pfarrer in den nächsten Stunden stören dürfe.

Ich bot ihr an, dies für sie zu erledigen. Also machte ich mich auf den Weg und klopfte laut an die bereits geschlossene Tür des Gotteshauses. Dabei hegte ich den Hintergedanken, etwas von dem Grund dieser so überaus wichtigen Versammlung mitzubekommen, aber ich hatte Pech.

Bérenger öffnete die Tür nur für einen Spalt, nahm das Tablett mit dem Krug und den Gläsern entgegen und bedankte sich kurz. Und noch bevor ich noch etwas sagen konnte, war die Türe auch schon wieder geschlossen worden. Erst einige Zeit später hatte ich erfahren, um was es dabei ging. Eine haarsträubende Geschichte, welche selbst einen gläubigen Christenmenschen an seinem Verstand zweifeln lassen könnte, sollte mir noch bevorstehen.

Nach meiner Rückkehr in die Villa war Marie verschwunden. Ich rief ein paar Mal ihren Namen, bekam aber keine Antwort. Da noch alles vom Frühstück auf dem Tisch stand, begann ich damit ihn abzuräumen. Dann setzte ich mich wieder an den Tisch und reflektierte noch einmal, was sich bisher in meinem Beisein ereignet hatte, und das war eine Menge! Noch immer stellte die gesamte Situation für mich etwas Unbegreifliches, ja fast Absurdes dar. Aber was dann noch folgen sollte, war noch viel schlimmer, denn das Grauen sollte ein paar Tage später in Rennes-le-Château Einzug halten. Langsam wurde mir auch klar, was der Grund für das Zusammentreffen der drei Geistlichen in Saunières Kirche sein könnte. Es konnte sich nur um die Dokumente handeln, welche im Zusammenhang mit der Renovierung der Kirche um 1890 entdeckt wurden. Sie befanden sich zu diesem Zeitpunkt in einem mit Wachs versiegelten Holzzylinder, der in einem der westgotischen Pfeiler der Kirche verborgen gehalten wurde. Die Pergamente selbst stammten meiner Erinnerung nach aus den Jahren 1244 und 1644 und bestanden aus Genealogien.

Das wäre an sich nicht so interessant gewesen. Jedoch war er innerlich zerrissen, wie er mir gegenüber behauptete, hielt es aber genau aus diesem Grund für das Beste, die Dokumente weiter in seiner Kirche zu verstecken. Er wollte, so konnte ich mir jetzt vorstellen, wahrscheinlich mit seinen beiden Amtskollegen alles noch einmal analysieren und beraten, wie man weiter verfahren sollte.

In diesem Zusammenhang kam mir augenblicklich in Erinnerung, dass er zuerst seine Haushälterin über mehrere Jahre hinweg in dem Glauben gelassen hatte, dass die Papiere sich in einem Banksafe befinden würden. Er hatte sie also belogen. Beim Gedanken daran packte mich eine unbändige Neugier, aber wie konnte ich sie befriedigen?

Ich war zwischen Ehrgeiz und Resignation hin und hergerissen. Währenddessen blieb ich noch längere Zeit am Tisch sitzen und dachte weiter nach. Dabei fiel mir gar nicht auf, dass die Dénarnaud immer noch nicht zurückgekehrt war. Denn nach allem, was ich gesehen hatte, musste sie den Raum fluchtartig verlassen haben.

Aber es ging mich auch gar nichts an, denn es stand mir nicht zu, fremden Leuten einfach hinterher zu spionieren. Überhaupt Geheimnisse!

Langsam wurde mir bewusst, dass jeder hier sein Geheimnis mit sich herumtrug. Es war auch, denkbar, dass

Saunière seine Haushälterin in diese einweihte. Das Zusammenleben auf engstem Raum würde dies auch sicherlich auf Dauer erforderlich machen.

Ich grübelte also weiter, stand auf und blickte aus dem Fenster. „Was für ein herrliches Wetter", dachte ich mir.

Kurz entschlossen verließ ich die Villa und unternahm einen kleinen Spaziergang. Ich war mir in diesem Moment sicher, dass ich beim Laufen den Kopf bestimmt wieder frei bekommen würde. Außerdem übte die Hügellandschaft der Corbières eine verstärkte Anziehungskraft auf mich aus.

Hierzu musste ich die Straße oder besser gesagt den Weg nach Rennes-les-Bains benutzen, wenn ich in den vollen Genuss einer herrlichen Aussicht gelangen wollte. Etwa auf halber Strecke zum nächsten Ort verließ ich den Weg, um einfach querfeldein in ein kleines auf der rechten Seite gelegenes Wäldchen abzubiegen. Warum ich ausgerechnet dorthin wollte, konnte ich nicht sagen, eher war es wohl aus einer bestimmten Laune heraus. Vielleicht hatte es auch einen mehr symbolischen Charakter, einmal die eingeschlagenen Pfade zu verlassen und etwas Neues auszuprobieren, das hatte ich ja schließlich mit meiner Zeitreise schon unfreiwillig getan.

Je weiter ich vordrang, desto dichter wurde der Wald und irgendwann ging es nicht mehr weiter. Ich fühlte mich generell gehemmt und kam nicht recht voran. War es immer noch diese Umstellung auf völlig andere Zeitverhältnisse, was mich aufhielt?

Erschöpft suchte ich mir eine Sitzgelegenheit, in diesem Fall einen abgeschnittenen Baumstumpf, und ließ mich nieder. Es herrschte Stille, kein Vogelgezwitscher, kein Summen von irgendwelchen Insekten, nichts. Fast unheimlich kam mir dies vor. Ich dachte mindestens eine Stunde nach. Dabei musste ich feststellen, dass es in meiner Zeit viel mehr Lärm gab, als noch vor hundert Jahren. Unter anderem eine Folge davon, dass damals die Entwicklung von Autos noch in den Kinderschuhen steckte.

Damit verbunden gab es, zumindest auf dem Land, also hier in Rennes-le-Château bestimmt viel weniger Hektik und Stress, Faktoren, welche einen Menschen krank machen können.

Kürzere Entfernungen überbrückte man mit Pferdegespannen und wollte man größere Reisen unternehmen, dann bediente man sich der Eisenbahn. Aber was wusste ich sonst noch aus dem Geschichtsunterricht von der Zeit um die Jahrhundertwende außer dieser Sache mit dem Deutschen Reich? Es war nicht mehr viel.

Und dann auch noch die französische Geschichte, die für mich ein fast unbeschriebenes Blatt war. Aber musste ich das auch, wenn ich sowieso nur als Tourist hierhergekommen war?

Gleichzeitig ging mir nun ein viel größeres Problem durch den Kopf – das liebe Geld. Zwar trug ich jede Menge Euros bei mir, aber die nützten mir nichts. Und in diesem Zusammenhang fiel mir wieder diese Anekdote über Marie Dénarnaud ein.

In Frankreich wurde in den 1950er Jahren eine Art Währungsreform durchgeführt. General De Gaulle, der um diese Zeit regierende Staatschef, ließ damals alles Geld einsammeln und jeder Staatsbürger erhielt druckfrische Geldscheine dafür. Die einzige Bedingung hierfür bestand darin, dass man Rechenschaft über die Herkunft des alten Geldes ablegen musste, ob es sich zum Beispiel um Erspartes, Erträge aus irgendwelchen Verkäufen oder durch ehrliche Arbeit sauer verdientes Geld handelte.

So hatte ich es lange vor meiner Ankunft in diesem Dorf einmal gelesen.

Marie lebte noch um diese Zeit, da sie wesentlich jünger als der Abbé von Rennes-le-Château war. Als sie nun von dieser Bedingung erfuhr, unterließ sie es, das von ihrem Arbeitgeber und Geliebten ererbte Geld zum Umtausch zu bringen. Vielmehr trug sie es in den Garten der Villa Bethania, schichtete es zu einem ansehnlichen Haufen und verbrannte es, wobei diese Szene anscheinend ihren Nachbarn nicht entgangen war. Marie musste sich jedoch trotzdem keine finanziellen Sorgen machen, da sie ja noch Eigentümerin der Villa und des Tour Magdala war. Beides veräußerte sie erst kurz vor ihrem Tod, wobei sie dem zukünftigen Besitzer das Geheimnis über die Herkunft des sagenhaften Reichtums von Abbé Saunière verraten wollte. Dies verhinderte jedoch ein Schlaganfall, welcher sie dahinraffte noch bevor sie ihm alles erzählen konnte. Das Rätsel um Saunières Schatz blieb also weiterhin bis in die Gegenwart verborgen.

Sollte ich mit etwas Glück derjenige sein, der hinter dieses Geheimnis käme? Natürlich nur, wenn ich das Vertrauen des Geistlichen erwerben konnte.

Immer noch interessierte es mich brennend, was in der Kirche vorging. Bisher kannte ich nur eine fiktive Geschichte über die Besprechung der drei Abbés, ich hatte in irgendeinem Roman darüber gelesen, es musste also keinesfalls der Wahrheit entsprechen. Aber jetzt hatte ich zumindest den Beweis, dass es diese Versammlung tatsächlich gegeben hatte.

Ich schimpfte jetzt über mich selbst, weil ich einfach ziellos in der Gegend herumspazierte anstatt zu versuchen, etwas von dem Gespräch in der Kirche zu belauschen. Ich brach meine kleine Wanderung ab und eilte so schnell wie ich konnte wieder ins Dorf zurück.

BESPRECHUNG

Als ich vor der Kirche stand, sondierte ich die Lage. Wo konnte ich eine Stelle finden, von welcher ich etwas davon mitbekam, was man in der Kirche besprach?

Und dann kam mir eine Idee: Ungestört war man eigentlich nur am Friedhof. Zwar war ich noch nie dort gewesen und Saunière hatte mir eine Führung versprochen, aber das war jetzt egal. Schließlich konnte ich ihn auch so erkunden, selbstverständlich mit einem bestimmten Ziel. Also begab ich mich als erstes durch die Eingangstür, als ich rechterhand die Kirchenmauer vor mir sah und mir klar wurde, dass irgendwo dort eine Nische sein könnte, möglicherweise im hinteren Bereich, wo man nicht gleich entdeckt wurde. Langsam und vorsichtig suchte ich alles ab. Glücklicherweise befand sich niemand um diese Zeit auf dem Friedhof und ein paar Minuten später hatte ich Erfolg. Es gab wirklich eine Stelle, von welcher aus ich ziemlich unbeobachtet hören und sogar sehen konnte, was sich drinnen ereignete.

Die drei Geistlichen diskutierten gerade heftig über bestimmte Stellen in der Bibel. Grund hierfür war Gelis Aufregung über den Dämon Asmodis, welcher ihn jedes

Mal irritierte, wenn er die Kirche betrat. Er schrie Saunière förmlich an. „Das ist Gotteslästerung, Saunière, einem Geschöpf des Satans das Becken mit dem Weihwasser aufzubürden! Was haben Sie sich dabei gedacht?" Verzweiflung stand in seiner Stimme und er musste sich erst einmal auf eine Bank niederlassen. Dann würgte er an seinem Kragen, als bekäme er keine Luft mehr. Plötzlich stand er auf und rannte aus meinem Blickfeld und ich hörte Türenschlagen. Wahrscheinlich war er ins Freie gestürzt, um erst einmal wieder herunterzukommen. Anscheinend war Gelis ein sehr sensibler Mensch und so warteten sie, bis er sich wieder beruhigt hatte.

Derweilen konnte ich vernehmen, wie Boudet Saunière fragte: „Wie geht es eigentlich Ihrem Gast, fühlt er sich schon besser? Hat er gesagt, wie lange er hierbleiben möchte?"

„Ich denke, es wird noch einige Tage dauern, bis er wieder reisefähig ist. Ich habe ihm gesagt, er soll sich die Zeit dazu nehmen, um zu genesen."

„Hmh, ich frage mich dabei, ob er rein zufällig hierhergekommen ist oder ob ihn jemand geschickt hat. Die Frage ist: Kann man ihm vertrauen?"

Saunière zog die Stirn kurz in Falten, um nachzudenken. „Ich glaube, Monsieur Berger scheint mir einigermaßen vertrauenerweckend. Ich kann mir bis jetzt nicht vorstellen, dass er mit bestimmten Absichten hierhergekommen ist, außer natürlich, um sich unser kleines Dorf anzusehen. Zugegeben, sein Äußeres wirkt zwar etwas fremdländisch, aber ich gehe davon aus, dass er uns keine Probleme bereiten wird. Ich habe den Eindruck, dass er kein Gesandter Roms oder irgendeiner anderen Institution ist, wenn Sie das meinen."

„Nun, Vertrauen einflößend heißt nicht unbedingt, dass man jemandem auch vertrauen kann. Halten Sie lieber trotzdem die Augen weiter offen, Bérenger. Ich habe nämlich das Gefühl, dass wir unruhigen und auch gefährlichen Zeiten entgegengehen", erwiderte Boudet und blickte dabei auf seine Uhr. Dann ging er zur Türe und ich hörte ihn nach Gelis rufen.

Ich sah mit Erschrecken, dass dieser immer näher auf mich zukam. Verzweifelt drückte ich mich in meine Nische und hielt den Atem an. Zusätzlich wurde ich immer nervöser. Noch ein paar Schritte … und dann drehte er ab. Mir fiel ein Stein vom Herzen und ich atmete erleichtert auf. Hätte er mich entdeckt, wäre ich in Erklärungsnot geraten.

Als man wieder vollzählig versammelt war, ergriff Gelis sogleich das Wort und wandte sich dabei Saunière zu: „Als Sie mir vor einiger Zeit die Kopien Ihrer Dokumente gebracht haben, habe ich mich in diesem Zusammenhang an die uralte Legende erinnert, die besagt, dass Maria von Bethanien, ihr Bruder Lazarus und noch einige Frauen in einer Nussschale von Boot über das Meer hierher nach Südfrankreich gekommen sein sollen. Dort hätten sie an verschiedenen Orten ihren Lebensabend verbracht. Weiter hörte ich davon, dass sogar Josef von Arimathäa mit einer weiteren Person, die ich nicht näher beim Namen nennen möchte, ebenfalls hier im Roussillon gestrandet sein soll. Ich weiß nicht, inwieweit diese Papiere damit zu tun haben. Zwar habe ich sie eingehend studiert, kann mir aber dennoch keinen Reim darauf machen. Auf den ersten Blick stellen sie für mich nur lateinisch aussehende Texte mit offensichtlich frommem Inhalt dar. Vielleicht aber hat sie Bigout damals auch nur gefälscht, wer weiß?" „Warum sollte Bigout so etwas getan haben?", fragte Saunière.

„Ich habe nur laut nachgedacht", beschwichtigte der Pfarrer von Coustaussa.

Ich erinnerte mich, Antoine Bigout war einer der früheren Geistlichen von Rennes-le-Château.

Dann wandten sie sich einer großen, marmornen Steinplatte zu und ich nahm an, dass sie von der Größe her von einem Grab stammen könnte.

Was es mit diesem Grab auf sich haben könnte, ahnte ich zu diesem Zeitpunkt noch nicht. Umso geheimnisvoller klangen jetzt die Worte, die sich anscheinend darauf befanden und die Boudet laut vorlas: „Et in arcadia ego" und dann senkte er die Stimme und las weiter. „Reddis, regis, cellis, arcis." Abwechselnd murmelte nun jeder von ihnen diese Worte vor sich hin.

Es klang wie eine Beschwörung und hatte etwas Unheimliches an sich. Augenblicklich lief mir ein eiskalter Schauer den Rücken hinab.

„Vor ein paar Tagen hatte ich die Gelegenheit und vor allem die Zeit, mich mit den Dokumenten zu befassen. Ich sage Ihnen ja dabei nichts Neues, Saunière, wenn ich hier feststelle, dass dieselben Worte ja auch auf den Papieren stehen. Also habe ich sie immer und immer wieder gelesen, dabei die Buchstaben und Worte verdreht in tausend Varianten und ich wurde tatsächlich fündig. Aber, was ich herausgefunden habe, macht mir, ehrlich gesagt, ziemliche Angst." Als ich dies mit angehört hatte, konnte ich verfolgen, wie Gelis schon wieder ganz feucht im Gesicht wurde und sich mit einem Taschentuch ein weiteres Mal den Schweiß von der Stirn wischte.

Es war so mucksmäuschenstill in der Kirche, dass ihn die beiden anderen auffordernd ansahen, er solle endlich seine Erkenntnisse preisgeben. Also tat er es, dabei immer kleinlauter werdend, sodass man es fast nicht mehr von meiner Position aus hören konnte.

„Der erste Satz heißt in Wirklichkeit „I TEGO ARCANA DIE" und bedeutet „VERSCHWINDE VON HIER! Ich halte die Geheimnisse Gottes verborgen!"

Eine längere Pause folgte, in welcher man das Fallen einer Stecknadel hören konnte. Gelis bekreuzigte sich wortlos.

Ich selbst musste erst einmal kräftig schlucken, dann wandte ich mich um und rutschte an der Mauer entlang in die Hocke. Kurz darauf nahm ich die Hände vors Gesicht, denn langsam wurde mir klar, was sich hier soeben ereignet hatte.

Die drei Geistlichen hatten Grenzen überschritten, ja sogar einen Frevel begangen.

War es pure Neugier, die sie trieb? Und dann, welches Grab war überhaupt gemeint und wo war es? Aber das Schlimmste daran war, dass ich jetzt, ob freiwillig oder nicht, in eine Mitwisserschaft hineingezogen wurde. Ich konnte deshalb auch mit niemandem darüber reden, was mir möglicherweise geholfen hätte, das Ganze einigermaßen zu verdauen.

In der Kirche herrschte immer noch Stille, als diese plötzlich von einem heftigen Türenschlagen durchbrochen wurde. Gerade noch im letzten Moment konnte ich Marie Dénarnaud erkennen, wie sie von der Kirche Richtung Pfarrhaus rannte und dort drinnen verschwand. Was sollte man davon halten? Hatte sie etwa ebenfalls mitgehört, was sich abspielte? Wenn dies der Fall war, dann stand sie auch unter Schock.

Aber darum wollte ich mich jetzt nicht kümmern, das konnte ich schließlich später noch anhand ihres weiteren Verhaltens in Erfahrung bringen.

Endlich hörte man wieder Stimmen und ich rappelte mich hoch und begann erneut zu lauschen. Hatte ich bisher angenommen, es gäbe keine Steigerung mehr, so wurde ich gleich eines Besseren belehrt. Ich konnte nämlich verfolgen, wie sich Saunière zu dem westgotischen Pfeiler der Kirche begab. Dabei warf er sicherlich unbewusst einen kurzen Blick in meine Richtung.

Ich schaffte es aber gerade noch, den Kopf zurückzuziehen, sodass ich davon ausgehen durfte, nicht dabei von ihm entdeckt zu werden. Jedenfalls ahnte ich sofort, was folgen würde.

Saunière nahm den zylinderförmigen Behälter aus dem Pfeiler und öffnete ihn. Mit den drei sich darin befindlichen Dokumenten ging er wieder zu seinen beiden Kollegen zurück und breitete sie vor ihnen auf der Grabplatte aus. „Voila, Messieurs, was hier vor Ihnen liegt, ist das eigentliche Geheimnis von Rennes-le-Château", sprach er feierlich. „Ich denke, dass wir hierüber mit niemandem anderen mehr reden sollten. Es muss unter uns bleiben. Kann ich mich darauf verlassen?" Er blickte jedem von ihnen der Reihe nach ins Gesicht. Boudet nickte nur kurz. Als Bérengeres Blick aber zu Gelis wanderte, begann dieser fassungslos zu stottern. „Aber, aber, aber…", war alles, was er herausbrachte.

Saunière klärte ihn auf. „Ja, ich habe es Ihnen bisher nicht verraten, Antoine, aber in dem Pfeiler befanden sich seit jeher nicht zwei sondern sogar drei Schriftrollen." Er deutete mit dem Finger auf zwei von ihnen. „Diese beiden kennen wir ja bereits und Abschriften hiervon haben Sie kürzlich mit nach Coustaussa genommen, Gelis. Ich hoffe für Sie, dass Sie sie gut verwahrt haben."

Der Abbé von Coustaussa nickte nur kurz und starrte immer noch ungläubig, so kam es mir jedenfalls vor, auf das dritte Pergament. Saunière fuhr mit seinen Erklärungen fort. „Wenn wir nun von diesem dritten und für mich wichtigsten Dokument reden, so müssen wir davon ausgehen, dass es älter ist als die aus den Jahren 1244 und 1644 stammenden Zeugnisse. Ich konnte es zuerst auch nicht glauben, aber es handelt sich höchstwahrscheinlich um ein Papier aus dem ersten Jahrhundert nach Christus. Und was dies noch viel brisanter werden lässt, ist, dass es aus der Gegend um Aix-en-Provence stammen könnte." Augenblicklich verschlug es mir die Sprache, als er dies erwähnte. Gleichzeitig begann es in meinem Kopf zu arbeiten und das Ergebnis meines Kombinierens wurde mir von Saunière umgehend bestätigt. „Meine lieben Kollegen, ich denke, ich muss Ihnen nicht sagen, wem es zuzuordnen ist, genauer gesagt, wer die Zeilen, welche sich darauf befinden, geschrieben hat." Er machte eine Kunstpause und wieder war es Gelis, der einmal mehr mit offenem Mund davorstand.

Nur Boudet spielte, wie immer, den Allwissenden. Welche Rolle fiel ihm in dieser ganzen Sache zu? Hatte er vielleicht schon lange vor Saunière davon gewusst? Und wenn ja, warum holte er dann nicht die Papiere zu sich nach Rennes-les-Bains?

Gelis fehlten weiterhin die Worte, aber ich selbst konnte das alles ebenfalls nicht so recht glauben. Die Anwesenheit Maria Magdalenas und ihres Bruders Lazarus in

Südfrankreich hatte bisher für mich immer ins Reich der Legenden gehört. Zwar war ihre Präsenz überall in Südfrankreich schon alleine wegen der vielen Namen von Kirchen, ja sogar Orten nicht zu übersehen, aber dass sie tatsächlich hier gelebt und gestorben sein sollen, das war schon ein ganz anderes Kaliber. Boudet meldete sich jetzt endlich einmal zu Wort und was er von sich gab, verlieh wenig Hoffnung, um die Lage wieder etwas zu entspannen. „Ich würde sogar soweit gehen, zu behaupten, dass dieses dritte Dokument als der sagenumwobene Schatz der Katharer bezeichnet werden kann. Und da wir jetzt davon wissen, befinden wir uns fortan auf Dauer in einer latenten Gefahr."

Was mich betraf, so eilte mir dabei alles durch den Kopf, was ich Wissenswertes über Maria von Bethanien zusammentragen konnte. Dass sie eine Prostituierte oder vielleicht auch nur Ehebrecherin gewesen sein soll, dass sie später eine glühende Verehrerin von Jesus wurde und, wer weiß, irgendwann mit ihm eine Ehe einging, aus welcher sogar Kinder hervorgegangen sein sollen.

Was stand auf diesem Papier? War dies der Beweis oder war es nur eine billige Fälschung? Ich konnte es von meiner Position aus nicht in Erfahrung bringen und das machte mich noch ungeduldiger.

Saunière fuhr jedenfalls fort, weiter zu berichten. „Grundsätzlich können wir hier nur Vermutungen anstellen, da wir nicht einmal wissen, ob dieses Dokument überhaupt echt ist. Ich habe zwar schon einen Weg gefunden, um mich davon zu überzeugen, aber es kann möglicherweise noch länger dauern. Wenn wir dieses Dokument trotzdem vorläufig zugrunde legen, dann ist tatsächlich anzunehmen, dass die besagte Heilige in einer

Grotte bei St. Baume gelebt hat. Daraus folgernd könnte auch eine weitere Legende, welche sich in Saintes-Maries-de-la-Mer an der Mittelmeerküste ereignet hat, der Wahrheit entsprechen."

Boudet meldete sich jetzt wieder zu Wort. „Sie haben Recht, Bérenger. Ich gebe aber gleichzeitig zu bedenken, dass durch die Existenz des Papiers ein großer Teil des für unsere Lehre immer noch sehr wichtigen Neuen Testaments infrage gestellt wird. Und dass es offensichtlich von einer Heiligen selbst verfasst wurde, macht es für uns nicht einfacher. Schließlich ist es ja auch noch ihr gesamtes Vermächtnis oder Testament, wenn man so will."

Gelis hatte sich nun wieder einigermaßen beruhigt. „In welcher Sprache ist es eigentlich verfasst? Ich nehme an, keinesfalls in Latein, oder?"

„Es ist tatsächlich in Aramäisch, der Sprache, welche damals im Heiligen Land überwiegend gesprochen wurde. Ich gebe zu, es war für mich nicht leicht, jemanden zu finden, der diese Sprache noch kennt. Erst in Paris wurde ich fündig. Ein angesehener Gelehrter, dessen Name hier nichts zur Sache tut, hat es für mich übersetzt, und er musste mir versprechen, niemandem je etwas über dessen Inhalt zu verraten", erwiderte Saunière.

Während ich sie belauschte, vergaß ich meine gesamte Umgebung und merkte erst gar nicht, wie mittlerweile einige Einwohner von Rennes-le-Château den Friedhof besuchten, um die Gräber ihrer Angehörigen zu pflegen. Mein Glück war, dass ich mich an einer Stelle befand, wo man mich nicht sofort sehen konnte.

Boudet war nun wieder an der Reihe. „Das Ganze erfährt aber noch eine Steigerung und was ich nun erzähle, kann man getrost als die eigentliche Sensation bezeichnen. Ich muss dazu gestehen, als ich zum ersten Mal davon erfuhr, ist eine Welt in mir zusammengebrochen. Ob Ihr mir´s glaubt oder nicht, aber ich konnte daraufhin fast eine ganze Woche lang nicht mehr schlafen. So hat es mich durcheinandergebracht.“

Mir als heimlichem Zuhörer war klar geworden, dass Saunière ganz bestimmt schon längst davon wusste, was Boudet jetzt erzählen würde. Aber Gelis? Nach allem, was mir bekannt von ihm war, soll er eine sensible und menschenscheue Seele gewesen sein. Wie fest aber war er in seinem Glauben verankert? Ich sah nämlich auch, dass Boudet ihn kritisch anblickte und wie zur Bestätigung meiner Vermutung meinte er an ihn gewandt: „Sie haben die Wahl, Antoine. Entweder Sie hören sich das jetzt in Ruhe an, was wir Ihnen erzählen oder wir vertagen dieses Gespräch bis auf weiteres. Wir sind hier an einem Punkt angelangt, wo es nur diese Alternative für Sie gibt. Allerdings weiß ich selbst nicht, ob es überhaupt die Wahrheit ist. Wie gesagt, man bräuchte einen entscheidenden Beweis für diese Theorie.“ Dabei sah er zu Bérenger, der aber nickte nur zustimmend.

Zweifellos, Boudet hatte einen Hang zur Dramatik, das war unbestreitbar und so lag auch sowohl innerhalb als auch außerhalb der Kirche eine knisternde Spannung in der Luft. Ich war davon so gefangen, dass ich ein weiteres Mal meine gesamte Umwelt vergaß. Gleichzeitig hatte diese Szene aber auch etwas Unwirkliches, denn ich konnte es einfach nicht fassen, dass ich offensichtlich genau im richtigen Moment hier in Rennes-le-Château auftauchte, nämlich, als sich die alles entscheidende Schlüsselszene hier vor meinen Augen abspielte.

Was für ein Zufall! Oder hatte es sogar eine bestimmte Bedeutung? Da wiederum eine Pause im Gespräch der drei entstanden war, drehte ich mich um und suchte mir erst einmal eine Sitzgelegenheit in Hörweite der Geistlichen. Nichts anderes als ein Grabstein bot sich dazu an und ich ließ mich darauf nieder.

Ich versuchte mich für einen kurzen Moment zu entspannen, mein Magen war allerdings anderer Meinung und machte sich lautstark bemerkbar.

„Jetzt nicht", murmelte ich zu mir selber. Trotzdem blieb der Hunger, aber mein Hang zur Neugier war stärker, womöglich hätte ich mir auch große Vorwürfe gemacht, wenn ich jetzt diesem trivialen Bedürfnis so einfach kampflos nachgegeben hätte.

Also wartete ich, bis man endlich wieder etwas im Innern des Gotteshauses hören konnte. Nach etwa einer langen Viertelstunde, denn Gelis hatte sich Bedenkzeit ausgebeten, war es wieder soweit, es folgte die Fortsetzung.

Nachdem Saunière und Boudet wahrscheinlich ihren eigenen Gedanken nachgehangen waren und dabei Gelis abwechselnd immer wieder erwartungsvoll angeblickt hatten, ergriff dieser nun das Wort. „Ich bin hin- und hergerissen zwischen Neugier und meinem festen Glauben an Gott, denn nur er kennt die Wahrheit. Dennoch sage ich Ihnen, Saunière, dass ich jetzt dazu bereit bin, es mir anzuhören. Beginnen Sie bitte".

Saunière erzählte nun mit fester Stimme, dass er von der Echtheit dieses bewussten Dokumentes ausgehen würde und er fände garantiert noch den unumstößlichen Beweis hierfür. Seit der Entdeckung der Papiere im Jahr 1891, also vor sechs Jahren, habe er sie immer wieder studiert, tagelang, nächtelang – zeitweise bis zur völligen Erschöpfung am Rande des Wahnsinns wandelnd.

Manchmal habe er sogar den Tag ihrer Entdeckung verflucht, aber jetzt sei er endlich mit sich im Reinen, es gäbe für ihn kein Zurück mehr.

„Was ich Ihnen jetzt sage, Gelis, sind für mich keine Vermutungen mehr, sondern Tatsachen. Darauf bin ich bereit, jeden Eid auf die Heilige Bibel zu schwören. Dieses bewusste Papier, welches ungleich älter ist als die beiden anderen, ist das Testament der Maria Magdalena."

Gelis zuckte spürbar zusammen und wollte schon etwas dagegen sagen, aber Saunière ließ ihn erst gar nicht zu Wort kommen und fuhr unbeirrt fort: „In diesem Testament erwähnt sie des Öfteren den Namen Isa. Ich brauche Ihnen nicht zu erklären, um wen es sich hierbei handeln könnte, ja sogar handeln muss. Sie trauert in diesem Schriftstück auch um ihre Familie, dabei ganz besonders um ‚Ihn‘, der von den Römern ans Kreuz genagelt wurde. Außerdem erzählt sie uns, dass sie zwei Töchter, Tamar und Sarah, hatte. Ihr Vater sei dieser besagte Isa. Außerdem habe sie noch einen erstgeborenen Sohn gehabt, welcher den Namen Johannes Josef trug. Von ihm berichtet sie uns, er sei als Jugendlicher mit den Jüngern Petrus und Andreas nach Rom gegangen, wo er auf die Seite der Anhänger von Johannes dem Täufer wechselte. So wie sich dies hier darstellt, hat es bereits kurz nach dem Tod des Menschensohnes am Kreuz zwei verfeindete Lager in dieser noch so jungen Glaubensgemeinschaft gegeben. Die Magdalena erzählt in ihrem Testament, dass das eine Lager Jesus als ‚schlechten Priester‘ bezeichnete." Saunière ließ seine Worte nun erst einmal auf seine beiden Zuhörer, vor allem auf Gelis, angemessen wirken und machte eine kleine Kunstpause. Dann durchbrach er wieder die Stille, um sogleich fortzufahren. „Glaubt mir, Brüder, was ich da sage, ist etwas, was ich bisher nur vermutet habe, was aber die gesamte Religionsgeschichte auf den Kopf stellen kann, so es in die falschen Hände geraten sollte. Maria von Bethanien schreibt hier, dass die Anhänger des Täufers ihre Ehe mit Isa oder Jesus als unrein bezeichnet hätten. Also stimmt meine Vermutung, dass Jesus als angesehener Jude auf jeden Fall verheiratet sein musste, um überhaupt von seinen damaligen Zeitgenossen im Heiligen Land als Prediger ernstgenommen zu werden. Das ist aber nur ein Teil der Wahrheit."

Daraufhin warf Boudet ein: „Wenn man dies alles liest, so fragt man sich, ob es für einen katholischen Priester überhaupt noch einen Grund gibt, dem Zölibat weiter Folge zu leisten! Mit welcher Begründung will die Amtskirche dieses Edikt denn noch aufrechterhalten?" Mit dieser Bemerkung wandte er sich direkt an seinen Kollegen aus Rennes-le-Château, weil er von dessen Verhältnis mit der Dénarnaud wusste. Saunière war zwar bisher immer krampfhaft bemüht, dies vor jedem zu verheimlichen. Dennoch pfiffen es die Spatzen in Rennes-le-Château mehr oder weniger seit längerer Zeit schon von den Dächern. Jedoch störte es keinen der Dorfbewohner.

Ja, mir fiel nach und nach so manches wieder ein, was ich über die Vorgänge in Rennes-le-Château und Umgebung gelesen hatte und ich musste jedes Mal feststellen, dass es tatsächlich stimmte, was man hundert Jahre später behauptete.

Die Besprechung der drei Abbés ging weiter und trat langsam in die heiße Phase. Heiß wurde es vor allem Antoine Gelis, dem Pfarrer von Coustaussa. Dieser legte schon wieder eine gewisse Nervosität an den Tag, die sich durch erneute Schweißausbrüche äußerte. Außerdem zupfte er ein ums andere Mal an seinem Kragen herum, der ihm sichtlich zu eng wurde.

Also drehte sich Saunière spontan in dessen Richtung. „Antoine, lassen Sie Ihre Gefühle beiseite und gebrauchen Sie Ihren Verstand! Dieser Auszug aus dem Magdalena-Evangelium ist absolut logisch und plausibel erklärt. Es ist eine Schande, dass die Kirche bisher immer wieder versucht hat, alle, die davon wussten, mundtot zu machen. Und da gibt es einige. Ich habe gehört, dass man deswegen nicht einmal vor Mord zurückschreckte. Ist so etwas noch christlich und im Sinne Gottes?"

Seine beiden Mitstreiter zuckten merklich zusammen.

Ich konnte von meinem Beobachtungsposten aus verfolgen, wie eine ungezügelte Wut in Saunière emporstieg. Er war eigentlich ein gläubiger Katholik, der seinen Beruf als Priester sehr gerne und vor allem mit Überzeugung ausübte. Dessen war ich mir sicher. Umso mehr machte ihm jetzt der Widerspruch zwischen dem, was man ihm in seiner Ausbildung im Priesterseminar beigebracht hatte und dem Ergebnis seiner eigenen Forschungen zu schaffen.

Wer sich aber tatsächlich nicht mehr dabei beherrschen konnte, war Gelis. Dem platzte nämlich richtig der Kragen und er schrie es förmlich heraus. „Aber um Gottes willen, es gibt überhaupt kein Magdalena-Evangelium, davon habe ich noch nie gehört! Das ist Häresie!"

„Da irren Sie sich. Was Sie hier sehen, ist nur ein Teil dessen, was man tatsächlich gefunden hat. Dieses Testament existiert, das versichere ich Ihnen. Man bezeichnet es als das Evangelium von Arques und nur Henri und ich wissen, wo es sich jetzt befindet. Wir haben uns geschworen, den Aufenthaltsort niemals jemandem zu verraten", berichtigte Saunière.

Ich konnte verfolgen, wie Gelis völlig konsterniert vor sich hin blickte. Dennoch nahm er nochmals seinen ganzen Mut zusammen. „Sie deuteten vorhin noch einen zweiten Punkt an, welchen Sie noch ansprechen wollten. Gehört dieser ebenso zu den Vermutungen, die Sie anstellen, jedoch nicht beweisen können?" Damit wollte er Saunière eindeutig provozieren.

Der ließ sich trotzdem nicht aus der Ruhe bringen. „Der zweite Punkt besteht einfach darin, dass ich im Moment nach Beweisen suche, die besagen, dass Jesus Christus die Kreuzigung überlebt hat."

Gelis schluckte hörbar, eine weitere Kröte, die ihm nicht schmeckte. Er konnte sich aber beherrschen. „Wie soll so etwas gehen?"

„Ganz einfach. Da gibt es verschiedene Ungereimtheiten, die im Zusammenhang mit der Kreuzigung aufgetreten sein sollen. Geht man von der Beschreibung der vier bekannten Evangelien aus, so kann es logischerweise in dieser Form nicht stattgefunden haben. Zum Beispiel sagt Jesus am Kreuz: ‚Mich dürstet!'. Deshalb reicht man ihm einen Schwamm mit Essig. Danach spricht er seine letzten Worte und verstirbt. So weit so gut. Aber leider widerspricht dies allen wissenschaftlichen Erkenntnissen, die mit der Zusichnahme von Essig verbunden sind. Die besagte Flüssigkeit hat nämlich, vergleichbar mit Riechsalz, eine stimulierende Wirkung. Das bedeutet, dass der Gekreuzigte eigentlich kurzzeitig seinen Erschöpfungszustand hätte überwinden müssen, aber das genaue Gegenteil war eben der Fall, wenn man den Evangelisten

Glauben schenkt. Eine weitere Erkenntnis besteht darin, dass eine Kreuzigung bei einem Menschen im Durchschnitt mindestens ein bis zwei Tage dauerte, bis der Zeitpunkt des Todes eintrat. Jesus soll im vorliegenden Fall aber bereits nach wenigen Stunden verstorben sein. Hat man sich deshalb vielleicht sogar geirrt? Möglicherweise war er nur bewusstlos, nicht tot. Wer konnte zu diesem Zeitpunkt entscheiden, wie es sich wirklich verhielt?"

„Um Gotteswillen, Saunière, versündigen Sie sich nicht! Wissen Sie überhaupt noch, von was Sie da reden? Das grenzt ja an Gotteslästerung!" Gelis war drauf und dran, sich wieder in Rage zu reden und schnappte dabei nach Luft wie ein auf dem Trockenen gelandeter Fisch.

„Ich weiß sehr wohl, von was ich hier rede", fuhr ihn Bérenger erbost an. Dabei blickte er auch zu Boudet, welcher aber nur beschwichtigend die Hände hob, so als wolle er den beiden Streithähnen signalisieren, sich zu mäßigen.

Jedoch ließ sich der Pfarrer von Rennes-le-Château nicht beirren. „Soll ich Ihnen was sagen, Gelis? Es gibt noch eine Person, bei welcher die ganzen Fäden zusammenliefen und es darf stark vermutet werden, dass er hinter all diesen Dingen steckte. Das war niemand anderes als Josef von Arimathäa. Ich habe mich ausgiebig über ihn erkundigt und alles zusammengetragen, was ich in Erfahrung bringen konnte. Dieser Josef von Arimathäa war ein wohlhabender Mann und Anhänger des frühen Christentums. Er soll Pontius Pilatus um den Leichnam von Jesus Christus gebeten haben und nicht nur das. Er hatte erreicht, so meine Vermutung, dass er den Gekreuzigten sogar noch vor dem Eintritt von dessen Tod vom Kreuz abnehmen konnte. Und dafür gab es einen gewichtigen Grund: Da spätestens nach Mitternacht das Passahfest beginnen sollte, war es für Pilatus unvermeidbar, seine Zustimmung zu erteilen, da während dieses Festes niemand gekreuzigt werden durfte. Hinzu kam noch, dass nach geltendem römischem Recht die Bestattung Gekreuzigter zu verwehren war. Also muss unser Josef von Arimathäa als Angehöriger des Hohen Rates und einflussreicher Mann sicherlich den Statthalter der Römer auch noch bestochen haben. Pilatus soll nämlich nicht nur grausam und herrschsüchtig, sondern auch äußerst korrupt gewesen sein. Von Josef von Arimathäa wissen wir, dass er Grundbesitz hatte, auf welchem sich eine Privatgruft befunden haben soll. Unschwer lässt sich daraus folgern, dass es sich um die im Neuen Testament erwähnte Felsengruft gehandelt haben könnte, in der Jesus angeblich bestattet worden war. Allerdings liegt die Vermutung nah, dass er dort, ganz gegen die christliche Lehre, von heilkundigen Frauen gesundgepflegt wurde. Ich betone nochmals, nach diesem hier vorliegenden Dokument aus der Zeit Maria Magdalenas habe ich den vollständigen Beweis, dass Jesus Christus im Jahr 45 und darüber hinaus noch gelebt haben musste. Was schließen wir jetzt daraus?" Dabei blickte er jetzt jedem seiner beiden Kollegen tief in die Augen. „Der Gekreuzigte war ein normaler Mensch, aber keinesfalls Gottes Sohn."

Eine interessante Diskussion, und dabei fiel mir besonders Saunière auf, der alles als die absolute Wahrheit hinstellte, fast so, als wäre er bei der Kreuzigung selbst zugegen gewesen.

Als er geendet hatte, kam sofort der Einspruch hierzu von Gelis: „Das ist Ihre Ansicht der Dinge, aber woher wissen Sie, dass das Pergament tatsächlich aus dieser Zeit stammt? Müsste es normalerweise nicht längst schon zerfallen sein?"

Saunière blickte daraufhin zu seinem Freund Henri Boudet, so als wolle er eine Bestätigung von ihm, dass er Gelis noch einen weiteren Teil des Geheimnisses der Dorfkirche von Rennes-le-Château verraten dürfe.

Boudet aber gab ihm aber nur einen kurzen Wink mit der Hand, dass er getrost fortfahren könne.

Also tat er dies auch. „Es gibt nur eine logische Erklärung hierfür. Es kann sich nur um den legendären Schatz der Albigenser handeln. Dieser hat, wie Ihnen geläufig sein dürfte, keinerlei materiellen Wert. Wir haben hier drei Dokumente aus verschiedenen Jahrhunderten. Eines davon stammt aus dem 13. Jahrhundert, das bedeutet, dass es von den Andersgläubigen selbst stammt." Er sagte dies ziemlich langsam, um wahrscheinlich die Wirkung seiner Worte auf seine beiden Kollegen zu beobachten. „Das andere weitaus wichtigere Papier ist aber offensichtlich gleichzeitig hierhergelangt. Zumindest zwei dieser Dokumente müssen sich also im Besitz der Katharer befunden haben. Deshalb habe ich eine Vermutung, für die ich aber immer noch nach einem schlüssigen Beweis suche. Diesbezüglich habe ich schon einige Hebel in Gang gesetzt."

Es folgte wieder eine Pause, bis Gelis diese unterbrach. „Machen Sie es nicht so spannend. Ich möchte schließlich das nächste Märchen von Ihnen hören!"

„Gelis, verdammt nochmal, das sind keine Märchen, welche ich hier erzähle. Haben Sie es denn immer noch nicht kapiert, was sich hier vor mehreren Hundert Jahren ereignet hat? Wenn nicht, dann will ich es Ihnen sagen." Und dann ließ er die Katze aus dem Sack. „Im Jahr 1244 flüchteten der Legende nach vier sogenannte Parfaits, also strenggläubige Albigenser aus der Burg Montségur, da diese von einem Kreuzfahrerheer aus dem Norden belagert wurde. Was man mit den restlichen Insassen der Burg veranstaltete, dürfte Ihnen ja hinlänglich bekannt sein. Die Kreuzfahrer selbst hatten dabei aber nur ein ganz bestimmtes Ziel vor Augen. Sie wussten nämlich, dass die Katharer nicht über materiellen Reichtum verfügten, aber dass sie irgendetwas weitaus Wertvolleres ihr Eigen nannten. Genau dies wollten die Belagerer besitzen. Nun dürfen Sie dreimal raten, Gelis, was die vier Flüchtigen bei sich hatten, als sie ihren Häschern entkamen."

„Sie meinen, es handelt sich um die…, aber das kann doch gar nicht wahr sein. Warum sollten diese ausgerechnet hierher nach Rennes-le-Château gekommen sein? Was gibt das für einen Sinn?"

„Genau dies werde ich noch herausfinden, das habe ich mir geschworen Aber für mich ist es eine unumstößliche Tatsache, dass es sich bei den hier vor uns liegenden Schriftrollen um den Schatz der Albigenser handelt. Versuchen Sie es erst gar nicht, es mir auszureden!"

Gelis blickte jetzt ungläubig zu Boudet, welcher bisher die meiste Zeit geschwiegen hatte. „Sagen Sie doch auch etwas. Glauben Sie etwa auch, was uns Saunière hier weismachen will?"

„Irgendwoher müssen diese Papiere ja stammen. Ich will meinem geschätzten Kollegen nicht widersprechen, was die Herkunft dieser Dokumente anbelangt. Natürlich fehlt uns noch der alles entscheidende Beweis, aber ich bin zuversichtlich, dass wir den letzten Mosaikstein dazu noch finden werden. Fakt ist jedenfalls, dass sie nur durch die vier Entflohenen aus Montségur hierhergelangt sein können. Eine andere Erklärung gibt es nicht."

Ich wusste ausnahmsweise mehr als Gelis, denn Boudet und Saunière hatten ihm nicht alles verraten, warum auch immer. Es verhielt sich nämlich so, und damit zitiere ich, was ich bereits vorher gelesen hatte, dass der Vorgänger Saunières die Papiere hier hinterlegt hatte. Sein Name war Abbé Antoine Bigou und er war Curé von Rennes-le-Château. Er lebte im 18. Jahrhundert und war Beichtvater der Marquise d`Hautpoul, der letzten regulären Nachfahrin der Blancheforts. Bertrand de Blanchefort, der im 12. Jahrhundert lebte, war der vierte Großmeister des Templerordens und lebte damals im Languedoc. Da das Château der Blancheforts, von dem es heute nur noch Ruinen gibt, in unmittelbarer Nähe zu Bigous Wirkungsstatt lag, war anzunehmen, dass die Blancheforts möglicherweise im 13. Jahrhundert in den Besitz des Katharerschatzes gelangten. Am Vorabend ihres Todes hatte die Marquise d`Hautpoul dem damaligen Geistlichen von Rennes-le-Château ein sehr großes Familiengeheimnis verraten und ihm Dokumente ausgehändigt. Sie hatte ihn dabei gebeten, dieses Geheimnis an eine „würdige" Person weiterzugeben.

Marie de Negri Dables, Freifrau von Hautpoul, starb am 17. Januar 1781 und liegt im kleinen Friedhof neben Saunières Kirche begraben. Was einem dabei auffällt, ist, dass der Grabstein fehlt. Außerdem rätselt man bis heute noch in diesem Zusammenhang über eine gewisse Symbolik. Denn, Bérenger Saunière, der berühmte Pfarrer von Rennes-le-Château starb ebenfalls an einem 17. Januar.

Die herbstliche Sonne erreichte ihren höchsten Stand und als ich auf meine Uhr blickte, stellte ich fest, dass bereits der Nachmittag angebrochen war. Die Zeit, die ich in meinem Versteck verbrachte, war wie im Flug vergangen. Mein Magen hatte sich wieder beruhigt und das zuvor aufgekommene Hungergefühl hatte ich weitestgehend hinter mir gelassen, glücklicherweise dieses Mal ohne gefährliche Nebenwirkung. Allerdings führte es dazu, dass meine Konzentration beim Zuhören immer mehr nachließ.

Den drei Abbés, welche in der Kirche immer noch in ihre Betrachtungen vertieft zu sein schienen, konnte ich in dieser Hinsicht fast nichts anmerken. Sie waren immer noch Feuer und Flamme, wobei ich sehen konnte, dass Gelis das Ganze immer unangenehmer zu werden schien. Er ließ sich auf einer der Kirchenbänke nieder und wurde ruhiger.

Da ihre Diskussion mir aber augenscheinlich nicht mehr viel zu bringen schien, beschloss ich, langsam meinen Rückzug anzutreten. Dabei musste ich vorsichtig vorgehen. Um keinen weiteren Verdacht zu erwecken, schaute ich mir deshalb zunächst völlig unbefangen einige Gräber mit deren zugehörigen Grabsteinen an. Meine Neugier führte mich aber zu einem ganz bestimmten Grab und das war selbstredend das Grab der Marie d`Hautpoul. Nach einiger Zeit des Suchens hatte ich es gefunden und betrachtete es eingehend. Zwar war es zu diesem Zeitpunkt ohne Grabplatte, aber ich ging davon aus, dass es nur dieses sein konnte. Ich nahm mir vor, Saunière später darauf anzusprechen.

Ein Film großer südfranzösischer Geschichte lief dabei im Schnelldurchgang vor meinem geistigen Auge ab.

Hier hatten sich die Westgoten, die Templer, die Albigenser und sogar eine Zeitlang die Spanier die Türklinke sozusagen in die Hand gegeben und jede Epoche hatte ihre Spuren hinterlassen. Wer davon bis heute noch besonders davon profitierte, waren vor allem viele Schriftsteller und natürlich Wissenschaftler. Und mir war bewusst, dass es noch nicht zu Ende war, es zeigten sich immer wieder neue Erkenntnisse. Die Zahl der Bücher, DVDs und Fernsehdokumentationen stieg ins Unendliche und einen Großteil davon hatte ich bereits verinnerlicht.

Ich konnte mit gutem Gewissen behaupten, dass ich über ein überdurchschnittliches Wissen auf diesem Gebiet verfügte und jetzt hatte ich die einmalige Chance, es aufzustocken.

Für Südfrankreich war dies einer der bedeutendsten geschichtsträchtigen Orte. Zwar hatte ganz Europa seine eigene Historie, aber da wir in der Gegenwart mit historischen Romanen darüber regelrecht überschwemmt werden, sucht man sich natürlich die Spannendsten hierzu heraus.

Ich stand immer noch vor dem Grab der Hautpoul. Was hätte diese letzte Nachfahrin der Blancheforts alles zu erzählen gehabt, wenn sie noch zu Saunières Zeiten gelebt hätte? Schließlich existierte ja da noch ein bestimmtes Familiengeheimnis. Aber es war mir ebenfalls klar, dass jeder, welcher etwas darüber wusste gegenüber Außenstehenden schwieg. Aber vielleicht würde ich ja noch im Verlauf meiner Anwesenheit hier dahinterkommen.

RÜCKKEHR ZUR VILLA

Ich verließ den Friedhof und passierte wieder den Eingang der Kirche, den ich immer noch verschlossen vorfand. Kein Laut drang dabei nach außen. Ich wollte aber auch nicht gleich wieder in die Villa Bethania und wählte deshalb den Weg zum Dorfplatz, wo ich am Aussichtspunkt angekommen gedankenverloren über die hügelige Landschaft blickte.

Danach spazierte ich zum Pfarrhaus, hielt aber zunächst inne, bevor ich eintrat. Von innen waren lautes Geschirrklappern und die Stimmen Maries und eines mir bislang nicht bekannten Mannes zu vernehmen. Da sie diesen aber mit Antoine ansprach, glaubte ich mich zu erinnern, dass es sich um einen älteren Dorfbewohner gleichen Namens handeln musste, der öfters Besorgungen für die Pfarrei durchführte. Deshalb ging ich davon aus, dass die Dénarnaud ihn auch heute wieder ins Tal hinuntergeschickt hatte, damit er dort Lebensmittel und verschiedene andere Sachen für sie besorgen sollte. Aber was ich jetzt hörte, ließ darauf schließen, dass sie eine größere Diskussion miteinander zu führen schienen. Die Dénarnaud schimpfte dabei. „Ich habe dir gesagt, du sollst dir ein Viertel Rotwein gönnen, aber die Rede war nicht von der ganzen Flasche, die du dort trinkst und dann auch noch von einer weiteren Flasche, die du für dich mitbringst. Es ist jedes Mal dasselbe mit dir, dass du danach für den Rest des Tages nicht mehr zu gebrauchen bist."

Inzwischen hatte ich mich so leise wie möglich hereingeschlichen und stand auf der Türschwelle zur Küche.

„Das Einkaufen in Couiza ist und bleibt nun mal ein Gräuel für mich. Es ist besser, Sie schicken in Zukunft Felix statt mich ins Tal hinunter", lallte der alte Mann. Hierbei hielt er sich krampfhaft an seiner mitgeführten Weinflasche fest, gerade so, als wollte er mit aller Gewalt verhindern, dass Marie sie ihm abnahm.

Diese jedoch seufzte nur darüber.

Für mich war es erfrischend, endlich einmal wieder einen ganz banalen Dialog mithören zu können. Die Diskussion der drei Abbés hatte schließlich einige Stunden lang meiner ganzen Aufmerksamkeit bedurft.

Aber was jetzt folgte, sollte mich aufhorchen lassen. Der Alte ging jetzt nämlich zum verbalen Gegenangriff über. „Ich werde jetzt mit dieser Flasche nach Hause gehen und daran werden auch Sie mich nicht hindern, Mademoiselle!"

Ich nahm an, dass er Alkoholprobleme hatte, weil er gar so inbrünstig darauf bestand, die Flasche zu behalten. „Außerdem werde ich den Abbé über etwas Bestimmtes informieren, Sie wissen schon bescheid, was ich meine."

„Worüber willst du ihn denn informieren?", fragte ihn Marie jetzt etwas unsicher geworden.

„Naja, zum Beispiel darüber, dass ich Sie heute früh beobachtet habe, wie Sie sich zu einer Nische der Kirche geschlichen haben, um ein Gespräch im Inneren der Kirche zu belauschen."

Das schlug wie eine Bombe ein, und nicht nur bei ihr. Jedenfalls wurde sie von einem Moment auf den anderen feuerrot im Gesicht. Ich glaubte nicht, dass sie mit so etwas gerechnet hatte, denn nach einem Moment des Zögerns antwortete sie zaghaft. „Na gut, dieses eine Mal noch lasse ich es dir durchgehen, du kannst die Flasche meinetwegen behalten. Aber was du beobachtet hast, muss unter uns bleiben. Das darfst du keinem erzählen, nicht einmal dem Abbé. Haben wir uns da verstanden? Versprich es mir."

Wahrscheinlich blieb ihr nichts Anderes übrig, als ihm zu vertrauen, auch wenn dies auf sehr wackligen Füßen stand.

Der alte Weinschlauch war vermutlich unberechenbar und wenn man ihn in die Enge trieb, konnte man sich garantiert ausmalen, was geschehen könnte. Andere hätten vielleicht schon längst die Beherrschung verloren angesichts dieses schamlosen Erpressungsversuchs, Marie hatte sich aber schnell wieder im Griff bekommen, das bewunderte ich an ihr.

„Sie haben mein Wort darauf, Mademoiselle. Ich verschwinde jetzt, da ich noch einiges zu erledigen habe. Au revoir."

Dabei konnte ich mir leicht belustigt vorstellen, dass er mit dieser „Erledigung" meinte, er wolle seinen Rausch ausschlafen.

Als er sich umdrehte, um zu gehen, bemerkte er mich erst. Wortlos grüßte er mich mit einem Kopfnicken und zwängte sich an mir vorbei.

Eine amüsante Geschichte, dachte ich mir. Trotzdem unterließ ich es, sie ebenfalls deswegen anzusprechen, denn es war ihr so schon peinlich genug. Andererseits war mir in diesem Moment bewusst, dass die Dénarnaud jetzt noch angespannter sein würde. Denn nicht nur das, was sie offensichtlich gleichermaßen wie ich von dem Gespräch der drei Geistlichen mitbekommen hatte, ließ für die weitere Zukunft auf nichts Gutes schließen.

Und für Marie war es jetzt eine doppelte Belastung, musste sie ja schließlich ab sofort damit rechnen, dass dieses Flaschenkind von Antoine jederzeit im betrunkenen Zustand sein Wissen über ihre Lauschaktion gegenüber Saunière preisgeben konnte.

Marie und auch ich waren in der Zwickmühle und so blieb mir als Mitwisser nichts Anderes übrig, als erhöhte Vorsicht walten zu lassen. Aber je länger ich darüber nachdachte, desto mehr wurde mir bewusst, dass es irgendetwas gab, was mit Gelis in diesem Zusammenhang zu tun hatte – etwas sehr Schlimmes. Aber verdammt, ich konnte mich beim besten Willen nicht mehr daran erinnern, was es war.

Ich, der ich mich fast schon als Experte gesehen hatte, was die Ereignisse in und um Rennes-le-Château anbelangte, hatte einiges wieder vergessen. Hing dies mit meinen Stürzen zusammen?

Was ich jedoch im Moment nicht verstehen konnte, war, wie Saunière diesen ängstlichen und eigenbrötlerischen Pfarrer namens Gelis, von dem man behauptete, er würde sich mit mindestens zwei Schlössern täglich abends einschließen, weil er mit niemandem, ja nicht einmal mit seinen Verwandten besonderen Kontakt haben wollte, so dermaßen in Gefahr gebracht hatte. Wie hatte er ihn dazu überreden können, sich auf ein solches Abenteuer einzulassen? Immerhin hatte er ihm zwei von drei wichtigen Dokumenten in Abschrift zur Aufbewahrung übereignet. Warum versteckte Saunière außerdem seine Schriftrollen in der Kirche und nicht in seiner Bibliothek? Er war doch so reich, dass er sich bestimmt den besten und teuersten Safe leisten konnte.

Ich wurde aus ihm einfach nicht schlau. Er musste doch in Kauf nehmen, dass man wegen seiner verschiedenen Geheimnisse eines Tages die gesamte Kirche auf den Kopf stellen könnte, oder, was noch einfacher war, des Nachts darin einbrach.

Außerdem war da noch etwas, was meine Neugier stündlich wachsen ließ: Saunières Gold. Ich überlegte, was mir darüber noch in Erinnerung blieb.

Ach ja, Bérenger und Marie sollten manchmal schon zeitig am Morgen mit Körben in das umliegende Hügelland der Corbières aufgebrochen sein, wenn sie wieder „Nachschub" davon benötigten. Als sie am Abend zurückkehrten, sollen sich stinknormale Steine in diesen befunden haben. Jeder, der ihnen dabei im Ort über den Weg lief, soll mit Verwunderung den Kopf geschüttelt haben, aber keiner ahnte, dass das Gold unter diesen Steinen versteckt lag. Marie soll übrigens als Erklärung für die Steine angegeben haben, dass sie diese für ihren Park hinter der Villa Bethania benötigen würde. Den Dorfbewohnern gegenüber aber hatte sie einmal erwähnt, dass sie auf purem Gold wohnen würden.

Das Mittagessen verlief ohne Saunière, da sich dieser immer noch mit seinen Kollegen in der Kirche befand. Hinterher half ich Marie beim Abspülen und unternahm dann einen größeren Spaziergang im Dorf, bei dem mir all diese Überlegungen durch den Kopf gingen.

Ein paar Stunden später, die Dämmerung brach schon herein, stand ich wieder vor der Villa. Es war höchste Eisenbahn, definitiv etwas gegen meinen Hunger zu unternehmen. Hätte ich dies weiter ignoriert, wäre sogleich ein erneuter Sturz aufgrund drohenden Unterzuckers die Folge gewesen.

Entschlossen wechselte ich die Straßenseite und drückte ohne anzuklopfen die Türklinke des Pfarrhauses nieder.

„Hallo? Ist da jemand?" Ich bekam keine Antwort. Vorsichtig drang ich bis zur Küchentüre vor und stellte fest, dass sie geschlossen war. Zaghaft klopfte ich an, einmal, zweimal, und als ich keine Antwort erhielt, öffnete ich sie.

Seltsamerweise waren sowohl Bérenger als auch Marie in der Küche. Jedoch schien mir jeder von ihnen in Gedanken versunken zu sein. Der Abbé saß am Tisch, vor sich ein Glas Rotwein, und drehte mit finsterer Miene dieses am Stiel.

Marie rührte mit dem Rücken zu ihm langsam aber stetig in einem Kochtopf herum.

So, wie sie sich mir präsentierten, musste ich an zwei Roboter denken, welche in einem Museum plastisch den Alltag in einem Pfarrhaus des neunzehnten Jahrhunderts darstellten.

Offensichtlich hatten sie mein Eintreten in die Stube gar nicht registriert.

Ich räusperte mich.

Erst jetzt hob Bérenger den Kopf und erblickte mich.

Marie schaute ebenfalls zu mir her und lächelte mich etwas überrascht aber freundlich an.

Bérenger durchbrach die Stille. „Ah, unser Gast, Monsieur Berger! Entschuldigen Sie, dass ich Sie nicht gleich erblickt habe, aber ich habe einen anstrengenden Tag hinter mir." Mit einer Handbewegung lud er mich ein, mich zu ihm an den Tisch zu setzen. „Kommen Sie, kommen Sie, leisten Sie uns Gesellschaft. Ich brauche jetzt etwas Entspannung. Ich bin schon ganz neugierig zu erfahren, was Sie heute alles unternommen haben. Sie haben doch bestimmt schon die Gegend um Rennes-le-Château erkundet, stimmt´s? Um diese herbstliche Jahreszeit ist die Landschaft hier am schönsten, finde ich. Sie werden mir da sicher zustimmen."

Selbstverständlich hatte ich keinerlei Vergleich, was andere Jahreszeiten hier anging. Mir war bewusst, dass Saunière dies nur so beiläufig dahingesagt hatte, dabei das eigentliche Problem überspielend, das ihm auf den Nägeln brannte.

„Sie haben Recht, ich habe mich etwas umgesehen und festgestellt, dass es hier wirklich zauberhaft ist, besonders ist mir die üppige Vegetation aufgefallen. Ich glaube, in dieser Gegend kann ich ein paar sorglose und unbeschwerte Urlaubstage verbringen. Dafür gibt es bei uns nebenbei bemerkt, sogar ein Sprichwort. Es heißt, dass man die Seele baumeln lassen soll. Wenn man zuhause im kalten Deutschland sein halbes Leben nur mit Arbeit verbringt, dann kommt einem dies hier wie im Paradies vor."

Er nickte und lächelte mir jetzt schon etwas entspannter zu. Ich fuhr gedankenlos fort. „Und Sie? Wie ist Ihre Besprechung verlaufen? Bestimmt ging es dabei um wichtige religiöse Angelegenheiten?" Ich biss mir auf die Zunge. Wieso hatte ich das Thema überhaupt angesprochen? Hastig fügte ich an: „Vermutlich täusche ich mich und es ging nur um die weitere Renovierung der Kirche". Ich spürte Hitze in meinem Gesicht aufsteigen. Wahrscheinlich ging ich zu weit.

Ich konnte sehen, dass sein Gesicht schon wieder einen finsteren Ausdruck annahm, als wollte er mich beschimpfen.

„Wir haben über alles Mögliche geredet, aber eigentlich nichts Konkretes." Er stellte sein Weinglas ab und ich konnte dabei verfolgen, wie seine Hände leicht zitterten.

Klar, dafür hatten sie sich stundenlang im Gotteshaus eingeschlossen, dachte ich mir, sprach es aber natürlich nicht aus.

Aus den Augenwinkeln heraus konnte ich Marie beobachten, wie sie leicht zusammenzuckte, als ich Saunière bewusst nach dem Ergebnis seiner Besprechung fragte.

Geistesgegenwärtig stellte sie mir eine gezielte Gegenfrage. „Haben Sie eigentlich schon wieder etwas von Ihrer Frau gehört, Monsieur Berger? Vielleicht hat Sie Ihnen ja schon wieder ein Telegramm geschickt."

Nach kurzem Überlegen beantwortete ich ihre Frage, indem ich den beiden erzählte, ich hätte tatsächlich wieder eine Nachricht von ihr erhalten. Sie würde die Zeit in Paris sehr genießen und es wäre schade, dass ich nicht auch dort sein könnte. Sie hätte schon einige Sehenswürdigkeiten besichtigt und es wäre auch so, wie man es uns häufig schon beschrieben hätte, nämlich sehr groß aber trotzdem unheimlich romantisch.

Da ließ Bérenger eine sehr vorschnelle Bemerkung los. „Dann wird sie das mit dem ‚romantisch' hoffentlich nicht zu wörtlich nehmen, Sie kennen ja die Frauen, wie Sie sein können."

Diese Äußerung fing ihm sogleich einen wuterfüllten Blick von Marie ein.

Der Scherz war ihm gründlich misslungen, falls es einer sein sollte.

Um die allgemeine Spannung möglichst schnell wieder abzubauen, antwortete ich sofort. „Ach, wissen Sie, ich mache mir nicht viel aus Romantik und sowohl meine Frau als auch ich hegen ein gepflegtes Interesse für Geschichte, vor allem jene von Südfrankreich. Ich denke, da müssen Sie mir noch einiges darüber erzählen."

„Mit dem größten Vergnügen", kam es jetzt dankbar aus seinem Mund. „Zwar kenne ich Paris auch sehr gut, aber wenn Sie über diese Gegend hier mehr erfahren wollen, so will ich Ihnen gerne einiges erzählen." Und um Marie erst gar nicht noch weiter in Rage kommen zu lassen, legte er sofort damit los, mir von den Westgoten im frühen Mittelalter und ihren Raubzügen von hier aus nach Rom zu erzählen. Dabei stellte ich fest, dass er sich eingehend informiert hatte, etwas wirklich Neues konnte ich trotzdem nicht von ihm erfahren. Vielleicht aber würde er mir noch einiges von den Templern und den Albigensern verraten, obwohl ich wusste, dass er zu Letzteren ein mehr oder weniger gespaltenes Verhältnis hatte. Ich verfolgte jedoch ein bestimmtes Ziel, denn ich wollte herausbekommen, inwieweit er bereit wäre, mir etwas von seinen Entdeckungen im Zusammenhang mit Rennes-le-Château zu verraten. Seine Antwort brachte mich dennoch ziemlich schnell wieder auf den Boden der Tatsachen zurück und legte meine Hoffnungen für den Augenblick zumindest auf Eis. Er meinte nämlich nur kurz und knapp, dass er durchaus davon gehört habe, hierüber aber zu wenig wisse. Er habe sich mehr mit den Westgoten auseinandergesetzt, da sie hier einmal einen Stützpunkt gehabt haben sollen.

Doch dann kam mir eine andere Idee, wenn auch eine sehr verwegene. „Ich habe mich heute Nachmittag etwas auf dem Friedhof ihres idyllischen Ortes umgesehen und dabei ein Grab ohne die dazugehörige Grabplatte entdeckt. Das klingt jetzt abenteuerlich und ich möchte mich schon im Voraus für diese aberwitzige Vermutung bei Ihnen entschuldigen. Aber kann es sein, dass es sich dabei um diese Adelige mit dem Namen Marquise Marie d´Hautpoul handelt? Ich habe nämlich irgendwo gelesen, dass diese eine direkte Nachfahrin eines Geschlechts der Blancheforts sei. Es soll hier in der Nähe außerdem eine Burg gleichen Namens gegeben haben und in Ihrem Dorf sogar ein Château Blanchefort. Ich habe mir schon so ziemlich alle Gräber hier angesehen, konnte ihres aber nicht entdecken. Vielleicht nimmt man ja gerade Restaurierungsarbeiten daran vor. Wie gesagt, das ist nur eine Vermutung meinerseits." Bérenger wurde sichtlich nervös. „Worauf wollen Sie hinaus?" Daraufhin erzählte ich ihm alles, was ich bisher über dieses Adelsgeschlecht zusammentragen konnte, angefangen von dem ehemaligen Großmeister der Templer, welcher aus dem Languedoc stammte bis hin zu dieser bewussten Marie d´Hautpoul. Ich endete damit, dass ich fragte, in welcher Beziehung die Blancheforts zu Rennes-le-Château standen und ob die letzte Nachfahrin dem Ort vielleicht sogar gewisse

Schätze vermacht hatte. Dabei versuchte ich mir weiter den Anschein einer gewissen Unbefangenheit zu geben.

Er nickte anerkennend. „Respekt, Monsieur. Ihr Wissen über unser Dorf überrascht mich. Und da Sie ja offensichtlich sehr gut informiert sind, denke ich, dass ich Ihnen auch nichts Neues erzähle, wenn ich Ihnen sage, dass Abbé Bigout, einer meiner Vorgänger in diesem Amt, der Beichtvater der Marquise war und diese deshalb von jeher immer gute Beziehungen zu unserem Dorf pflegte. Aber ich bin neugierig und deshalb möchte ich gerne von Ihnen wissen, woher Sie denn all Ihre Informationen haben. Ich muss Ihnen ganz ehrlich sagen, dass ich bisher davon ausgegangen bin, dass alles, was hier geschehen ist, im restlichen Europa weniger bekannt ist.“

Saunière konnte seine Nervosität angesichts meiner Äußerungen nicht mehr unter Kontrolle halten. Dabei blickte er ab und zu in Maries Richtung.

Langsam wurde es mir selbst peinlich. Vielleicht war es ein Fehler, den Allwissenden zu spielen. Hoffentlich betrachteten sie mich nicht als einen Feind, der versuchte, sich ihr Vertrauen zu erschleichen, dergestalt, dass sie meinten, ich wäre am Ende ein Spion des Vatikans.

Saunière hatte mich durch seine Bemerkung in Zugzwang gebracht und ich suchte krampfhaft nach einer passenden Antwort. Es fiel mir jedoch nichts Besseres ein als zu erwidern: „Nun, sagen wir es so. Bevor ich in ein fremdes Land reise, befasse ich mich für gewöhnlich sehr intensiv mit dessen Geschichte. Mein bisheriges Wissen habe ich aus Lexika und einigen Reisebeschreibungen über diese Gegend. Wie Sie dadurch unschwer feststellen können, lese ich sehr gerne. Was mich in diesem Zusammenhang natürlich am meisten fasziniert, das sind die Templer und auch die von der Kirche so geächteten Albigenser." Und dann kam ich direkt auf Montségur zu sprechen, um seine Reaktion zu testen. „Da gibt es ja zum Beispiel diese Legende von Montségur, nach welcher einige der Katharer am Vortag der Kapitulation geflüchtet sein sollen. Von diesen wird behauptet, sie wären durch diese Gegend gekommen. Angeblich hätten sie dabei sehr wertvolle Dinge, die nicht unbedingt materieller Natur gewesen seien, mit sich geführt. Aber, wie ich schon sagte, die Behauptung soll noch immer ins Reich der Fabel gehören und bislang gibt es keine konkreten Beweise. Oder sind Sie anderer Meinung?"

Da ich wusste, dass Saunière tatsächlich über bestimmte Dokumente verfügte, war ich mich mir ganz und gar nicht mehr so sicher, ob es eine Legende war. Ich blickte jedenfalls jetzt zu ihm und stellte Erstaunliches fest.

Der bisher so souverän auftretende Geistliche schien angesichts meiner Frage ziemlich ins Schwitzen gekommen zu sein, fast konnte man behaupten, es wäre ihm etwas mulmig geworden. Dann folgte ein nervöser Griff zu seinem Weinglas, wobei er feststellen musste, dass es leer war. Mit krampfhafter Beherrschung suchte er ein weiteres Zittern seiner Hände mir gegenüber zu verbergen, dies gelang ihm aber nur teilweise und so führte er die Weinflasche zum Glas, um es so schnell wie möglich wieder aufzufüllen. Danach prostete er mir leicht unsicher zu und trank das Glas sogleich mit vollen Zügen aus. Endlich hatte er sich wieder einigermaßen im Griff.

„Da wissen Sie aber jetzt mehr als ich, denn ich muss Ihnen sagen, dass ich von alledem noch nichts gehört habe."

Dies kam allerdings eher halbherzig aus seinem Mund und zeigte mir, dass es ein äußerst unangenehmes Thema für ihn war. Da er auch weiter nichts mehr dazu erwähnte, musste ich einsehen, dass es im Moment keinen weiteren Sinn zu ergeben schien, ihn zu konfrontieren.

Also beließ ich es dabei und versuchte, die Situation etwas aufzulockern. „Steht eigentlich Ihr Angebot noch, mir in den nächsten Tagen einmal Ihre Bibliothek zu zeigen? Sie haben mich nämlich neugierig gemacht."

Man konnte richtig spüren, wie bei meinen beiden Gastgebern eine Entspannung eingetreten war. Bérenger antwortete ohne große Überlegung: „Aber selbstverständlich, nichts lieber als dieses. Allerdings habe ich erst am frühen Nachmittag Zeit, da meine beiden Amtskollegen mir am Vormittag ein weiteres Mal beim Fliesen des Kirchenbodens behilflich sein wollen. Aber dennoch kann ich es gar nicht erwarten, Ihnen meine Schätze in Form von teilweise sehr alten Büchern zu zeigen. Sind sie doch neben Marie das Wertvollste, was ich besitze." Er lächelte sie an. „Sie müssen wissen, Marie ist für mich ebenso, nun sagen wir, unentbehrlich und gleichzeitig die gute Seele des Hauses. Was würde ich nur ohne sie machen?"

Die so Angesprochene wurde daraufhin etwas rot im Gesicht, konnte aber nicht vor mir verbergen, dass sie irgendetwas bedrücken würde. Zwar wusste ich nicht, was man vor meinem Eintreffen besprochen hatte, aber es war anzunehmen, dass es in jedem Fall mit der Versammlung der drei Abbés in der Kirche zusammenhing. Mir blieb jedoch nichts Anderes übrig, als ihr freundlich zuzulächeln.

„Aber da wir gerade von dir sprechen, Marinette, wärst du bitte so freundlich, den Tisch für uns alle zu decken. Ich bin mir sicher, du hast heute wieder mal etwas ganz Besonderes für uns zubereitet und wir wollen unseren Gast doch nicht länger warten lassen. Sie müssen doch schon einen ziemlichen Hunger haben, Monsieur Berger, nicht wahr?"

„Oh, was mich betrifft, ich richte mich wegen der Essenszeit nach der Allgemeinheit. Ich will und kann in dieser Richtung keinerlei Forderungen an meine Gastgeber stellen", entgegnete ich.

„Sieh da, sieh da, was für ein bescheidener Mensch. Trotzdem, fühlen Sie sich hier ganz wie zuhause."

„Wäre ich daheim, würde ebenfalls nicht ich, sondern meine Frau die Essenszeit angeben", meinte ich lachend und auch meine beiden Gastgeber amüsierten sich über meine Bemerkung.

Bérenger ergänzte: „Naja, wie schon gesagt, wenn wir Besuch haben, übertrifft sich Marie immer selbst, was das Kochen angeht. Ich glaube, so ist es auch heute. Aber sie wird uns sicher gleich selbst verraten, was es zu Essen gibt, habe ich Recht?"

Die so Angesprochene ereiferte sich sogleich, mich darüber aufzuklären, dass sie heute eine ganz besondere Spezialität des Roussillon servieren wolle, ein sogenanntes Cassoulet.

Natürlich wusste ich schon längst, um was es sich dabei handeln würde, durfte aber nicht verraten, woher. So stellte ich mich absichtlich unwissend und sah sie nur fragend an, ganz so, als hätte ich diese Bezeichnung zum ersten Mal in meinem Leben gehört. Dies rief wieder

Bérenger auf den Plan, der mir sogleich mit großem Eifer erklärte, woraus es bestand.

Ich unterbrach ihn dabei mehrmals, indem ich erstaunte Ausrufe wie „Ah" und „Oh" von mir gab.

Als er geendet hatte, sagte ich beiden, dass ich ganz gespannt darauf wäre, es zu probieren.

Gesagt, getan, der Abbé sprach vorher noch ein kurzes Tischgebet und wir ließen es uns ausgiebig schmecken, natürlich nicht, ohne dabei der Köchin ein ausdrückliches Lob auszusprechen. Es war wirklich das beste Cassoulet, was ich bis jetzt gegessen hatte.

Nach dem Essen fragte mich Bérenger, ob es mich stören würde, wenn er sich eine Zigarette anzünde.

Ich entgegnete ihm, er wäre der Hausherr und hätte allemal die Berechtigung, dies zu tun.

Saunière wirkte dadurch schon wieder um etliches zufriedener, als ich es noch vor einer Stunde von ihm erlebt hatte und wir plauderten noch über mehrere Belanglosigkeiten. Dabei leerten wir in aufgeräumter Stimmung noch das eine oder andere Glas Rotwein, wodurch sich in mir immer mehr eine wohlige Müdigkeit ausbreitete.

Ich bedankte mich deshalb bei Marie und Bérenger und bat schließlich um die Erlaubnis, mich in meine Kammer im ersten Stock zurückziehen zu dürfen. Als ich mich schon auf der Treppe befand, rief mir Saunière noch hinterher, ich solle unsere Verabredung am morgigen Nachmittag nicht vergessen.

In meiner Schlafkammer angekommen, fiel mir wieder ein, dass am nächsten Morgen ein weiteres Treffen der drei Geistlichen bevorstand. Für mich klang dies umso interessanter, da ich mir überlegte, aufs Neue bei der morgigen Besprechung zuzuhören, natürlich nach wie vor unerkannt von meinem Spezialversteck aus gesehen. Der Gegenstand des erneuten Treffens war immer noch der gleiche, es ging selbstredend um Saunières Dokumente. Alles in allem sollte es, so konnte ich mir vorstellen, morgen ein interessanter Tag für mich werden. Auch seine Bibliothek schien mir nicht uninteressant zu sein. Ich war gespannt, welche Raritäten mich dort erwarteten, vielleicht entdeckte ich sogar einiges über Rennes-le-Château dabei.

Als ich jedoch in meinem Bett lag, fand ich einfach keinen Schlaf. Zuviel ging mir durch den Kopf, angefangen von diesem Klima voll Angst, welches im Begriff war zu entstehen, je tiefer die drei Pfarrer in die Materie der Papiere eindrangen, bis hin zu meiner Anwesenheit in einem mir bisher wenig bekannten Land zu einer fernen Zeit. Dabei durfte ich erst gar nicht daran denken, wie ich jemals wieder aus dieser Situation herauskäme. Im Augenblick jedenfalls war keine Lösung in Sicht. So verging eine Stunde nach der anderen, dann war es endlich soweit, der Schlaf hatte Besitz von mir ergriffen. Allerdings konnte ich ihn nicht als besonders ruhig bezeichnen.

Mitten in der Nacht wachte ich auf. Da ich ein gewisses menschliches Bedürfnis hatte, welches ich nicht länger hinausschieben wollte, begab ich mich zum Anfang der Treppe und hielt ruckartig inne, als ich von unten Stimmen vernahm, welche in dezenter Lautstärke zu mir hochkrochen.

Es bestand kein Zweifel, wem sie gehörten und so schlich ich auf Zehenspitzen noch zwei, drei Stufen weiter hinunter.

Sehen konnte man mich indes nicht sofort, da die Treppe einen Bogen beschrieb, vor dem ich schließlich zum Stehen kam. Ich hatte Glück, dass die Holztreppe keinerlei Laute beim Betreten verursachte.

„Ich bin entsetzt, Marie, dass du uns dermaßen ausspioniert hast, das hätte ich nicht von dir erwartet. Was hast du dir dabei nur gedacht? Ich wollte keinesfalls, dass du dich mit solch schrecklichen Dingen belastest, sondern jeglichen Schaden von dir fernhalten. Und nun erzählst du mir, dass du alles mitangehört hast, was wir in der Kirche besprochen haben? Ich glaube es einfach nicht. Warum um alles in der Welt hast du das getan? Nenn mir einen vernünftigen Grund dafür!" „Ich … ich weiß es nicht, vielleicht habe ich mir einfach Sorgen um dich gemacht. Außerdem habe ich schon lange vorher bemerkt, dass du immer unruhiger geworden bist, wenn ich nur andeutungsweise etwas über die Dokumente sagen wollte. Glaub mir, ich hätte dir gar nicht verraten, dass ich mitgehört habe. Aber der alte Antoine hat mich dabei gesehen und mich erpresst. Früher oder später hättest du es sowieso aus seinem Mund erfahren. Er war zwar sturzbetrunken, als er von den Besorgungen in Couiza zurückgekommen ist, aber er hätte sich sicherlich irgendwann verplappert."

Saunière war kurz davor, die Beherrschung gänzlich zu verlieren. „Und das ist der einzige Grund, uns auszuspionieren, meinst du?" „Glaubst du vielleicht, es wäre nur dein Geheimnis, das du mit dir herumträgst. Nein, mein Lieber, das ist immer noch etwas, was uns beide auf Dauer angeht. Dein Wissen über deinen Goldfund hast du mir damals sofort verraten, obwohl ich zuvor keinerlei Ahnung hatte. Sind diese Dokumente denn so wichtig, dass du mir nichts mehr davon erzählen willst? Du hast mich sogar angelogen, denn du hast mir gegenüber behauptet, dass du die vollständigen Papiere nach Coustaussa gebracht hast, damit Gelis sie dort in einem Tresor aufbewahren solle. Aber dabei wusste ich ja nicht einmal, dass es sich nur um Kopien handelte, welche du ihm übergeben hast. Oder wolltest du es vielleicht nur dieser … dieser Hure aus Paris erzählen, weil der Herr ihr mittlerweile mehr vertraut als mir. Bin ich jetzt nur noch deine einfache Haushälterin, diese 'Perle des Hauses' wie du mich nennst." Sie schrie ihn förmlich an und wahrscheinlich war es ihr in diesem Moment völlig egal, ob im ersten Stock nur meine Wenigkeit oder noch ein ganzes Regiment schlief. „Liebst du mich überhaupt noch, Bérenger Saunière?!" Marie bekam bei diesem letzten Satz einen heftigen Weinkrampf, wahrscheinlich war eine ganze Welt in ihr zusammengebrochen.

Dann folgte minutenlanges Schweigen und ich konnte spüren, dass Saunière verzweifelt nach einer passenden Antwort suchte. „Es tut mir leid. Ich habe es nicht gewollt, dass alles so weit gekommen ist. Aber du musst mir glauben, dass ich nach wie vor nur dich liebe. Ich habe noch nie ein Verhältnis mit ihr gehabt, sie ist nur eine gute Bekannte. Selbstverständlich habe ich Vertrauen zu dir. Aber der Besitz dieser Dokumente belastet mich sehr, fast könnte man sagen, es ist wie ein Fluch. Ich wollte dich keinesfalls damit hineinziehen, denn es ist zu gefährlich."

Marie gab sich mit dieser Antwort offenbar nicht zufrieden, denn mit ihrer Antwort darauf machte sie ihm schon den nächsten Vorwurf und zeigte ihm sogleich, dass er bisher alles falsch gemacht hatte, was man nur falsch machen konnte. Sie warf ihm nämlich vor, Gelis Leben unnötig aufs Spiel zu setzen, indem er ihm zwei der Dokumente ausgehändigt habe. Zwar seien es nur Abschriften, aber das spiele jetzt auch keine Rolle mehr. Zu tief seien die drei Abbés jetzt schon in die Sache verstrickt. „Bist du dir eigentlich im Klaren darüber, dass es nicht mehr lange dauern wird, bis man herausbekommt, was tatsächlich in Gelis Safe liegt? Du weißt, dass es äußerst schwierig ist, in Rennes-le-Château und den Nachbardörfern etwas für sich zu behalten. Irgendjemand findet hier immer die Geheimnisse seines Nachbarn heraus und das nicht erst seit heute. Also frage ich, was du dagegen tun wirst."

Es waren heftige Vorwürfe, denen er sich zu später Stunde ausgesetzt sah und immer mehr, so dachte ich, war ihm klargeworden, dass er auf alle Fälle vor dem Treffen mit Marie hätte sprechen müssen. Dass er dabei das geheimnisvollste Schriftstück nach wie vor in der Kirche versteckt hielt, machte die ganze Sache ebenfalls nicht leichter für ihn. So dachte ich es mir zumindest. „Gelis ist nicht in Gefahr und niemand wird Verdacht schöpfen, was ein einfacher Landpfarrer in seinem Safe aufbewahren könnte. Derjenige, welcher am meisten um seine Sicherheit bangen muss, bin ich selbst. Viele Zeitgenossen, seien es jetzt Dorfbewohner oder auch Fremde, die hier vorbeikommen, dürften sich bestimmt schon die Frage gestellt haben, was ein pompöses Pfarrhaus und ein schon von weitem sichtbarer Bibliotheksturm in einem verschlafenen und augenscheinlich armen Nest wie unserem Dorf verloren haben. Mich wundert es sowieso, dass noch kein fremdes Gesindel von außerhalb gekommen ist und unangenehme Fragen an die Dorfbewohner gestellt hat. Es wäre einiges dabei zutage gekommen. Um aber auf deine Frage einzugehen, was ich dagegen tun will, kann ich dir nur sagen, dass diese Sicherheitsmaßnahmen, die wir getroffen haben, durchaus hierfür ausreichend sind."

Gleich darauf konnte ich wieder Maries Stimme vernehmen. „Beantworte mir noch eine Frage. Was willst du deinen beiden Kollegen morgen noch anvertrauen? Gibt es vielleicht noch etwas, was sie noch wissen müssen? Du musst dir doch im Klaren darüber sein, dass du sie dadurch noch mehr in Gefahr bringst. Oder willst du diese Bürde einfach nicht mehr alleine tragen?"

„Du musst wissen, dass die Beiden freiwillig zu mir in die Kirche kommen, ich habe keinen von ihnen dazu gezwungen. Deshalb tragen sie dieses Risiko auch selbst. Es sind schließlich vernünftige Menschen, die, so hoffe ich doch, wissen, auf was sie sich da einlassen. Außerdem sind wir jetzt schon zu weit vorgedrungen. Und um deine andere Frage zu beantworten: Ich will mit ihnen nochmal über die Herkunft des Grabes bei Arques und die dort gefundene Grabplatte reden. Trotzdem möchte ich nach wie vor verhindern, dass davon nur ein Wort nach außen dringt. Du musst mir deshalb versprechen, uns auf keinen Fall mehr zu belauschen." Sie willigte zögerlich ein, dann kehrte für ein paar Minuten Stille ein. Bald darauf fiel eine Türe ins Schloss. Saunière hatte die Villa verlassen. Wahrscheinlich kehrte er in seinen Turm zurück, um sich dort eine weitere Nacht mit Studien von Büchern um die Ohren zu schlagen.

Ich wusste von ihm, dass er nur noch sehr wenig schlief. Vorsichtig schlich ich nun weiter die Treppe hinunter, dabei immer nach Marie Ausschau haltend, aber

sie war schon in einem der vielen Zimmer der Villa verschwunden.

Irgendwann später befand ich mich wieder in meinem
Bett und schlief nach kurzer Zeit ein. Der Rest der Nacht
verlief ohne weitere Zwischenfälle.

ERNEUTE ZUSAMMENKUNFT

Am nächsten Morgen erwachte ich mit etwas Kopfweh. Ich vermutete, dass es an meinem Bett lag, das für mich als größeren Menschen, den es in eine andere Zeit verschlagen hatte, dennoch gerade die ideale Größe hatte. Aber vielleicht lag es auch an den paar Gläsern Rotwein vom Vorabend, welche ich mit meinem Gastgeber konsumiert hatte.

Es war auch egal. Jedenfalls musste ich sofort wieder an die Ereignisse von gestern denken und musste mir eingestehen, dass eine depressive Stimmung im Haus existierte. Ich bezweifelte nämlich, dass alles noch in bester Ordnung war, denn ich wusste nicht, ob Saunière sich auf Marie verlassen konnte oder wollte. Dazu kannte er sie schließlich zu gut.

Durch die ewigen Vorwürfe, welche er sich angesichts seines nach wie vor für mich unklaren Verhältnisses zur Calvé von Marie anhören musste, herrschte nur noch ein oberflächlicher Frieden im Hause Saunière. Darunter brodelte es und das war ihm sicherlich klar. Um wieder etwas frischer vor allem im Kopf zu werden und vielleicht diese Kopfschmerzen loszuwerden, verrichtete ich meine Morgentoilette, welche im ausgehenden 19. Jahrhundert lange nicht so komfortabel ausfiel, wie ich es gewohnt war. Nur ein Krug mit Wasser und ein Handtuch waren für mich bereitgestellt worden. Eine Zahnbürste gab es nicht, wobei ich auch nicht wusste, ob so etwas überhaupt schon erfunden worden war. „Was soll`s", dachte ich mir und erfrischte mich zumindest im Gesicht, so gut es ging.

Es half tatsächlich und so zog ich meine durchgeschwitzte Kleidung wieder an, wobei damit verbundene Geruchsprobleme in diesem Zeitalter auch kein Thema zu sein schienen. Aber sicherlich sollte ich mich in den nächsten Tagen um das Waschen meiner Klamotten kümmern. Bisher hatte ich mich standhaft geweigert, mir angebotene Kleidung anzuziehen, ich fand sie zu „altmodisch", das redete ich mir jedenfalls ein.

Von den banalen Dingen des Alltags etwas abgelenkt, stieg ich die Treppe hinunter und vernahm geschäftige Geräusche aus der Küche, was mich vermuten ließ, dass Marie schon wieder fleißig dort zugange war.

Der gesamte Küchenraum strahlte eine gemütliche Atmosphäre aus, denn im Herd brannte ein knisterndes Feuer und ein herrlicher Duft nach Kaffee umfing mich sogleich, je weiter ich in die Küche vordrang. Ich wünschte ihr einen guten Morgen und fragte sie völlig unbefangen, ob sie denn gut geschlafen habe, was sie sogleich bejahte. Aber vollständig glauben konnte ich ihr dies trotzdem nicht, da mir dunkle Ringe um ihre Augen das glatte Gegenteil verrieten. Dennoch unterließ ich es, weiter in dieser Richtung bei ihr vorzudringen und warf einen kurzen Blick aus dem Fenster. Draußen kündigte sich ein weiterer herrlicher spätherbstlicher Tag an und ich versuchte, sie mit dieser Botschaft aufzuheitern.

Marie nahm dies nur nickend zur Kenntnis, ließ sogar noch einen nicht zu überhörenden Seufzer los, und fuhr damit fort, den Frühstückstisch für mich zu decken. Als sie fertig war, wünschte sie mir noch einen guten Appetit und setzte ihre Arbeit in der Küche fort. Mir war natürlich klar, dass Maries Laune nur mit dem spätnachts geführten Gespräch mit Bérenger im Zusammenhang stehen konnte. Ich überlegte mir, was ich dagegen tun konnte, aber so recht wollte mir nichts einfallen. Das Einzige, was mir blieb, war, sie zu fragen, ob Saunière heute schon hier gewesen sei. Auf diese Art und Weise versuchte ich, sie in ein kleines Gespräch zu verwickeln.

Sie verriet mir, dass Bérenger sich schon wieder in die Kirche zurückgezogen habe, um dort wie gestern auf die Ankunft seiner beiden Kollegen aus Coustaussa und Rennes-les-Bains zu warten. Sie müssten eigentlich jeden Moment eintreffen.

Ich zeigte mich etwas überrascht, da ich mir selbstverständlich nicht anmerken lassen durfte, dass ich meine beiden Gastgeber gestern Nacht belauscht hatte. „Verzeihen Sie meine Neugierde, aber es kommt mir schon etwas ungewöhnlich vor, dass diese drei Pfarrer sich an zwei Tagen hintereinander treffen. Hat man Ihnen den Grund dafür verraten?"

Natürlich hatte sie sich für derlei Fragen eine Antwort zurechtgelegt, die sie sicherlich mit Saunière abgesprochen hatte. „Der Boden unserer Kirche benötigt neue Fliesen. Da Handwerker nun mal teuer sind und vor allem nicht immer Zeit haben, haben sich Abbé Gelis und Abbé Boudet bereiterklärt, unserem Pfarrer beim Fliesen des Bodens zu helfen. Was wir nämlich in Erfahrung gebracht haben, ist, dass die Beiden handwerklich sehr begabt sein sollen. Sie sind bestimmt eine große Hilfe."

Stimmt, dachte ich mir, Bérenger hatte dies gestern Abend beiläufig erwähnt. Nur: Diese Erklärung hätte mir unter normalen Umständen sehr ungewöhnlich vorkommen müssen. Vor allem, wenn ich an Bérengers nicht unbeträchtliches Vermögen dachte. Er hätte schließlich einen ganzen Handwerkertrupp bezahlen können. „Aber warum hat Abbé Saunière dies nicht schon eher gesagt? Ich würde ihm gerne behilflich sein, zumal ich tief in der Schuld von Euch beiden stehe."

Ich konnte für einen kurzen Moment eine gewisse Unsicherheit an ihr feststellen, die sie aber sogleich wieder in den Griff bekam. „Das ist sehr freundlich von Ihnen, Monsieur Berger, aber die drei Geistlichen haben noch einiges zu besprechen, was nicht unbedingt für die Öffentlichkeit bestimmt ist. Soweit ich weiß, wollten sie dies auch noch nebenbei während ihrer Arbeit erledigen. Aber ich kann mir vorstellen, dass Abbé Saunière Ihr Angebot gerne annehmen wird. Sie können ja später noch einmal darauf zurückkommen."

Ich überlegte mir in diesem Moment, dass ich sie noch fragen wollte, ob ich zumindest ihr in den nächsten Tagen zur Hand gehen könne. Denn ich gab mich keiner Illusion hin, dass ich tatsächlich noch in die Kirche hineingelangen könnte. Als ich deshalb schon zu meiner Frage ansetzen wollte, klopfte es an der Türe und ohne eine Aufforderung zum Eintreten abzuwarten, erschien ein alter Mann in der Stube. Zweifellos musste es sich um Antoine handeln, mit dem Marie gestern diese heftige Auseinandersetzung hatte. Er war klein und gedrungen.

Sein faltiges Gesicht, braungebrannt und wettergegerbt, wurde von einem Dreitagebart umrahmt. Er trug eine blaue abgeschabte Arbeitsjacke und auf seinem spärlich behaarten Kopf befand sich eine dunkle Franzosenmütze von undefinierbarer Farbe, wie sie nur alte Männer, die ein arbeits- und entbehrungsreiches Leben hinter sich haben, besitzen.

Das letzte Mal durfte ich eine solche Kopfbedeckung vor zig Jahren bei einem meiner früheren Urlaube auf Korsika oder an der Westküste Frankreichs bewundern. Es handelte sich dabei um jene alten Männer, welche auf dem Dorfplatz auf einer Bank sitzen und jedem Ort auf diese Art und Weise etwas Malerisches und Urtümliches verleihen. „Guten Morgen, Antoine. Geht es dir heute wieder besser?" Sie grinste.

Antoine ignorierte diesen Wink mit dem Zaunpfahl oder bemerkte ihn erst gar nicht. „Guten Morgen, ich wollte eigentlich nur fragen, was es heute an Dingen zu erledigen gibt?"

Marie erklärte ihm, dass es heute für ihn hier nichts zu tun gäbe. Er könne aber Felix, einem jungen Mann, der ebenfalls ab und zu für die Pfarrei tätig sei, bei den Arbeiten etwas außerhalb von Rennes-le-Château auf der Ziegenweide helfen. So weit sie wisse, wollte er den Zaun dort reparieren, solange das Wetter noch hält.

Er nickte und als er die Türklinke in die Hand nahm, um wieder hinauszugehen, drehte er sich nochmals um. „Ach Marie, es … es tut mir leid wegen gestern. Es soll nicht wieder vorkommen. Vielleicht …", er zuckte mit den Schultern, um zu zeigen, dass er es zutiefst bedauerte, „vielleicht sollte ich nicht mehr so viel trinken, aber ich habe meinen alten Kameraden aus Coustaussa, Bertrand, getroffen. Wir haben zusammen eine Flasche Wein vor Monsieur Durands Gemischtwarenladen geleert, welche er uns freundlicherweise spendiert hat. Bertrand hat mir dann etwas Interessantes erzählt. Es ging dabei um Abbé Gelis, aber leider weiß das ganze Dorf darüber auch schon bescheid. Ach, ich hätte es eigentlich für mich behalten sollen und es geht mich auch gar nichts an. Aber ich denke … ich meine, vielleicht ist es doch wichtig."

Die Dénarnaud wurde immer ungeduldiger und ich wusste nicht, wie ich mich jetzt verhalten sollte. Aber meine immer noch andauernde Anwesenheit fiel den Beiden gar nicht mehr auf, deshalb blieb ich weiter am Tisch sitzen.

Maries Neugier war am Höhepunkt angelangt und ich sah, dass ihre Nerven zum Zerreißen gespannt waren. „Was weiß das ganze Dorf bereits? So rede doch endlich!"

„Naja, man behauptet, dass unser Pfarrer dem Abbé Gelis ein paar Schriftstücke überreicht hat, die dieser für ihn aufbewahren solle. Man munkelt, dass sogar eine Schatzkarte darunter wäre. Schließlich rätselt man ja bis heute, weshalb Abbé Saunière so reich ist. Aber wie gesagt, mich geht das alles gar nichts an und es ist mir auch ziemlich egal. Ich mag unseren Pfarrer nach wie vor."

Diese Nachricht schlug wie eine Bombe ein, denn keiner, weder Marie noch ich selbst konnte sich vorstellen, wann man die Übergabe der Papiere beobachtet haben könnte und vor allem, wer der unbekannte Beobachter sein sollte.

Als ich wieder zu Marie blickte, sah ich, dass sie kreidebleich war und am ganzen Leib zitterte. Es verging einige Zeit, bis sie sich wieder im Griff zu haben schien.

Derweil stand der Alte immer noch in der geöffneten Türe und drehte seine Mütze in den Händen, um aus den Augenwinkeln heraus ihre Reaktion abzuwarten.

„Du … du weißt, dass das mit der Herkunft des angeblichen Reichtums unseres Abbés nur ein Gerücht ist, welches jeglicher Tatsache entbehrt. Im Gegenteil, es ist eine widerliche und dumme Behauptung. Der Bischof von Carcassonne hat uns das Geld einstweilen für die Renovierung der Kirche zur Verfügung gestellt und von dem Rest haben wir zusammen mit den Ersparnissen unseres Pfarrers dieses schöne große Pfarrhaus, das ja schließlich auch Menschen wie dir zugutekommt, bauen können." Dann wies sie Antoine noch darauf hin, dass Bérenger zwar immer mal wieder Festbankette abhielt, bei denen aber jederzeit auch die Dorfbewohner willkommen wären. Antoine meinte nur beschwichtigend, dass ihn das alles eigentlich nichts anginge und Saunière schließlich mit seinem Vermögen tun könne, was ihm beliebe. Dann verabschiedete er sich ziemlich schnell von uns, um Felix etwas außerhalb von Rennes-le-Château aufzusuchen.

Ich hatte die ganze Zeit über weiter zugehört. Langsam wurde mir klar, dass ich immer tiefer in diese ganze Geschichte hineingeraten war. Dabei befand ich mich im Zwiespalt und musste höllisch aufpassen, was ich von mir gab. Sollte ich meine Rolle als völlig unbedarfter und nichtwissender Tourist, der zufällig zwischen die Fronten geraten war, weiterspielen? Es war mir selbst mittlerweile ziemlich unangenehm geworden.

Andererseits, wenn ich mitspielte, hatte ich möglicherweise die große Chance, hinter das Geheimnis des Abbé Saunière zu kommen. Ich durfte nur nicht den Fehler begehen, das Ganze zu überstürzen. Nein, abwarten und Tee trinken hieß jetzt die Devise und ich hatte Zeit, wenn ich es mir recht überlegte. Deshalb schaute ich einfach gedankenverloren zum Fenster hinaus, ganz so, als hätte ich die Unterredung der letzten Minuten gar nicht mitbekommen, lauerte aber dennoch auf die weitere Reaktion der Dénarnaud.

Diese blieb zunächst aus, ich stellte aber fest, dass sie genauso wie ich überlegte, was sie als nächstes sagen solle.

Endlich durchbrach sie das Schweigen. „Es tut mir leid, Monsieur, aber es wäre besser gewesen, Sie hätten nichts von dem mitbekommen, was sich hier abgespielt hat. Ich möchte Sie damit auch nicht weiter belasten. Schließlich weiß ich ja nicht, was Sie jetzt darüber denken. Eigentlich wollte Abbé Saunière, dass niemand davon erfährt, was Antoine hier so gedankenlos ausgeplaudert hat. Aber auch für mich ist es mittlerweile schwierig geworden, noch Stillschweigen darüber zu bewahren."

Was sollte ich jetzt dazu sagen? Dass ich eh schon alles wusste, um was es eigentlich ging? Dass alle Personen, die sich damit befassten, sowieso schon in Lebensgefahr wären? Was konnte man überhaupt noch unternehmen, außer, dass man die Dokumente so schnell wie möglich beseitigte?

Wer hätte auf so eine Art Ratschlag schon gehört? Ich glaubte ja selbst nicht daran, dass dies die Lösung des Problems wäre. Zu tief hatte man sich schon vorgewagt, es musste zwangsläufig zur Katastrophe führen.

Und ich konnte nichts dagegen tun als nur den neutralen Beobachter dabei zu spielen. Was für eine bescheuerte Situation!

„Es ist alles so furchtbar geworden und ich habe solche Angst um unseren Abbé. Je non peu plus – ich kann nicht mehr!" Schluchzend stürzte Marie aus dem Zimmer und ich kam mir wie ein begossener Pudel vor, mir waren die Hände gebunden.

Sie hatte mir eindeutig zu verstehen gegeben, ich solle auf keinen Fall mehr weitere Fragen stellen, also musste ich dies akzeptieren, auch wenn es mir schwerfiel.

Ich blieb am Küchentisch sitzen und starrte noch eine ganze Weile vor mich hin. Zwar versuchte ich, meinen Kopf leer zu bekommen, mich also zu entspannen, weil ich dann besser nachdenken konnte, aber es wollte sich kein Erfolg dabei einstellen. Ich versuchte es anders, ich begann mich zu erinnern, was in allen Büchern, die ich über Rennes-le-Château gelesen hatte, stand, vielleicht gab es da einen Hinweis auf einen Ausweg. Aber je weiter ich reflektierte, desto mehr ergab dies für mich keinen Sinn. Das Einzige, was ich herausfand, war, dass dieses Bedrohungsgefühl auch dort bereits geschildert wurde.

Es war für mich faszinierend und unheimlich zugleich.

Dann erhob ich mich und schlug wieder den Weg in Richtung Friedhof ein, um ein weiteres Mal meine inzwischen wieder aufgekommene Neugier beim versteckten Belauschen des Gesprächs in der Kirche zu stillen.

Ich hatte Glück: Kein Mensch war um diese Zeit dort unterwegs. Ich kam gerade rechtzeitig, da die Drei sich mit dem Spruch zu befassen schienen, welcher ihnen einen Tag zuvor so massive Angst eingejagt hatte: I TEGO

ARCANA DEI – „Verschwinde von hier! Ich halte die Geheimnisse Gottes verborgen."

Allerdings traute sich keiner von ihnen, ihn erneut laut auszusprechen. Vielmehr ging es ihnen heute um das Grabmal, auf welchem sich die Platte mit dem Spruch befunden hatte.

„Dieses Grabmal haben wir vor einiger Zeit in der Nähe der Stadt Arques, etwa zehn Kilometer von hier und fünf Kilometer entfernt von der Burgruine derer von Blanchefort einer alten Beschreibung nach entdeckt. Zwar war die Inschrift schon sehr verwittert und es lag unter einem sehr dichten Gebüsch verborgen, das wir erst beim dritten Anlauf einigermaßen beseitigen konnten, aber wir konnten noch erahnen, was darauf geschrieben stand. Als wir die Platte dann mühselig mit einem Pferdekarren hierher transportierten und sie erneut inspizierten, stellten wir fest, dass alles, was auf einem der Dokumente stand, identisch mit der Inschrift auf dem Grab war. Und nicht nur dies, dieselbe Inschrift gibt es ein drittes Mal auf dem Grab der d´Hautpoul. Warum das so ist, müssen wir noch herausfinden", erklärte Saunière.

„Ja und weiter? Als Ihr das Grab geöffnet habt, was befand sich darin? Macht es doch nicht so spannend", kam es jetzt ungeduldig von Gelis. Er schien um Einiges gefestigter zu wirken, das konnte ich seiner Stimme anmerken.

Boudet, der zusammen mit Saunière und einigen Arbeitern die Grabplatte hierher geschafft hatte, fuhr nun anstelle von Saunière fort. „Es kostete uns einige Mühe, die schwere Platte zur Seite zu rücken und als wir dann einen Blick hineinwarfen, fanden wir dann … absolute Leere darin vor, also keine Knochen oder Ähnliches. Ich vermute, dass man schon irgendwann vorher den Inhalt, was immer es auch war, entfernt hatte. Über dessen Verbleib wissen wir absolut gar nichts und Spekulationen darüber anzustellen, wäre absolut abenteuerlich."

Ich erinnerte mich. Dieses Grab, von dem Saunière sprach, existierte noch und ich hatte auch schon irgendwo Bilder davon gesehen, es mutete inmitten der Wildnis absolut befremdlich, ja geradezu unheimlich an. Ein viereckiger wuchtiger Sarkophag, welcher schon stark verwittert war. Über sein wirkliches Alter wusste man bis heute nichts Genaueres, nur, dass die Einheimischen behaupteten, es hätte sich schon immer an dieser Stelle befunden.

Wer hatte es erbaut und was war sein ursprünglicher Zweck?

Mir fiel dazu wieder die Legende um Maria Magdalena ein, aber es machte irgendwie keinen Sinn, dass sie dort begraben gewesen sein sollte. Wenn alles stimmte, was man von ihr wusste, dann hätte sie logischerweise irgendwo in der Nähe von Aix-en-Provence bestattet werden müssen. Wieso sollte sie hierher in diese doch so gottverlassene Gegend gekommen sein?

Trotzdem gab es aber noch das geheimnisumwitterte Evangelium von Arques, das in Wirklichkeit von der Magdalena selbst geschrieben worden sein soll. In welcher Beziehung stand es zu dem angesprochenen Grabmal? Hatte sich Maria von Bethanien, wie ihr eigentlicher Name lautete, hierher in die Einsamkeit dieser wilden Gegend zum Sterben zurückziehen wollen?

Möglich wäre dies. Ich wusste jedenfalls nicht, welche Rolle der Ort Arques in der Geschichte Südfrankreichs spielte. An was ich mich erinnern konnte, war, dass ich eine Zeitlang den Fehler begangen hatte, Rennes-le-Château und Arques gleichzusetzen, genauso wie man mehrere Jahrhunderte lang behauptete, dass Rennes-le-Château und die westgotische Stadt Rhedae identisch gewesen wären. Rennes-le-Château – alle Spuren führten immer wieder zurück in Saunières Dorf.

Eigentlich hatte ich keine weitere Zeit zur Verfügung, um über Saunières Äußerungen zu Arques nachzudenken, denn was er jetzt erzählte, schien mir noch interessanter zu sein. Er kehrte nämlich zu der Inschrift auf der Grabplatte zurück, die nicht nur diese unselige Warnung enthielt und allen eine gehörige bleibende Angst eingejagt hatte, sondern er erwähnte auch noch etwas anderes. „Auf dieser Platte befinden sich auch noch vier Worte, über welche wir uns bis jetzt noch keine Gedanken gemacht haben. Wir haben sie schlichtweg übergangen, aber ich glaube, sie spielen keine unwesentliche Rolle." Er deutete darauf und las sie nun vor. „REDDIS, REGIS, CELLIS, ARCIS. Zunächst habe ich die Anzahl ihrer Buchstaben gezählt, es sind 22. Dann habe ich nachgeforscht und herausgefunden, dass sie im hebräischen Alphabet eine große Rolle spielen. Aber das ist im Moment nicht so wichtig. Betrachten wir lieber jedes einzelne Wort und beginnen mit REDDIS. Hierbei handelt es sich vielleicht um eine fremdsprachliche Bezeichnung für Rhedae, welches sich ja bekanntlich entweder hier oder etwas weiter nördlich bei Limoux befunden haben soll. Über REGIS und CELLIS werden wir noch gesondert zu sprechen kommen, auch müssen wir untersuchen, in welcher Beziehung sie zueinander stehen. Ihre Bedeutung scheint einigermaßen klar zu sein, aber das ist auch schon alles. Das Wort ARCIS könnte ein Hinweis auf Arkadien sein, kann aber auch das Grab, auf welches wir gestoßen sind, damit meinen." Dann zeigte er auf ein weiteres Symbol: „Und dann diese Spinne oder Krabbe, was meint Ihr soll es darstellen? Vielleicht habt Ihr ja einen Vorschlag dazu."

Die beiden zuckten aber nur resigniert mit den Schultern und wussten sich offensichtlich im Moment keinen Reim darauf zu machen. Ich dachte mir in meinem Versteck, dass sie zwar einem großen Geheimnis auf die Spur gekommen waren, aber dies war auch schon alles. Sie schienen für den Augenblick auf der Stelle zu treten. Sie hatten den Standort des Grabes gefunden, hatten unter Mühen dessen Platte hierhergeschleppt, hatten vier geheimnisvolle Worte darauf gelesen und dann diesen unseligen und immer noch wie ein Damoklesschwert über ihnen schwebenden Spruch, welcher ihnen Angst und Schrecken einjagte, je länger sie ihn betrachteten. So wie es aussah, dachten sie nun ein weiteres Mal angestrengt darüber nach, was dies zu bedeuten hatte.

Es vergingen quälend lange Minuten. Und nicht nur die drei in der Kirche überlegten, sondern auch ich war jetzt erfasst von dem Zauber, der davon abfärbte. Ich setzte mich augenblicklich auf den Boden und dachte angestrengt nach, ließ dabei aber das Innere des Gotteshauses nicht aus den Augen. Es war immer noch dasselbe Versteck, in dem ich mich befand und von dort aus alles bequem einsehen konnte.

Endlich raffte sich Henri Boudet dazu auf, eine vorsichtige Vermutung anzustellen. „Ich sehe mir genauso wie Ihr immer wieder diesen seltsam verschlüsselten Satz an. Ihr wisst, welchen ich meine. Aber je länger ich dies tue, desto klarer wird es mir nun. Ein sehr aussagekräftiges

Wort ist nämlich darin versteckt, es heißt …", er machte eine extra kurze Pause, um zu zeigen, dass er noch nicht aufgegeben hatte, das Rätsel zu lösen, „es heißt ARANEA. Was es bedeutet, brauche ich euch nicht zu sagen. Es steht ja direkt in Verbindung mit diesem Symbol hier auf der Grabplatte.

„Das ist es!", riefen die anderen zwei aus.

Und ich wusste es natürlich auch, ein in diesem Falle mythisches Tier, welches in der christlichen Religion seit dem Konzil von Nicäa nur einen bestimmten Begriff bezeichnen konnte – die Spinne als Verkörperung des Heiligen Geistes! Hatte man ihn zum Wächter des Grabes bestimmt?

Spätestens jetzt musste doch jedem von ihnen klar geworden sein, dass es hier ganz in der Nähe eine unvorstellbar große und furchtbare Macht geben würde, die jeden vernichten könnte, welcher es wagen würde, weitere Nachforschungen darüber anzustellen. Zwar existierte der Inhalt des Grabmals nicht mehr, aber man hatte dennoch Grenzen überschritten, war zu weit gegangen, indem man das Grab geöffnet und die Platte an einen für sie nicht bestimmten Ort geschafft hatte. Das war trotzdem ein Frevel und hatte Konsequenzen für sie.

Gelis sprach nun aus, was seine beiden Kollegen vermutlich schon die ganze Zeit über gedacht hatten. „Es tut mir leid, aber für mich wird diese Sache zu gefährlich. Deshalb werde ich mich nicht weiter beteiligen. Ich will und kann nicht mehr. Ich kann euch nur raten: Lasst die Nachforschungen sein und kehrt um, bevor es zu spät ist!" Eine unheimliche Atmosphäre der Angst breitete sich aus.

Eine heftige Diskussion brach aus, in deren Verlauf sie versuchten, Gelis zu überreden, seinen Entschluss rückgängig zu machen.

Dabei fielen Sätze wie: „Es sind ja nur ein paar beschriebene Blätter Papier", und „man darf jetzt keinesfalls in Panik verfallen". Aber so wie sich dies mir darstellte, glaubten sie selbst nicht so recht an das, was sie da von sich gaben. Für mich stellte sich jetzt aber zusätzlich die Frage, ob diese Warnung „I TEGO ARCANA DEI" bei Nichtbefolgung sogar mit einem Fluch verbunden sein könnte.

Für den Moment kam man nicht weiter und spätestens als Boudet vorschlug, die Versammlung auf unbestimmte Zeit zu verschieben, war dies das Zeichen für mich, mein Versteck rasch zu verlassen und mich wieder in Richtung des Friedhofseinganges zu begeben. Dabei ging ich zuerst ein paar Schritte rückwärts und wäre in meiner Unachtsamkeit fast über einen Grabstein gestolpert. Ich konnte mich aber gerade noch in letzter Minute abfangen, bevor mir ein größeres Unglück passiert wäre.

Waren dies schon Auswirkungen des Fluches?

Unsinn – warum sollte es gerade mich treffen, zumal noch als neutralen Beobachter? Ich schnaufte noch ein paar Mal tief durch und beschloss nun endgültig, mich unauffällig unter die Dorfbevölkerung zu mischen, so gut dies möglich war. Schließlich fiel ich immer noch angesichts meiner fremdländischen Kleidung auf.

Es war mir jedoch egal, denn ich musste nachdenken, ich wollte auch über alles Mögliche nachdenken.

Dabei lief ich ziemlich ziellos im Ort herum und gelangte an das Ortsende, wo ich in der Ferne Antoine und Felix entdecken konnte, wie sie ihre Arbeit verrichteten. Sie befanden sich offensichtlich immer noch bei der Reparatur des Weidezaunes für die Ziegen, schienen aber schon ein ziemliches Stück vorangekommen zu sein. Man hatte hier im Dorf und auch außerhalb davon noch Einiges an Erledigungen durchzuführen, bevor der Winter mit aller Macht hereinbrach. Das im Augenblick noch anhaltende freundliche Herbstwetter lud dazu ein, es möglichst zügig voranzutreiben. Die geografischen Gegebenheiten waren hier nicht schlecht, denn die nahegelegenen Pyrenäen bildeten so etwas wie eine Wetterscheide und hielten dabei manche von Spanien heraufziehende Unwetter noch einigermaßen ab. Allerdings gab es, soweit mir bekannt war, auch regelmäßige Schlechtwetterperioden, deren Dauer sich auf die Zeit von Ende September bis Anfang Oktober erstreckten und in welchen es in der Regel mehrere Tage und Nächte durchregnete. Zu dem Zeitpunkt, als es mich dorthin verschlagen hatte, war diese Schlechtwetterperiode schon vorübergegangen.

Über das Wetter zu reflektieren half mir allerdings auch nicht weiter und so beschloss ich, mich auf einer nahestehenden Bank niederzulassen und mich bei einem Blick in die endlose Weite der Corbières zu entspannen.

Dabei wollte ich auch den Kopf wieder freibekommen, denn das Gehörte der letzten zwei Stunden saß mir, obwohl ich es nicht zugeben wollte, ziemlich fest. Dennoch gelang es mir einfach nicht, weil mir klar wurde, dass ich ebenfalls bereits darin wenn auch nur passiv verstrickt war.

So blieb mir nichts Anderes übrig, als mich nach einer Viertelstunde wieder zu erheben und meinen Weg in Richtung Villa Bethania einzuschlagen.

Ich klopfte zunächst zaghaft und vernahm dann von innen die Aufforderung, einzutreten. Saunière und Marie waren dort und auch Abbé Boudet. Gelis dagegen fehlte, er musste schon heimgefahren sein.

„Störe ich?"

„Nein, keineswegs", antwortete Saunière und lächelte gequält. Anscheinend musste er mir angesehen haben, dass ich Hunger hatte und so lud er mich ein, mich zu ihnen an den Tisch zu setzen. Ich nickte ihm zu und bedankte mich für seine Einladung. Saunière indes wandte sich wieder Boudet zu. „Also, Henri, wir sind uns einig, dass wir vorerst nichts Weiteres unternehmen werden. Das Einzige, was ich in den nächsten Tagen tun werde, ist, noch einmal mit Gelis unter vier Augen zu reden. Sie werden mit mir ja einer Meinung sein, dass er für uns ein großer Unsicherheitsfaktor ist. Dieses Risiko gilt es deswegen zu minimieren. Drücken Sie mir die Daumen, dass es klappt." Mir war aufgefallen, dass Bérenger trotz meiner Anwesenheit ziemlich unbefangen über diese Angelegenheit sprach.

Ich spielte dabei den Unwissenden und mischte mich in das Gespräch der beiden Pfarrer ein. „Darf ich fragen, ob es um die Sanierung des Kirchenbodens geht? Mademoiselle Dénarnaud hat mir gegenüber etwas diesbezüglich erwähnt. Wenn Sie Hilfe benötigen, kann ich mich jederzeit nützlich machen. Sie müssen es mir nur sagen, denn schließlich stehe ich tief in Ihrer Schuld."

Boudet bedankte sich bei mir, meinte aber dazu, man könne nur ein paar Vorarbeiten leisten, danach würde man die Hilfe eines Fachmannes in Anspruch nehmen müssen. Was mich beträfe, so sei er sich sowieso nicht sicher, ob ich denn gesundheitlich schon wieder ganz auf der Höhe sei. Er schlug mir vor, ich solle lieber meinen Aufenthalt in dieser Gegend weiter genießen. Außerdem sprach er die Empfehlung aus, nach ein paar Tagen noch einmal den Arzt in Couiza aufzusuchen, damit er feststellen könne, ob ich wieder reisefähig wäre.

Ich hatte verstanden, denn damit ließ er durchklingen, dass ich so bald wie möglich wieder abreisen solle.

„Sollten Sie aber einmal von Langeweile übermannt werden, dann lade ich Sie herzlich dazu ein, mich in Rennes-les-Bains zu besuchen, es lohnt sich. Sie können mein Dorf mittels eines ausgedehnten Spazierganges bequem erreichen", fügte er hinzu.

Ich bedankte mich für seine Einladung und versprach ihm, dass ich bald darauf zurückkommen werde. Der Geistliche von Rennes-les-Bains verabschiedete sich von uns und erwähnte, dass in seiner Pfarrei noch einiges an Arbeit auf ihn warte. Den Vorschlag Saunières, noch zum Essen zu bleiben, lehnte er dankend ab.

Die Zeit für das Mittagessen war schon längst überfällig und ich hatte Befürchtungen, dass man über diese ganze Geheimniskrämerei möglicherweise noch vergaß, die leiblichen Bedürfnisse zu befriedigen. Darum half ich der Dénarnaud beim Tischdecken und so konnte einem guten Essen nichts mehr im Wege stehen. Dies gab es dann auch in der Form eines exquisiten Linseneintopfes und ich war erstaunt darüber, dass man selbst hier in dieser gottverlassenen Gegend zwar so einfache aber dafür umso vorzüglichere Speisen bekam.

Die französische Küche machte ihrem Ruf mal wieder alle Ehre, nicht zuletzt durch eine so hervorragende Köchin wie Marie. Sie war eben eine Perle des Haushalts und ich hatte immer noch Zweifel, ob Saunière dies überhaupt zu schätzen wusste. Mit großem Appetit verschlangen wir alle drei den Inhalt unserer Teller, wobei nicht viel gesprochen wurde.

Als wir fertig waren und nicht mehr viel übriggeblieben war, beschloss ich sozusagen als kleines Dankeschön, Marie beim Abwasch zu helfen, während Bérenger sich mit den Worten entschuldigte, er müsse noch Einiges erledigen und wolle sich in seine Bibliothek zurückziehen.

Er war rast- und ruhelos, diesen Eindruck hatte ich von Anfang an von ihm bekommen und somit lag es für mich auf der Hand, dass ihn seine Dokumente weiterhin beschäftigten. In diesem Fall aber wurde ich eines Besseren belehrt, denn er teilte uns mit, dass er noch eine Predigt für den demnächst anstehenden Erntedankgottesdienst auszuarbeiten gedenke.

Auch hier in Frankreich kannte man dies und pflegte diese Tradition ebenfalls zu Ende des Herbstes.

Bevor er aber die Villa verließ, machte ich ihn darauf aufmerksam, dass er mir immer noch versprochen habe, mir seine Bibliothek zu zeigen. Wir verabredeten uns in einer Stunde und ich war bereits voller Neugier, welche Schätze er mir dort zeigen würde.

Die Zeit bis dahin überbrückte ich mit belanglosem Small-Talk, den ich mit Marie führte. Dabei tranken wir noch einen Kaffee zusammen.

IM TOUR MAGDALA

Eine Stunde später machte ich mich auf den Weg zum Tour Magdala, der Saunières ganzen Stolz beherbergte.

Das Wetter blieb unverändert schön und der strahlend blaue Himmel wurde von keiner einzigen noch so winzigen Wolke getrübt. Das bedeutete aber auch, dass es in der Nacht um diese Jahreszeit schon empfindlich kühl zu werden versprach.

Als ich den Turm erblickte, erinnerte er mich einmal mehr an den Bergfried einer mittelalterlichen Burg und weniger an einen Ort der Wissenschaft, zu dem Bérenger ihn gemacht hatte.

Wie ich dort vor der Türe stand, klopfte ich ein, zwei Mal, bekam aber keine Antwort. Deshalb trat ich ohne Aufforderung ein und befand mich sogleich am unteren Ende einer Wendeltreppe.

Ich rief nach Saunière und vernahm seine Stimme von oben. Er forderte mich auf, heraufzukommen, aber ich solle vorsichtig sein, da die Treppe sehr steil sei.

Während ich mich leicht schnaufend nach oben quälte, konnte ich feststellen, dass Bérenger nicht nur ein Freund der Literatur war, sondern offensichtlich auch ein passi-

onierter Sammler von Gemälden. Das gesamte Treppen-
haus hing voll davon.

Ich traf ihn in einem großen runden Raum an.

Bérenger hatte ein aufgeschlagenes Buch vor sich
liegen, dessen Seiten er gerade studierte. Kaum dass er
mich erblickte, winkte er mich zu sich und forderte mich
auf, einen Blick in dieses Buch zu werfen.

„Das ist mein wertvollstes Stück", gab er mir zu verstehen, „es handelt sich um eine Bibel aus dem 17. Jahrhundert und wie Sie sehen können, ist sie in französischer
Sprache geschrieben, was für diese Zeit recht modern
war."

Ich wollte von ihm wissen, ob er denn weitere Werke aus diesem Jahrhundert hätte, aber er bedauerte nur,
dass dies nicht der Fall sei. Erst jetzt schaute ich mich
um und staunte augenblicklich über die uns umgebenden
Bücherregale.

„Ja, das ist sie, meine Bibliothek, klein aber fein. Es
befinden sich wertvolle Stücke darunter. Sie dürfen sie
gerne in die Hand nehmen und sich ansehen, tun Sie sich
keinen Zwang an."

Ohne dabei ein festes Ziel zu verfolgen, nahm ich einige Folianten aus den Regalen und blätterte, mitunter ein
gewisses Interesse vortäuschend, darin herum. Schließlich hatte ich nicht den blassesten Schimmer von Büchern, welche bereits damals älter als 100 Jahre waren.
Ich konnte bei der Betrachtung der vollen Bücherschrän-
ke nur konstatieren, dass sie anscheinend nach keinem
besonderen System geordnet waren.

Trotzdem wollte ich den stolzen Besitzer nicht enttäuschen und gab einige gekünstelte Ausrufe des Erstaunens
von mir, damit er auf seine Kosten kam. Zugleich ver-

suchte ich mal wieder, mein Gedächtnis zu aktivieren und mir in Erinnerung zu rufen, was mir eigentlich alles über Saunières Bibliothek noch bekannt war. Mir fielen leider keine Fragen ein, welche ich ihm speziell zu dem einen oder anderen Buch hätte stellen können. Also beließ ich es dabei, mich zu erinnern, dass seine Buchschätze nicht besonders außergewöhnlich gewesen sein sollen. Wo er sie sich letzten Endes beschafft haben soll, darüber ist man sich nach modernen Erkenntnissen nicht ganz einig, aber es wird vermutet, dass ihn seine Wege hierbei nicht nur nach Paris geführt haben, es sollen auch Bücher von ihm später in Lyon aufgetaucht sein. Während ich nun weiter „schmökerte", hatte sich Bérenger wieder seinem Lieblingswerk zugewandt.

Dann ließ ich eine weitere höfliche Bemerkung über seine Bücher los: „Nun, ich bin zwar nur Laie auf diesem Gebiet, aber ich könnte mir durchaus vorstellen, dass Ihre Sammlung schon einen gewissen Wert besitzt." Ich konnte es mir aber dennoch nicht verkneifen, hinzuzufügen, dass ich selbst bei mir zuhause in Nürnberg über eine nicht unbeträchtliche Anzahl von modernen Bänden verfüge. Jedoch wären diese für ihn lange nicht so interessant, da es sich größtenteils „nur" um Romane handeln würde. Aber, so erwähnte ich noch, erfülle es mich mit einem gewissen Stolz und ich könnte ihn deswegen auch sehr gut verstehen. „Denn", so ergänzte ich, „besitzt man als bibliophiler Mensch erst einmal ein Buch, dann möchte man es auch sogleich nicht wieder hergeben."

Mit vollem Eifer pflichtete er mir sofort bei und mir wurde dadurch bewusst, dass ich damit einen großen Schritt in Richtung seines weiteren Vertrauens unternommen hatte.

„Erlauben Sie mir, dass ich Ihnen ein paar meiner Werke vorstelle und Ihnen dazu ein paar Erläuterungen gebe.
Das wäre eine große Freude für mich. Übrigens", und das
kam jetzt für mich völlig überraschend, „lassen wir doch
dieses alberne 'Monsieur', sagen Sie einfach Bérenger zu
mir."

Ich tat ihm natürlich den Gefallen und so bekam ich
eine einstündige Einführung in kirchliche Literatur, wobei andere wissenschaftliche Werke und darüber hinaus
sogar Romane dabei nur eine Randbemerkung waren, obwohl ich wusste, dass es sie dort geben musste. „Um auf
Ihre eingangs erwähnte Frage den Wert dieser Folianten
betreffend einzugehen: Glauben Sie mir, der ideelle Wert
übersteigt in diesem Fall den materiellen bei Weitem."
Und dann sagte er etwas, was mich ein weiteres Mal aufhorchen ließ. „Sehen Sie, Jacques, ein Großteil meiner
Bücherbestände setzt sich aus ganz normalen Kirchenbüchern zusammen, die Theologen in der jüngeren Vergangenheit zu Papier gebracht haben. Über den tatsächlichen
Ursprung unserer Religion sagen sie wenig bis gar nichts
aus. Wir sind dabei gezwungen, immer nur das für richtig
anzusehen, was man vor Jahrhunderten, ja sogar Jahrtausenden als das Fundament unseres christlichen Glaubens
für die Nachwelt aufgezeichnet hatte. Selbstverständlich
liegt mir nichts ferner als die Wahrheit dieser Schriften
zu bezweifeln, aber an manchen Stellen frage ich mich,
unter uns gesagt, schon, ob hierin eine gewisse Logik steckt." Er überraschte mich jetzt umso mehr, dass
er mit solch kritischen Äußerungen in meinem Beisein
nicht hinter dem Berg hielt. War dies der wahre Bérenger
Saunière? Ein durchaus kritischer Christ, der nicht alles
glaubte, was er im Priesterseminar gelernt hatte?

Ich wollte jetzt unbedingt, dass unser geführtes Gespräch nicht zum Erlöschen kam, deshalb tastete ich mich ein Stück weiter vor. „Sie überraschen mich sehr, im Mittelalter hätte man eine solche Äußerung, noch dazu von einem Pfarrer, als Teufelswerk oder Ketzerei bezeichnet." Den Vorwurf der Häresie wollte ich ihm absichtlich nicht machen.

Aber ich hatte mich getäuscht, er ging noch weiter, viel weiter. „Warum? Weil ein nach Ihrer Vorstellung einfacher Landpfarrer solche häretischen Ansichten hat? Ich sage Ihnen und da bin ich sogar froh darüber, dass ich ausnahmsweise einmal mit einem wie mir scheint kritischen Menschen, statt mit lauter normalen Dorfschäfchen reden kann: Als Christ und vor allem denkender Mensch hat man zwischendurch auch die Aufgabe, verschiedene Dinge des religiösen Lebens einer kritischen Prüfung zu unterziehen. Verstehen Sie, Rom ist weit und man ist deshalb in Glaubensfragen völlig auf sich alleine gestellt. Dazu hat ein Sprichwort, dass Sie in Ihrem Land genauso kennen, eine wichtige Bedeutung, die nicht nur rein rhetorischer Natur ist, es heißt nämlich: Der Mensch denkt – Gott aber lenkt. Es bedeutet für uns, dass Gott will, dass wir nicht nur alles bejahen, was man uns vorsetzt, sondern dass wir immer den tieferen Sinn darin suchen sollen, auch wenn er augenscheinlich nicht vorhanden sein sollte. Gott jedoch lenkt unser Leben und bestimmt unser Schicksal. So verhält es sich schon seit Jahrtausenden und wir sind nur winzige Sandkörnchen, welche er mit seinem Hauch des Atems als Wind in der unendlichen Zeit vor sich hertreibt. Aber es liegt mir fern, Ihnen eine Predigt darüber zu halten."

Ein kritischer Christ wollte er sein, aber kein Häretiker. Ich versuchte, auf dieser Ebene weiter mit ihm zu diskutieren, weil ich sehen wollte, was dabei herauskam. „Ich habe gelesen, dass diese Region hier schon immer ein fruchtbarer Boden für Häretiker und Andersdenkende gewesen sein soll. Wie Ihnen ja als stets seine Studien treibender Mensch bekannt sein dürfte, lebten hier in Südfrankreich vor etwa siebenhundert Jahren die Albigenser. Zwar muss ich gestehen, dass es lange her ist, dass ich im Religionsunterricht der Schule das Neue Testament gelesen habe und es deshalb nicht mehr besonders gut kenne, aber dennoch wage ich zu behaupten, dass diese Glaubensgruppe nach sehr vernünftigen Prinzipien gelebt hat. Man hatte ja damals die meisten von ihnen auf dem Scheiterhaufen verbrannt, was ich übrigens mit Mord gleichsetze. Aber ihr Glaube soll sich durch die Jahrhunderte hindurch in den Köpfen vieler unabhängig denkender Menschen erhalten haben." Dabei betrachtete ich immer wieder sein Mienenspiel, es blieb jedoch immer neugierig reserviert. Da beschloss ich, die Katze aus dem Sack zu lassen. „Insbesondere dieses Dorf hier mit dem Namen Rennes-le-Château soll Spuren dieser Andersgläubigen beherbergen, wenn ich auch, ehrlich gesagt, nicht weiß, um was es sich dabei handelt. Vielleicht können Sie mir dabei weiterhelfen." Es war eine vorlaute und vielleicht sogar dumme Äußerung von mir, die ich sofort beinahe bereute.

Die Gesichtszüge meines Gegenübers entgleisten und verrieten mir, dass ich zu weit gegangen war. Er war äußerst erstaunt über das, was ich da von mir gab, das war mir sofort klar geworden.

Er wollte natürlich sofort von mir wissen, woher ich das alles wusste und was ich mit diesen „Spuren" meinte.

Die einzige Möglichkeit, die ich noch hatte, war, vom Thema und damit vor allem von den Katharern abzulenken. Dadurch lief ich zwar Gefahr, ihm etwas zu erzählen, was er eh schon wusste, aber ich konnte es ja mal versuchen. „Ich muss Ihnen leider verraten, dass ich nicht ganz unbedarft hierhergekommen bin. In meiner Heimat gibt es gewisse Aufzeichnungen, die sich mit dem Roussillon im Allgemeinen und der Geschichte der Tempelritter im Speziellen befassen. Diese Unterlagen habe ich mir zunutze gemacht, um sie ausgiebig zu studieren. Es handelt sich nämlich um ein Thema, welches ich äußerst spannend finde und das mich schon immer in seinen Bann gezogen hat. Hierbei nun stieß ich auf einen der bedeutendsten Großmeister dieses sagenumwobenen Ordens, auf Bertrand de Blanchefort. Wie Ihnen als gebildeten Menschen bekannt sein dürfte, ließ er nicht unweit von hier eine Burg für sich erbauen. Und nicht nur dies, es gab ja auch bekanntermaßen einen Stützpunkt der Templer auf dem Bézu. Selbstredend ergibt sich daraus, dass bestimmte Verbindungen zwischen den Templern und diesem Dorf hier schon immer bestanden haben. Darüber hinaus soll es aber auch Beziehungen zwischen den Templern und den, ich darf sie nun Katharer nennen, gegeben haben. Für mich stellt es sich als eine Art magisches Dreieck dar und deswegen ist es nicht verwunderlich, wenn man behauptet, dass eben bestimmte Spuren auch hierher geführt haben. Leider ist es mir aber unmöglich gewesen, herauszufinden, was damit konkret gemeint sein soll. Wie gesagt, es war nur eine Frage, ob Sie vielleicht etwas Näheres darüber wissen könnten."

Ich hatte es geschafft, mich gerade noch einmal aus der Affäre zu ziehen, indem ich den „wissenden Unwissenden" spielte.

Gottseidank ging er darauf ein und erzählte mir selbst noch einiges darüber, natürlich darauf bedacht, auf keinen Fall mehr zu verraten, als er für richtig hielt. „Nun, ich kenne die bewegte Geschichte dieses alten Templergeschlechts, denn wie Sie sicher bereits bei einem Besuch auf unserem Friedhof feststellen konnten, gibt es hier das Grab der Marie de Nègre d´Ables Dame d`Hautpoul, wie sie mit ihrem vollständigen Namen heißt und sie ist nach allem, was wir wissen, tatsächlich die letzte Nachfahrin der Blanceforts. Unbestritten hat unser Dorf ihr sehr viel zu verdanken, womit ich ausschließlich die finanzielle Unterstützung anspreche, welche sie Rennes-le-Château zu Lebzeiten zukommen ließ. Da fällt mir gerade ein, dass ich nicht mehr weiß, ob ich Ihnen schon eine Besichtigung der Ruine des Château Blanchefort vorgeschlagen habe. Zwar ist der Anstieg relativ mühselig und man sollte ihn auf jeden Fall in den Morgenstunden auf sich nehmen, statt in der heißen Sonne des Nachmittags, aber es lohnt sich unbedingt schon alleine wegen der Aussicht, die man dort genießen kann. Aber zurück zu dem Grab der besagten Dame. Es dürfte so ziemlich das älteste auf dem Friedhof sein und stammt meines Wissens aus dem 18. Jahrhundert."

Bei Saunières Ausführungen fiel mir auf, dass er in keiner Weise auf die Templer und Katharer selbst einging. Ich hatte nun die Wahl, das Gespräch abzubrechen oder weiter vorzudringen. Da ich jedoch für den Rest des Tages sowieso nichts mehr vorhatte, kam mir der vermessene Gedanke, ihn weiter zu provozieren. „So wie es mir scheint, gibt es hier noch einige alte und interessante Gräber. Hierzu fällt mir noch etwas ein, was ich vor ein paar Wochen vor meiner Abreise aus Deutschland in einem Buch gelesen habe, welches sich mit der Historie Südfrankreichs auseinandersetzt, etwas äußerst Merkwürdiges übrigens." Ich machte eine weitere Kunstpause bis er mich aufforderte, doch fortzufahren. Ich tat ihm den Gefallen. „Nun, zwischen Couiza, welches Ihnen ja bestens bekannt sein dürfte und der Stadt Albières befindet sich bekanntlich der Ort Arques. In dessen Nähe, etwas außerhalb davon, soll sich ein seltsames Grabmal befinden. Es ist bisher nicht erforscht worden, wie alt es eigentlich ist. Eine unumstrittene Tatsache besteht aber darin, dass die dortigen Bewohner behaupten, es wäre schon immer da gewesen. Ein Grund für diese Vermutung ist die fortgeschrittene Verwitterung der steinernen Ummantelung. Man rätselt bis heute, wen oder was es beherbergte, denn man hat es leer vorgefunden, als es entdeckt wurde. Es würde mich brennend interessieren, was es damit auf sich hat und wenn ich irgendeine Möglichkeit dazu hätte, würde ich es mir gerne einmal ansehen. Sie haben doch bestimmt auch schon davon gehört, oder?"

Die Tatsache, dass ich ihm so mir nichts dir nichts von diesem Grab erzählt hatte, brachte ihn jetzt völlig aus dem Konzept. Man konnte ihm nämlich ansehen, dass ihm dies äußerst unangenehm zu sein schien. Dennoch fasste er sich ein Herz und versuchte, den Gelassenen zu spielen, was ihm aber gründlich misslang. „Aber … wie um alles in der Welt können Sie davon wissen? Wer schreibt so etwas, das kann doch nur jemand sein, der persönlich hier war. Von den Einheimischen ist es bestimmt keiner gewesen, das müsste ich wissen. Also, wie ist sein

Name? Sie reden immer etwas von einer gewissen Literatur, welche Ihnen dieses Wissen hierüber vermittelte. Was sind dies für Bücher? Ich bin bisher immer davon ausgegangen, dass die Bewohner der umliegenden Orte einschließlich unseres Dorfes ihr Wissen ausschließlich für sich behalten haben, da man hier in dieser Gegend zu meinem Leidwesen als christlicher Pfarrer ab und zu immer noch ziemlich abergläubisch ist. Gerade solche Dinge, nun ich will sie durchaus als unheimlich bezeichnen, lässt man nach gängiger Meinung der Einwohner lieber auf sich beruhen. Persönlich bin ich da zwar anderer Meinung, aber mein Forscherdrang geht denn doch nicht so weit, in dieser Angelegenheit weitere Erkundigungen anzustellen. Das ist eher eine Sache für Archäologen, so denke ich. Trotzdem frage ich Sie nun noch einmal, was dies für eine Lektüre ist, die Sie darüber besitzen. Kann man so etwas auch hier in Frankreich erwerben und wo?"

Es lag jetzt wieder an mir, eine plausible Erklärung zu finden und ich bemerkte darüber gar nicht, dass die Zeit immer schneller verging. Draußen wurde es langsam dunkel und in Saunières Turm mit den vielen Büchern machte sich der Abend doppelt bemerkbar. Gab es hier schon elektrischen Strom, dass er einfach einen Lichtschalter betätigen konnte oder betrieb er seine Beleuchtung immer noch per Hand mit einer einfachen Lampe, in der sich ein Öllicht befand? Ich suchte krampfhaft nach der richtigen Antwort. Schließlich konnte ich ja nicht zugeben, dass ich einfach aus der Zukunft kam wie Marty McFly aus „Zurück in die Zukunft", aber das hier war bittere Realität für mich.

Wahrscheinlich wusste ich schon mehr, als Bérenger Saunière selbst in Erfahrung gebracht hatte, aber das nützte mir auch nichts. Was erschwerend hinzu kam, war, dass mir in Wirklichkeit nicht bekannt war, ob um diese Zeit überhaupt schon jemand etwas über die Ereignisse in Rennes-le-Château in Buchform geschrieben hatte und dann auch noch in deutscher Sprache! Mag sein, dass man im gesamten Dorf hinter vorgehaltener Hand über die Ereignisse gesprochen hatte, aber bestimmt wusste niemand, welche Rolle die Grabplatte dabei spielte.

Zwar konnte man es nicht verheimlichen, dass Sauniè- re sie besaß, da ja bekanntlich einige Leute ihm dabei geholfen hatten, sie hierher zu schaffen, aber natürlich machte sich jeder im Dorf darüber seine eigenen Gedan- ken. Außerdem musste man ja das Grab selbst wieder mit etwas bedecken, sodass es nicht auffiel. Mir stellte sich eine weitere Frage: Zwar hatte ich mich schon einmal in der Kirche umgesehen, was mir aber seltsamerweise bis- her noch nicht aufgefallen war, das war diese Grabplatte, um die sich jetzt alles drehte. Wo war sie versteckt? So einen großen Stein konnte man doch einfach nicht über- sehen.

Die einzige Möglichkeit wäre, dass sie im Boden eingelassen wäre. Dies könnte auch unter anderem die Erklärung sein, weshalb Saunière in diesem Zusammen- hang von Fliesarbeiten in der Kirche sprach, wobei er keine fremde Hilfe in Anspruch nehmen wollte. Über- haupt der Boden der Kirche – ich erinnerte mich, dass sich darin ein geheimer Zugang zu dem angeblichen Ver- steck seines Schatzes befunden haben soll.

Ich sah jetzt wieder in Bérengers ungeduldiges Ge- sicht, denn er wollte von mir immer noch wissen, wel- cher Autor diese Fachbücher geschrieben hatte, die ich ihm gegenüber so voreilig erwähnt hatte.

Ich suchte immer noch nach einer passenden Antwort. „Ich bedauere, Ihnen leider keine andere Auskunft geben zu können, als dass ich diese Bücher natürlich nur zu Hause in Nürnberg habe und Ihnen deshalb auch nicht sagen kann, wer sie verfasst hat. Der Name des Autors ist mir dummerweise entfallen. Sie müssen dabei wissen, dass das Merken von Namen nicht so meine Sache ist. Ob man diese Literatur auch hier in Frankreich erwerben kann, weiß ich leider auch nicht." Dabei unterstrich ich das Ganze zusätzlich noch mit einem theatralischen Schulterzucken in Verbindung mit einem tiefen Seufzer, den ich augenblicklich von mir gab. „Eines kann ich trotzdem noch sagen. Nach eingehendem Studium dieser Werke, das sich bei mir über einige Jahre hinzog, bin ich zu dem Schluss gekommen, dass sich in der Vergangenheit einige seltsame Dinge hier in dieser Gegend ereignet haben müssen. Daraus ergibt sich, dass möglicherweise bestimmte Schätze sowohl materieller wie ideeller Natur in der weiteren Umgebung verborgen sein könnten. Zwar bin ich kein Schatzsucher, aber ich bin der Meinung, wenn man sich vornehmen würde, intensiv danach zu suchen, wäre es durchaus im Bereich des Möglichen, ein paar interessante Funde zu machen. Allein die historische Vergangenheit Südfrankreichs spricht ja dabei schon für sich. Bitte verstehen Sie mich jetzt nicht falsch, aber ich glaube davon ausgehen zu können, dass Ihnen als aufmerksamem Beobachter und scharfsinnigem Menschen bestimmt einiges mehr bekannt ist als mir." Damit versuchte ich, ihn in seinem ganzen Stolz zu bestätigen, um sein Vertrauen weiter zu erlangen. Ich hoffte dabei gleichzeitig, ihm so manche vielleicht unvorsichtige Äußerung zu entlocken, durch die er mir etwas verriet, was nicht unbedingt für fremde Ohren bestimmt wäre.

Ich tastete mich langsam aber stetig an seine Gedankengänge heran und kam mir fast wie ein Schachspieler vor, der sich, um diese Partie zu gewinnen, in seinen Gegner hineinversetzt. Das Ende des Spiels blieb trotzdem nach wie vor offen. Gespannt wartete ich seine Reaktion ab.

„Ich wusste bisher nicht, dass man sich im restlichen Europa so ausgiebig für unsere Region interessiert", sagte Saunière, „aber ich weiß, ehrlich gesagt, auch nicht mehr, als dass unser schönes Gotteshaus in der Tat schon sehr alt ist. Und mir ist ebenfalls bekannt, dass es im Languedoc und im Roussillon während der Epoche des Mittelalters sehr viele Burgen und Châteaus der Andersgläubigen und der Templer gegeben hat. Dennoch, alles, was davon übriggeblieben ist, sind nur unzählige Ruinen, welche im Wandel der Zeit starkem Verfall ausgesetzt waren und jetzt nur noch davon ahnen lassen, was sich hinter deren Mauern alles abgespielt haben könnte. Im Übrigen möchte ich noch erwähnen, dass alle diese Menschen über teilweise gänzlich andere Glaubensansichten verfügten, als ich es als moderner Mensch einer weltoffenen katholischen Kirche tue. Aber trotzdem toleriere ich diese Art Religion, was nicht bedeuten muss, dass ich sie für richtig halte. Was die damalige Zeit anbelangt, ist es selbstverständlich keinesfalls richtig gewesen, diese Menschen, die Geschöpfe Gottes sind, genauso wie wir, auf dem Scheiterhaufen hinzurichten. Das ist barbarisch und durch nichts zu entschuldigen, aber es handelt sich dabei um Verfehlungen einzelner Päpste, welche die Barmherzigkeit der Kirche nicht in Frage stellen. Ich war lange Zeit gegen diese Auslegung unserer Religion, habe sie sogar als Häresie bezeichnet. Eines Tages aber habe ich durch Zufall einige Bücher darüber erworben und sie ausgiebig studiert. Nach all meinen neu erworbenen Erkenntnissen hat sie durchaus auch positive Aspekte aufzuweisen. Sie führt den Gläubigen vor, um was es eigentlich geht, predigt zum Beispiel Nächstenliebe, zeigt uns aber auch, dass das Gute in uns selbst ist und wir es nur im Kampf gegen das Böse, welches sich größtenteils schon der Welt bemächtigt hat, zum Einsatz bringen müssen. Jedoch erreichen wir gerade als Vertreter der reinen Lehre heutzutage die Menschen nicht mehr in dem Umfang, in welchem wir es uns tatsächlich wünschen würden. Sie gehen zwar noch in unsere Gotteshäuser, sind aber im Grunde mehr mit sich selbst beschäftigt als mit dem, was wirklich wichtig für sie sein sollte."

Ich war erstaunt über seine Ansichten, wollte deshalb den Faden nicht abreißen lassen und erwähnte, dass ich es am schlimmsten finden würde, Kriege im Namen Gottes zu führen, sowohl in der Vergangenheit wie auch in der Gegenwart. Diese kriegerischen Auseinandersetzungen hätten bisher immer nur Tod und Verderben in unsere Welt gebracht. Außerdem fügte ich noch hinzu, dass man leider bis jetzt immer noch nichts daraus gelernt habe und der zukünftige Verlauf der Geschichte würde zeigen, dass weitere Kriege bevorstanden.

„Weder Sie noch ich werden dies verhindern können. Um aber nochmals auf die Albigenser, für die Sie ja offensichtlich sehr großes Interesse hegen, zurückzukommen, denke ich, dass deren Ansichten heute auch nicht mehr zeitgemäß sind. Obwohl sie ja, so habe ich feststellen müssen, der reinen Lehre Jesu sehr nahe gekommen sind. Aber ich bete jeden Tag zu Gott, dass er uns wieder auf den rechten Weg führen soll, so wie Jesus es getan hat. Ich habe hierbei die leise Hoffnung, dass sich der Tag des Jüngsten Gerichtes vielleicht noch etwas dadurch hinauszögern lässt. Ich bin vorsichtig optimistisch, dass uns dies noch gelingt. Lassen Sie mich noch etwas zum Thema Schatzsuche sagen. Ich bin nach wie vor ein armseliger kleiner Diener unseres Herrn und habe auch keinen Schatz gefunden, auch wenn man Ihnen vielleicht etwas Anderes erzählt haben sollte. Anzunehmen wäre es ja schließlich, da in diesem Ort zwischen einfachen Natursteinhäusern eine richtige Villa als Pfarrhaus herausragt und eine frisch renovierte Kirche das Ortsbild verschönert. Dabei will ich gar nicht meinen Turm hier erwähnen, in welchem wir uns augenblicklich befinden und eine für mich übrigens sehr interessante und anregende Unterhaltung führen. Nein, ich kann Ihnen versichern, all das Geld hierfür stammt beileibe nicht aus einem angeblichen Goldschatz, den ich hier in der Gegend entdeckt haben soll, sondern es ist Bestandteil bestimmter, nun sagen wir Zuwendungen, die ich sowohl von meinem Arbeitgeber als auch von bestimmten Privatleuten erhalten habe. Jedoch war es für mich ein gewaltiges Stück an Überzeugungsarbeit, die ich zu leisten hatte. Schließlich musste ich ihnen klarmachen, dass selbst in einem solch einsamen Dorf wie unserem, der Herr ein anständiges Gotteshaus verdient hat. Ich weiß, Sie wundern sich jetzt trotzdem über die Villa Bethania, weil sie vielleicht nicht mit der Einfachheit der übrigen Häuser hier harmoniert, aber ich habe wirklich alles Geld, was ich übrighatte und dessen ich noch habhaft werden konnte, in diese, wie mir dennoch scheint, angemessene Begegnungsstätte gesteckt, damit dort alle Einwohner unseres Dorfes ein- und ausgehen können. Für jeden von ihnen muss ich als Gemeindehirte immer ein offenes Ohr haben, das ist eine meiner wichtigsten Aufgaben. Auch soll sie natürlich für Durchreisende und einfache Pilger als unentgeltliche Übernachtungsmöglichkeit dienen. Wie Sie also sehen können, hat hier jedes Gebäude seine Berechtigung und die Frage der Finanzierung spielt nur eine untergeordnete Rolle."

Seinen Turm erwähnte er zwar nicht, aber ich war mir sicher, dass er hierzu auch noch eine erschöpfende Auskunft hätte geben können. Vorerst musste ich es bei dem belassen, was er mir erzählte, obwohl ich wusste, dass er mich mit Sicherheit belogen hatte. Aber wer gibt schon gerne die Ursache seines Reichtums zu?

Gleichzeitig wurde mir aber klar, dass ich ihm irgendwann in der nächsten Zeit meine tatsächliche Herkunft preisgeben müsste. Ob er mir das allerdings alles glauben würde, das stand auf einem anderen Blatt. Ich konnte nichts Anderes tun, als meine Geheimnisse für mich zu behalten und das waren viele. Die Erkenntnisse, die man über Rennes-le-Château und im speziellen Abbé Saunière in meiner Zeit, also vom 19. Jahrhundert aus gesehen in der Zukunft gewonnen hatte, waren gänzlich anders, als er mir versuchte zu erzählen. Nicht umsonst brach in den 1950er und 1960er Jahren ein wahrer Schatzgräberboom aus.

Wenn ich ihn außerdem auch noch wegen des Streitgespräches der drei Geistlichen in der Kirche zur Rede gestellt hätte, dann wäre ich bestimmt von Saunière zum Spion des Vatikans oder einer anderen Organisation abgestempelt worden und hätte das Dorf so schnell wie möglich verlassen müssen.

Unser Gespräch war ins Stocken geraten, jeder hing seinen Gedanken nach.

Was mich betraf, so begab ich mich an eines der Fenster und genoss die herrliche Aussicht. Dabei hatte ich die leise Hoffnung, von einem Gedankenblitz heimgesucht zu werden.

Ähnlich ging es wahrscheinlich meinem Gesprächspartner. Der ließ sich mit einem Seufzer auf einem Stuhl nieder, welcher sich hinter einem schweren mit allerlei Schriftstücken bedeckten Schreibtisch befand.

Als ich mich wieder umdrehte und ein paar Schritte in seine Richtung machte, hob er den Kopf und sah mich unvermittelt an. „Ich hoffe doch sehr, dass es Ihnen jetzt nicht gänzlich die Sprache verschlagen hat. Ich denke, ich erzähle Ihnen nichts Neues, wenn ich Ihnen sage, dass wir unseren materiellen Besitz nicht mit ins Grab nehmen können, wenn der Herr uns zu sich ruft. Vielmehr sind es doch unsere Erkenntnisse und vielleicht auch das geheime Wissen um Dinge und Ereignisse, welche uns über Jahrhunderte, ja Jahrtausende hinweg überliefert wurden. Daraus müssen wir unsere eigenen Schlüsse ziehen, was für uns wirklich wichtig im Leben ist und wonach deshalb unser ganzes Streben zielen sollte. Sind Sie nicht derselben Meinung?"

Ich stimmte ihm zu, überlegte aber insgeheim, was er wohl mit dieser Äußerung bezwecken wollte. Gleichzeitig ging ich aber davon aus, dass er mir sicherlich nichts vom Besitz der gewissen Dokumente, auf die ich abzielte, verraten würde. Dafür kannte er mich zu wenig und wer weiß, ob es überhaupt einmal soweit kommen würde.

Aber ich versuchte trotzdem, das Gespräch in diese Richtung zu bringen. „Ich bin voll und ganz Ihrer Meinung. Dennoch würde ich ein Königreich dafür geben, einmal solche Aufzeichnungen aus der Vergangenheit zu sehen oder sie sogar zu besitzen. Ich darf Ihnen versichern, dass ich denselben Forscherdrang in mir verspüre, wie Sie ihn bei sich geschildert haben. Ich bin überzeugt, dass es solche Dokumente bestimmt gibt, und wir haben sie bisher nur noch nicht ausgiebig erforscht. Dennoch habe ich die Hoffnung, dass man in der Zukunft noch weitere solcher Schriftrollen oder Papiere irgendwo ausgraben wird. Wer weiß, was diese dann zum Inhalt haben. Möglicherweise muss sogar die ganze Geschichte der Menschheit neu geschrieben werden."

Was für einen Unsinn redete ich da, der Homo Sapiens konnte vor mehreren Tausend Jahren bestimmt noch nicht schreiben, oder vielleicht doch?

Ich musste also konkreter werden, wenn ich damit die Kirchengeschichte im Besonderen ansprechen wollte. „Ich meine, wir leben ja schließlich nicht mehr im Altertum oder im Mittelalter sondern an der Schwelle zum nächsten Jahrhundert und haben inzwischen schon so viel erforscht. Da ist es doch naheliegend, dass wir trotzdem noch nicht alles wissen. Wie sieht es eigentlich mit der Kirchengeschichte aus? Sind Sie, der Sie ja über so viele Werke in dieser speziellen Richtung verfügen, vielleicht bei deren Studium nicht auch schon auf etwas völlig Neues, bislang gänzlich Unbekanntes gestoßen? Verzeihen Sie mir bitte meine Neugier, aber die Vermutung könnte immerhin dazu naheliegend sein. Aber wahrscheinlich dürfen Sie mir dies gar nicht verraten, wenn

Sie es wüssten. Ich bin ja in dieser Hinsicht nur ein einfacher Laie."

Dies war eine sehr vorwitzige Bemerkung, aber schließlich hatte mich ja Bérenger provoziert.

Ich ging davon aus, dass es vielleicht der Stolz auf seine Bücher sei, der ihn veranlassen könnte, etwas mehr aus sich herauszugehen. Hinzu kam noch, dass ihm bestimmt nicht verborgen geblieben war, dass ich die ganze Zeit einen neugierigen Blick auf das herumliegende Kartenmaterial warf. Ich sah ihm an, dass er mit sich kämpfte, was er mir verraten könne und was zu wichtig war, um es einem Fremden gegenüber preiszugeben.

Aber meine Hoffnungen fanden ein jähes Ende, als es unten an der Türe des Turmes klopfte.

Saunière trat zur Treppe, die nach unten führte und rief hinunter, wer nach ihm verlangte. Es war Felix, der jüngere der beiden Gemeindemitarbeiter Saunières. Bisher hatte ich ihn nur von weitem gesehen.

Ein großer kräftiger junger Mann, der nicht älter als 25 Jahre zu sein schien. Sein ganzes Äußeres ließ darauf schließen, dass er durchaus in der Lage war, ordentlich zuzupacken. Dennoch hatte er ein freundliches Lächeln in seinem jungenhaften Gesicht.

Er erzählte seinem Arbeitgeber den Grund der außerordentlichen Störung und meinte damit, dass der Gemeindepräsident Caclar in der Villa Bethania auf ihn warte, weil er ihn unbedingt sprechen wolle. Dabei mache er den Eindruck, dass er wegen etwas sehr ungeduldig sei, weil er sofort nach Saunière verlangt habe.

Saunière ließ Felix ausrichten, er käme gleich. Dann wandte er sich wieder mir zu, mit der Bemerkung, ich solle ihn entschuldigen, aber ich würde ja unschwer sehen, dass er mich dringend verlassen müsse. Ich könnte aber, wenn es mir beliebe, getrost noch etwas hierbleiben und noch weiter in seiner Bibliothek stöbern.

Dieses Angebot nahm ich nur allzu gerne an und wartete, bis er gegangen war.

Wo sollte ich anfangen?

Ich nahm mir nach kurzem Überlegen das auf seinem Schreibtisch herumliegende Kartenmaterial vor. Dabei fühlte ich mich wie jemand, der in der Kajüte eines alten Piratenschiffes soeben eine Schatzkarte entdeckt hatte. Allerdings wunderte es mich etwas, dass ich nahezu freie Hand hatte, was Saunières Bibliothek anbelangte. Zwar wusste ich, dass das eigentliche Geheimnis in der Kirche aufbewahrt wurde, aber dennoch konnte es ja sein, dass sich hier irgendwo versteckt noch zusätzliche Informationen befanden. Ich betrachtete also zunächst eine Karte nach der anderen und kam dann zu einer zuunterst liegenden, welche mir die größte zu sein schien.

Auf dieser fiel mir etwas sehr Merkwürdiges auf. Sie umfasste das gesamte Roussillon, wie ich unschwer erkennen konnte. Darauf waren mehrere Punkte eingezeichnet, welche durch Linien miteinander verbunden waren, ähnlich wie man es bei den Sternbildern des nächtlichen Himmels häufig sehen konnte. Bei der vorliegenden Karte nun ergab dies eine Zeichnung, die die Silhouette einer sitzenden Figur zeigte. Wen oder was dies darstellen sollte, entzog sich dabei gänzlich meiner Kenntnis. Nur eines konnte ich erkennen: Die untere Begrenzung, sozusagen der Boden, auf welchem dieses Etwas ruhte, war die südfranzösische Mittelmeerküste. Ich las die Namen jeder dieser Orte, durch welche die Linien führten.

Zunächst konnte ich mir keinen Reim darauf machen, welche Rolle diese Städte oder Dörfer spielten, bis ich auf einen bestimmten Namen stieß, welcher etwas oberhalb von Perpignan stand. Es handelte sich um Périllos und urplötzlich fiel mir ein, dass ich über diesen Ort vor längerer Zeit etwas sehr Merkwürdiges gelesen hatte.

Schon beim Gedanken daran fühlte ich mich sehr unwohl und mehrere kalte Schauer liefen mir den Rücken hinab. Dabei gab es Orte, die man besser überhaupt nicht oder nur kurz besuchen sollte. Zwar glaube ich normalerweise nicht an so etwas, aber es gab auch Ausnahmen. Périllos gehöre auf alle Fälle dazu, so hatte ich erfahren. Périllos ist ein Dorf in der Nähe von Perpignan. Dort soll der Legende nach irgendwann im Mittelalter ein Ungeheuer aufgetaucht sein, genau zu dem Zeitpunkt, als der dortige Burgherr bei einem Kreuzzug im Heiligen Land weilte. Dieses Untier soll neben Schafen und Ziegen auch kleine Kinder gefressen haben. Als der Lehnsherr zurückkehrte, tötete er es. An sich nichts „Ungewöhnliches", gab es doch um diese Zeit mehrere Sagen und das nicht nur in Südfrankreich. Was das Ganze aber noch interessanter machte, war, dass dort angeblich Jesus von Nazareth zusammen mit Josef von Arimathäa begraben sein soll. Ein Glaube, dem auch Saunière anhing.

Außerdem – und das fiel mir spontan dazu ein – hatte er eine geheimnisvolle Schrift mit dem Titel „Le serpent rouge" im Zusammenhang mit diesem unheimlichen Dorf verfasst. Darin sollte auch sein eigentliches Geheimnis verborgen sein, aber es zu entschlüsseln schien mir, gelinde gesagt, sehr schwierig zu sein.

Was mich betraf, so habe ich mir vorgenommen, irgendwann später, sei es nun im 19. Jahrhundert oder so

Gott will wieder im 21. Jahrhundert, einmal zu den Ruinen von Périllos zu reisen. Meine mir angeborene Neugier verlangte dies unwillkürlich von mir.

Wie gesagt, diese Überlegungen gingen mir durch den Kopf, als ich mich über Bérengers aufgeschlagene kartografische Werke beugte. Unvermittelt kam mir dabei der Gedanke, dass Saunière bestimmt schon einmal Périllos besucht haben könnte.

Aber ich konnte ihn ja irgendwann später einmal deswegen zur Rede stellen. Im Moment jedenfalls fuhr ich mit dem Zeigefinger die eingezeichneten Linien darauf entlang und versuchte mir vorzustellen, was sie zu bedeuten hatten. Dabei ließ ich im Geiste die dazugehörigen Namen und sonstigen Bezeichnungen weg. Heraus kam dabei eine kniende und betende Gestalt.

Dazu fiel mir auf, dass viele der Ortsnamen in diesem Bereich mit Maria Magdalena zu tun hatten. Und dann kam mir eine Idee. Aber ja doch, diese Gestalt sollte offensichtlich die Heilige in ihrer Grotte darstellen! Und sie spielte für Sauniéres in der Kirche versteckte Dokumente eine zentrale Rolle, dessen war ich mir jetzt vollkommen sicher.

Wenn man nun darüber nachdachte, so musste man zu dem Schluss gelangen, dass an den tangierten Orten vielleicht sogar Hinweise auf die tatsächliche Anwesenheit Maria Magdalenas in einer für uns sehr fernen Zeit existierten. Und auf alle Fälle musste es deshalb auch eine Verbindung zwischen Rennes-le-Château und Périllos geben. Das fehlende Bindeglied konnte möglicherweise sogar Jesus Christus selbst sein.

Ich musste hierzu herausfinden, ob Saunière diese seltsame Schrift „Le serpent rouge" schon vor meinem Aufkreuzen in Rennes-le-Château verfasst hatte und wo er sie verborgen hielt. Aber wo sollte ich mit meiner Suche beginnen?

Oder war dies alles nur ein Test, ob Bérenger mir trauen konnte? Wenn ich jetzt alles durchwühlen würde, machte ich mich automatisch verdächtig. Nein, ich musste vorerst zurückhaltender agieren, denn ich wollte keinesfalls, dass er mich auch noch als Spion des Vatikans hinstellen würde. Vielleicht wäre es ja zunächst sogar klüger, einmal nach Périllos zu fahren, aber ich verwarf sogleich wieder diesen Gedanken, da ich ja keinerlei Möglichkeit hatte, dorthin zu kommen. Also musste ich wohl oder übel meinen Plan auf irgendwann später verschieben, vielleicht ergab sich ja in absehbarer Zeit noch die Gelegenheit dazu.

Was mir in diesem Zusammenhang interessant zu sein schien, war die Frage, wie Saunière eigentlich nach Périllos gelangt war. Eine direkte Zugverbindung von Rennes-le-Château bis zu diesem Dorf existierte meines Wissens weder damals noch heute. Ich malte mir aus, wie oft man möglicherweise dabei umsteigen musste, um wenigstens an einen der Küstenorte, mit viel Glück sogar nach Perpignan, zu kommen, um von dort einen beschwerlichen Aufstieg ins Hinterland bis zu diesem Dorf anzutreten.

Und wo sollte man dann zu suchen beginnen, wenn man keinen konkreten Hinweis darauf hatte, dass dort tatsächlich etwas versteckt lag?

Nein, ich musste noch abwarten und die Zeit für mich arbeiten lassen. Wahrscheinlich hatte Bérenger eine ganz andere und bessere Möglichkeit, um dort hinzureisen, eine Pferdekalesche zum Beispiel. Ich blieb noch einige

Zeit in Saunières Bibliothek und konnte mich dabei nicht mehr von der auf der großen Karte dargestellten geheimnisvollen Zeichnung loslösen. Angestrengt, ja fast schon verzweifelt, versuchte ich hinter deren tiefere Bedeutung zu kommen. Dabei verschwamm meine restliche Umgebung vollkommen aus meinen Augen und langsam begann sich alles zu drehen. Von einem Moment auf den anderen wurde es tiefschwarze Nacht.

ZWISCHENSPIEL

Ohne große Hast ging er die Straße vom Tour Magdala zur Villa Bethania hinunter. Unterwegs grüßten ihn
ein paar spielende Kinder freundlich und er lächelte sie
ebenfalls an.

Jedes Mal, wenn Caclar sich im Pfarrhaus angesagt
hatte, stand Ärger bevor, dachte er. Nein, dieser Affe sollte ganz bestimmt nicht glauben, dass er sich wegen ihm
extra beeilen würde. Bestimmt gäbe es auch dieses Mal
wieder etwas Unangenehmes zu besprechen. Er wusste,
dass dieser unsympathische und vor allem sture Politi-
ker schon immer auf ihn neidisch war, seitdem er seinen
Dienst in Rennes-le-Château angetreten hatte. Deshalb
nahm er sich wie immer vor, sich ihm gegenüber keinerlei Blöße zu geben.

Ein weiterer Grund für diese Neidgefühle könnte sein,
dass Caclar von Bérengers Verhältnis mit der jungen und
hübschen Marie durchaus Kenntnis hatte und er vielleicht auch solcherlei Frühlingsgefühle hegte.

Bérenger war sich außerdem seines stattlichen Aus-
sehens, das vielen Frauen seiner Gemeinde den Kopf
verdrehen konnte, sehr bewusst. Jedoch bildete er sich

nichts darauf ein und blieb immer bescheiden. Vielmehr liebte er es, sich in seinen Turm zum Studium seiner angesammelten Schätze zurückzuziehen. Je weniger man ihn dabei störte, desto lieber war es ihm.

Und dann dieses quälende Angstgefühl, das sich seit ein paar Tagen seiner bemächtigt hatte. Schuld daran waren natürlich die Dokumente, seine Dokumente in der Kirche. Hatte er mit seinen beiden Kollegen an etwas Uraltem gerührt, was man besser sein ließ? Immer mehr kam ihm in den Sinn, die Geister der Vergangenheit beschworen zu haben.

Er wusste nicht, wie er damit umgehen sollte. Möglicherweise brachten sie Tod und Verderben über die ganze Umgebung.

Er versuchte, an etwas Gutes zu denken, Marie kam ihm dabei in den Sinn, aber es nützte nichts, die Angst vor allem auch um sie holte ihn immer wieder ein. Die arme unschuldige Marie, dachte er, welchen angenehmen Einfluss sie doch immer wieder auf ihn ausübte. Während er so vor sich hin grübelte, wurde es merklich kälter und die Sonne verschwand langsam hinter den Hügeln der Corbières. Bald würde weißer Nebel aus allen Ecken herauskriechen und sich wie eine undurchdringliche weiße Decke über das Dorf senken, dabei alle offenen und verborgenen Geheimnisse für eine Nacht unter sich begraben.

Als er endlich beim Pfarrhaus eintraf, fand er dort einen Gemeindepräsidenten vor, dem man seine Ungeduld sofort ansehen konnte. Er zeigte offen seine Verärgerung darüber und trommelte abwechselnd mit den Fingern auf den Küchentisch, an dem er bereits seit einer halben Stunde saß. Das Glas Rotwein, das ihm Marie inzwischen hingestellt hatte, konnte ihn auch nicht besänftigen. Seine Stirn zeigte eine tiefe Zornesfalte und die dunklen zusammengezogenen Augenbrauen ließen ahnen, dass er kurz vor dem Explodieren stand.

Saunière schien dies ziemlich egal zu sein. „Bonjour Monsieur. Wie ich hörte, wollen Sie mich sprechen? Was ist der Grund Ihres Besuches? Sie müssen wissen, ich habe nicht viel Zeit."

Caclar, ein untersetzter, dicklicher Mensch mit schmierigen roten Haaren und Halbglatze, strich sich über seinen dazu passenden markanten rotgefärbten Schnurrbart, der wohl das Auffälligste in seinem schwitzenden Gesicht darstellte. „Sie wissen genau, um was es geht, Pfarrer. Ich komme immer noch wegen unserer Dokumente, die Sie vor ein paar Jahren in der Kirche gefunden haben." Damit betonte er besonders das Wort „unser" in Anspielung darauf, dass er seit damals ernsthafte Gemeindeansprüche auf die Papiere erhob, weil sie schließlich auch auf Gemeindegebiet gefunden worden waren.

Bérenger hatte sie ihm zwar kurz nach ihrer Entdeckung gezeigt, aber der Bürgermeister hatte davon kein einziges Wort verstanden. Deswegen wusste er auch nicht, um was es konkret darin ging, nur dass sie offensichtlich in lateinischer Sprache abgefasst waren, der Sprache der Pfaffen, wie er sie verächtlich nannte. Caclar nun war zwar ein Dummkopf, was solche Sachen betraf, trotzdem hatte er auf einer Abschrift bestanden.

Saunière hatte sie ihm daraufhin versprochen, blieb sie ihm aber schuldig. Caclar hatte damals sogar zuerst darauf bestanden, sie für die Gemeinde, natürlich immer unter dem Aspekt der völligen Uneigennützigkeit, zu konfiszieren. Saunière jedoch hatte diesen Kelch mit etwas Glück noch einmal an sich vorbeiziehen lassen können, indem er behauptete, er müsse die Dokumente erst einmal von Experten auf ihre Echtheit hin überprüfen lassen.

Der Gemeindepräsident hatte sich gerade noch so vertrösten lassen. Umso wütender war er jetzt, nachdem er gehört hatte, dass die besagten Papiere offensichtlich bei Abbé Gelis in Coustaussa in dessen Safe gelandet sein sollen. Einige besonders gesprächige Bürger beider Orte hatten es ihm auf Umwegen verraten.

Bérenger spielte den Unbedarften. „Ich verstehe nicht ganz, was soll damit sein?“

Dies aber machte den Gemeindevorsteher nur noch zorniger und urplötzlich zog er seine bis jetzt auf dem Tisch zur Ruhe gekommenen Finger zu einer Faust zusammen und schlug sie mit solcher Wucht auf den Tisch, dass Bérenger zusammenzuckte und die arme Marie ihre Hände schützend vors Gesicht nahm.

„Was damit ist?“, brüllte er wie ein wütender Stier. „Ich denke, Sie wissen ganz genau, was der Grund meines Besuchs ist. Aber vielleicht sollte ich ja Ihrem Gedächtnis etwas auf die Sprünge helfen. Bis zum heutigen Tag warte ich immer noch auf die versprochenen Kopien der Papiere. Nun, habe ich mir dabei gedacht, der gute Saunière hat sie bestimmt vergessen, kann ja mal vorkommen und sie sind ja immerhin angeblich noch bei der Prüfung. Gut Ding hat ja schließlich Weile, wie man so sagt. Oder vielleicht ist er bis jetzt auch noch nicht dazu gekommen, Kopien herzustellen. Er soll ja ein viel beschäftigter Mensch sein, wie man so sagt. Und nun muss ich erfahren, dass sie sich bei Abbé Gelis in Coustaussa befinden sollen!“

Mittlerweile etwas heiser geworden, setzte er hinzu: „Pfarrer, Sie sind mir eine Erklärung schuldig, ich fühle mich von Ihnen an der Nase herumgeführt. Nun, ich warte."

Einen derartigen Ausbund an Vorwürfen hatte Bérenger nicht erwartet. Deshalb einen Streit vom Zaun brechen zu wollen, schien ihm dennoch eine denkbar schlechte Lösung des Konflikts zu sein. Die beste Möglichkeit konnte jetzt nur darin bestehen, ruhig zu bleiben und sich nicht provozieren zu lassen. „Gewiss erinnere ich mich noch an mein Versprechen, welches ich Ihnen damals gab. Bis zum heutigen Tag ist mir allerdings immer noch nicht klar, zu welchem Zweck Sie diese Kopien brauchen. Außerdem denke ich, solange nicht erwiesen ist, um welche Art von Schriftrollen es sich handelt oder genauer gesagt, welches ihr Inhalt ist, nützen sie uns beiden gar nichts. Übrigens sind es nur Abschriften, welche sich bei Gelis befinden. Die Originale sind noch immer wohlverwahrt hier in unserer schönen Kirche. Aber das bleibt unter uns. Weitere Kopien besitzt nur noch unser Bischof, Mgr. Billard in Carcassonne. Sie sehen also, es hat sich nichts zu Ihren Ungunsten geändert. Ehrlich gesagt kann ich dieses ganze Theater nicht verstehen, das Sie hier veranstalten."

Caclar wurde nun wieder etwas ruhiger, verkniff es sich aber dennoch nicht, eine spitzfindige Bemerkung in Saunières Richtung loszulassen. „Als Pfarrer sollten Sie doch eigentlich auch der lateinischen Sprache mächtig sein. Warum übersetzen Sie dieses Kauderwelsch deshalb nicht selbst? Das wäre doch am einfachsten. Schließlich war ich immer der Meinung, so etwas lernt man in einem Priesterseminar."

Saunière wurde das Ganze langsam zu viel, zumal er sich immer mehr in die Enge getrieben fühlte. Er fühlte, wie sein ganzes Gesicht und seine Hände zu schwitzen begannen. Noch hatte er sich unter Beherrschung, aber das konnte sich sehr leicht ganz schnell ändern.

Er versuchte, sich zunächst selbst zu beruhigen und zündete sich eine Zigarette an. Als Zeichen seiner weiteren Abneigung blies er ihm dabei den entstandenen Rauch demonstrativ ins Gesicht, sodass Caclar abwehrend mit der Hand davor herumwedelte.

Marie hatte es zwar nicht gerne, wenn ihr Abbé in der Wohnung rauchte, aber in diesem Falle sah sie es ausnahmsweise als Mittel zum Zweck an. Endlich hatte er die passende Antwort parat: „Das ist bei weitem nicht so einfach, wie Sie es sich vorstellen. Die Schriftrollen sind nämlich nicht nur in lateinischer Sprache verfasst, sondern bestimmte Teile davon in einer sehr alten, bis jetzt unbekannten Sprache, welche wir zuerst noch erforschen müssen. Danach kann man mehr sagen. Aber ich möchte immer noch von Ihnen wissen, warum ich sie Ihnen aushändigen sollte. Beabsichtigen Sie etwa, diese geschäftlich zu nützen, indem Sie diese gewinnbringend weiterveräußern wollen?“

„Natürlich nicht“, wobei diese Antwort ziemlich unsicher von seinen Lippen kam. „Ich möchte nur wissen, ob sie in Verbindung mit der Geschichte von Rennes-le-Château stehen. Sollte dies tatsächlich der Fall sein, dann werden wir sie selbstverständlich im Rathaus in einem speziellen Glaskasten ausstellen, dass jeder Besucher sie dort betrachten kann.“ Dabei war er bemüht, es in gespielt uneigennütziger Weise vorzubringen, seine Scheinheiligkeit konnte er trotzdem nicht verbergen.

Saunière wollte diese unangenehme Unterhaltung so schnell wie möglich zu Ende bringen. „Nun gut, ich werde sehen, was ich für Sie tun kann, wenn die Erforschung der Dokumente abgeschlossen ist. Aber versprechen kann ich Ihnen gar nichts, denn mein Arbeitgeber wird, vorausgesetzt, es handelt sich um einen Inhalt, welcher religiösen Ursprungs ist, ebenfalls hierauf Ansprüche anmelden. Wir können also nur abwarten. Bis dahin müssen Sie sich eben noch gedulden." Caclar blieb weiterhin skeptisch. „Ich werde mich gedulden, aber, und das sage ich Ihnen in aller Deutlichkeit: Sollte ich zwischendurch erfahren, dass Sie mir etwas vorenthalten haben, dann sehen wir uns vor Gericht wieder. Ich werde nämlich dann nicht lange fackeln und auf Herausgabe der Dokumente klagen. Außerdem steht immer noch die Frage im Raum, warum Sie ausgerechnet dem Pfarrer von Coustaussa eine Abschrift ausgehändigt und mich sozusagen dabei links liegen lassen haben."

Saunière begann wieder zu schwitzen. Krampfhaft suchte er nach einer einleuchtenden Erklärung. Er verwies darauf, dass Gelis der Einzige wäre, der zusätzlich noch über Kenntnisse in sehr alten Sprachen verfüge. Eine Notlüge, die ihm als einzige Ausrede auf die Schnelle eingefallen war.

Der Gemeindepräsident gab sich glücklicherweise vorerst mit dieser Erklärung zufrieden. Er leerte sein Weinglas, wünschte den restlichen Anwesenden noch mürrisch einen guten Tag und verließ endlich die Villa.

Nachdem sich die Türe hinter ihm geschlossen hatte, atmete Bérenger erst einmal tief durch. Dann wandte er sich zu Marie und gab ihr in mehr oder weniger heftigem Ton zu verstehen, dass sie beim nächsten Besuch dieses Provinzpolitikers einfach erklären solle, er wäre im Moment nicht in Rennes-le-Château. Wenn es wichtig sei, würde ihn Saunière nach seiner Rückkehr im Rathaus aufsuchen.

Hierbei konnte er nicht vor ihr verbergen, dass er immer noch sauer auf sie war, weil sie ihn vorhin hatte holen lassen. Er war mit den Nerven ziemlich am Ende, denn nicht nur die beiden letzten Tage mit seinen Amtsbrüdern hatten ihm zugesetzt, jetzt kam ihm auch noch dieser Caclar in die Quere.

Marie bemerkte dies und nahm sich vor, ihn fürs Erste in Ruhe zu lassen. Später würde sie aber trotzdem noch einmal versuchen, mit ihm in aller Vernunft zu reden.

Bérenger trug ihr nur noch auf, dass er in nächster Zeit nicht gestört werden wolle, er müsse sich wieder um seinen Gast, Monsieur Berger, kümmern.

„Ach ja, der Fremde", dachte er, „wenn ich nur wüsste, was ich von ihm halten soll." Ein weiteres Problem schien sich für ihn aufzubauen. Fast tat es ihm schon wieder leid, dass er Berger so einfach in seiner Bibliothek hatte herumschnüffeln lassen.

Hoffentlich hatte er damit keinen Fehler begangen.

WIEDER IN SAUNIÈRES TURM

Ich öffnete die Augen und sah, dass sich ein feiner durchsichtiger Nebel über das ganze Zimmer gelegt hatte.

Was war passiert?

Im nächsten Augenblick bemerkte ich, dass ich offensichtlich auf einem Sofa lag. Jemand hatte mich mit einer Decke versehen. Ich versuchte mich zu erinnern, aber es gelang mir nicht. Langsam drehte ich den Kopf zur Seite und ein dumpfer Schmerz durchfuhr mein Genick. Leise stöhnte ich und erblickte dann Bérenger, der wieder an seinem Schreibtisch saß und mir den Rücken zuwandte. Als er mich hörte, drehte sich er sofort um und sah mich an. „Gottseidank sind Sie wieder aufgewacht. Ich hatte mir schon ernsthafte Sorgen gemacht. Bleiben Sie um Gottes willen noch ein paar Minuten liegen. Ich habe hier noch etwas Schriftliches zu erledigen und wenn ich damit fertig bin, stehe ich Ihnen selbstverständlich voll und ganz zur Verfügung. Also ruhen Sie sich aus."

Dieses Angebot nahm ich nur zu gerne an, denn ich fühlte mich noch immer vollkommen kraftlos.

So wartete ich also, bis Bérenger endgültig seinen Stift niederlegte. Er stand auf, packte seinen Stuhl und setzte sich neben mich. Dann sah er mich mit sorgenvoller Miene an und erklärte, dass er nach Doktor Thibaut in Couiza geschickt habe. Es würde allerdings etwas dauern, bis er hier wäre. In der Zwischenzeit ergriff er mein linkes Handgelenk und begann, meinen Puls zu fühlen, wobei sowohl er als auch ich feststellen mussten, dass mein Herz ziemlich schnell schlug. Zwar schob ich dies auf die gesamte Aufregung, jedoch wusste ich, dass es eine tiefere Ursache haben musste. „Es sind wahrscheinlich immer wieder diese Schübe von Unterzucker, welche mich zwischendurch von Zeit zu Zeit heimsuchen."

Saunière sah mich allerdings mehr als befremdet an und so blieb mir nichts Anderes übrig, als ihm von meiner Diabetes zu berichten.

Ich hatte ein Problem, da ich nicht einmal irgendwelche Tabletten dagegen zu mir nehmen konnte. Eigentlich hätte ich deshalb immer wieder eine kleine Mahlzeit zwischendurch zu mir nehmen müssen, aber das ging natürlich auch nicht, womöglich hätte man mich noch als richtigen Fresssack angesehen, der die Gastfreundschaft des Pfarrers und seiner Haushälterin missbrauchte. So viel zum Thema. „Ich denke, es geht jetzt schon wieder. Ich werde versuchen, mich zu erheben", erwiderte ich, sah aber gleichzeitig an dem skeptischen Blick Bérengers, dass ihm dies überhaupt nicht gefiel.

Ich selbst bekam Zweifel an meinem Vorhaben, als ich merkte, dass mein Kopf in eine völlig andere Richtung wollte, als mein Körper. Dies veranlasste Bérenger dazu, mir beherzt unter die Arme zu greifen und mit gemeinsamer Anstrengung schafften wir es, dass ich zumindest einigermaßen gerade auf dem Sofa zum Sitzen kam.

„Was ist eigentlich passiert?"

Er verriet mir, dass er mich bei seiner Rückkehr auf dem Boden liegend vorgefunden habe. Er habe sich sofort Sorgen gemacht, sogar befürchtet, ich könnte tot sein. Dann habe er aber an meiner Halsschlagader gefühlt und erleichtert bemerkt, dass ich offenbar nur bewusstlos gewesen wäre. Da er keine äußere Verletzung an meinem Kopf feststellen konnte, habe er mich kurzerhand hochgehoben und mich zum Sofa geschleift. Den Rest würde ich ja kennen.

Er wartete einige Augenblicke. „Es ist schon das dritte oder vierte Mal, dass Ihnen so etwas passiert, Monsieur Berger. Ich empfehle Ihnen dringend, sich für einen Tag nach Couiza in die Arztpraxis von Doktor Thibaut zu begeben und sich von ihm untersuchen zu lassen." Er wolle Abbé Boudet fragen, wenn er wieder einmal vorbeikäme, ob er mich bei einer seiner nächsten Fahrten ins Tal hinunter mitnehmen könne. Dies würde ihm bestimmt nichts ausmachen.

Ich versprach ihm, dass ich mir dies überlegen würde. Dann erhob ich mich langsam von meiner Sitzgelegenheit und ging noch etwas unsicher im Bibliothekszimmer auf und ab, um meinen Kreislauf wieder in Schwung zu bringen.

Als ich an Saunières Schreibtisch vorbeikam, stellte ich fest, dass ein Großteil der zuletzt aufgeschlagenen Karten verschwunden war, darunter auch jene, welche ich mir vorher intensiv angesehen hatte. Dies ließ mich vermuten, dass er nicht wollte, dass ein Fremder darin herumschnüffelte. Natürlich, so musste er annehmen, war es jetzt schon zu spät dafür und er konnte davon ausgehen, dass ich sie mir schon angeschaut hatte.

Ich überlegte, wie ich mich dazu verhalten sollte. Auf alle Fälle wollte ich nicht weiter auf das Kartenmaterial eingehen. Deshalb tat ich so, als hätte ich mich für die Bücher interessiert, die in den Regalen standen.

Ich fragte ihn, woher er eigentlich diese ganzen Werke hätte und er antwortete mir, dass er sie bei verschiedenen Händlern in einigen Großstädten Frankreichs zusammengekauft hätte.

Dann wollte ich noch von ihm wissen, welche Städte er zum Beispiel meine. Dabei ärgerte ich mich selbst über diesen zähen Gesprächsstoff, welchen ich aufgenommen hatte. Am liebsten wäre ich noch etwas an die frische Luft gegangen. Da ich ihm aber versprechen musste, noch auf den Doktor zu warten, konnte ich nicht fort.

Bérenger nannte mir die Namen der Städte, darunter auch Lyon. Ich bat ihn, mir zu zeigen, welche Werke er damit meine und er stellte mir einige davon vor.

Was mir dabei besonders auffiel, war, dass sich viele mit den Kelten auseinandersetzten, die in grauer Vorzeit hier gelebt hatten. Teilweise waren sie mit mystischen Titeln versehen, mit welchen ich nicht viel anfangen konnte. Das Einzige, was mir dazu einfiel, war, dass Saunières Amtskollege Henri Boudet aus Rennes-les-Bains ein sehr eigenartiges Buch über diesen Volksstamm geschrieben hatte. Dies ließ vermuten, dass sowohl Saunières Reichtum als auch das Wissen Boudets über die umliegende Gegend etwas mit bestimmten Schatzfunden zu tun haben könnte.

Oder existierte tatsächlich nur ein gewisser Forscherdrang, der beide im Geiste vereinte?

Ich hatte keine Antwort darauf.

„Nun, ich denke, diese Bibliothek hier an sich ist sicherlich sehr wertvoll und angesichts der Tatsache, dass sie ein, verzeihen Sie mir den Ausdruck, einfacher Landpfarrer seinen Besitz nennen darf, versetzt mich in großes Erstaunen. Ist man in Carcassonne und vielleicht noch anderswo nicht etwas neidisch auf Sie?" Es rutschte mir einfach etwas heraus und ich wusste lange hinterher immer noch nicht, welcher Teufel mich zu diesem Zeitpunkt geritten hatte. „Wie viele Millionen Francs muss man eigentlich besitzen, um so ein großes Landhaus wie die Villa Bethania zu erbauen, oder eine ehemals halbverfallene Kirche wie die Eglise Marie-Madeleine wieder in einen solch stolzen Zustand zu versetzen? Oder den Bau des Tour Magdala zu finanzieren? Geben Sie mir einen Tipp, wie ich auch so reich wie Sie werden kann, Bérenger. Ich habe gehört, dass sich hier in der Gegend möglicherweise sogar ein echter Goldschatz befinden soll, welcher aus der Zeit der Westgoten oder der Templer stammt. Sie haben nicht zufälligerweise etwas davon gehört, oder?"

Saunière blickte lange nachdenklich in die Leere des Raumes.

Für mich dauerte es eine gefühlte Ewigkeit. Vielleicht hatte er auch die leise Hoffnung, darauf zu warten, dass er durch eine Unterbrechung von außen aus der Situation gerettet wurde, aber dieses Mal geschah nichts dergleichen.

Dann endlich seufzte er und sah mich resigniert an. „Gerne würde ich es Ihnen verraten, aber ich kenne Sie zu wenig, um Ihre wahren Absichten dahinter zu erraten. Sie könnten ja auch ein Spion irgendeiner Organisation sein, welche Rennes-le-Château und seinem Pfarrer nicht gerade wohlgesinnt ist. Glauben Sie mir, es gibt viele Bestrebungen, um hinter dieses angebliche Geheimnis zu kommen. Für einen Außenstehenden wie Sie es sind, ist es verständlicherweise sehr schwer zu begreifen und ich will mich auch nicht damit herausreden, dass ausschließlich eine Finanzierung über Zuweisungen und freundliche Spenden erfolgt sei. Soviel sei nur erwähnt: Hier in dieser Gegend ist man in erster Linie arm und die Kirche in Rom hat anderes zu tun, als einem einfachen Landpfarrer, wie Sie es nennen, Bauten zu finanzieren, welche in deren Augen als schlichtweg größenwahnsinnig erscheinen mögen. Außerdem, schildern Sie mir die Gründe, welche mich dazu veranlassen sollten, Ihnen tatsächlich alles zu verraten."

Eine solch ehrliche Antwort hatte ich nicht von ihm erwartet, zumal ich nur einen Scherz gemacht hatte. Aber ich konnte ihm ansehen, dass er unter einem psychischen Druck stand.

Er drehte mir den Rücken zu und ging langsam zu einem der Fenster. Dabei wirkte er ziemlich angespannt.

Mir ging es auch nicht anders. Schließlich hatte er mir eine Frage gestellt, auf die ich momentan keine vernünftige Antwort wusste. Was mich betraf, so setzte ich mich wieder, um ebenfalls nachzudenken. Dabei konnte ich meinen Gesprächspartner beobachten, wie er versonnen seinen Blick in die Weite schweifen ließ.

Langsam wurde es dunkler im Zimmer, draußen setzte die Abenddämmerung ein.

Eine unheimliche Stimmung breitete sich aus. Man hätte eine Stecknadel fallen hören können.

Bérenger machte auf mich den Eindruck, müde zu sein. Vielleicht hatte ihm das Gespräch mit dem Bürgermeister zu sehr zugesetzt. Zwar wusste ich nicht, um was es ging, aber Saunières Verhalten, bevor er in die Villa Bethania gegangen war, ließ darauf schließen, dass er nicht besonders erfreut war, ihn zu treffen.

Ich besann mich wieder darauf zurück, dass er noch darauf wartete, dass ich ihm tatsächlich Gründe für sein Vertrauen in mich nannte. Das Geschickteste wäre es, ihn zuerst davon zu überzeugen, dass ich sozusagen auf eigene Rechnung handelte. Freilich konnte man dies nur schwer glauben, da mein Auftauchen hier wirklich unter sehr mysteriösen Umständen erfolgt war. Aber ich hatte nichts zu verlieren. „Ich verstehe Ihr augenblickliches Misstrauen, aber ich weiß nicht, was ich Ihnen erzählen soll, um Sie davon zu überzeugen, dass mich nichts und niemand hierhergeschickt hat. Wenn Sie möchten, kann ich es Ihnen auch auf die Bibel schwören, dass ich mir selbst meine Anwesenheit in diesem Dorf am allerwenigsten erklären kann. Es war einfach ein seltsamer Zufall, der mich in diese Gegend verschlagen hat. Dass ich jetzt so neugierig geworden bin, verdanke ich meinem, sagen wir, natürlichem Interesse für außergewöhnliche Begebenheiten. Und schließlich kommt es nicht von ungefähr, denn wenn man hier eins und eins zusammenzählt, so muss man sich ja tatsächlich einige Fragen in Bezug auf die Erbauung solcher außergewöhnlichen Gebäude stellen, wie man sie hier vorfindet. Damit spreche ich jetzt nicht nur von der rein äußerlichen Betrachtung zum Beispiel Ihrer stolzen Kirche. Betritt man sie, fallen einem noch einige ungewöhnliche Dinge ins Auge. Aber seien Sie versichert, es ist nur mein ureigenstes Interesse an der ganzen Sache, das ich habe. Dieses kann ich immer wieder nur gebetsmühlenartig herunterleiern.

Es liegt nun an Ihnen, ob Sie mir glauben wollen oder nicht."

Hatte ich ihn überzeugt oder würde er weiterhin misstrauisch bleiben? Mir wurde es langsam gleichgültig. Vielleicht sollte ich meine gesamte Energie dafür aufwenden, möglichst schnell wieder von hier fortzukommen und das Ganze einfach zu vergessen.

Bérenger ließ sich wieder auf seinem Schreibtischstuhl nieder und ich sah ihm an, dass meine Worte Eindruck bei ihm hinterlassen hatten. Wie konnte man den Menschen ihre Ehrlichkeit ansehen? Das war eine Frage, die uns beide zu bewegen schien.

Endlich durchbrach er das Schweigen und schnaufte tief durch. „Gut, Sie haben mich überzeugt, zumindest was eine offensichtliche Spionage Ihrerseits anbelangt. Aber was mich beunruhigt, ist, dass Sie etliche Dinge über mich zu wissen scheinen. Wenn Sie weiterhin mit meiner Freundschaft rechnen wollen, dann bitte ich Sie, mir zu erklären, woher Sie Ihre Kenntnisse beziehen. Aber bitte möglichst plausibel."

Als ich dies hörte, hätte ich fast losgelacht. Wenn ich an die Wahrheit dachte, dann wäre dies gerade der stärkste Tobak, welchen man als Entschuldigung anbringen könnte. Was sollte ich ihm also sagen? Hätte ich ihm vielleicht sagen sollen, ich hätte mein gesamtes Wissen über Abbé Saunière und Rennes-le-Château aus einer bestimmten Fachliteratur bezogen, welche ich in meiner Heimatstadt zur Verfügung hätte – Unsinn!

Eine grundlegende Frage bestand für mich aber auch die ganze Zeit darin, wie ich Bérenger überhaupt einzuschätzen hatte. Aus allem, was mir über ihn bekannt war, hatte ich schließlich für mich den Schluss gezogen, dass er für seine Zeit sehr aufgeschlossen dachte, sah man dabei einmal von seiner politischen Einstellung ab. Aber ob er auch an Zeitreisen glaubte?

Vielleicht sollte ich ihm doch die Wahrheit über mich erzählen. Auch auf die Gefahr hin, dass er mich für vollkommen verrückt halten würde.

Die Chance, dass er mir glauben könnte, war zwar augenscheinlich nicht besonders groß, aber warum sollte ich es nicht versuchen?

Ich hatte nichts mehr zu verlieren. Das Liebste hatte ich schließlich schon an die Zukunft verloren.

Ich beschloss, langsam und vorsichtig vorzugehen. „Welche Geschichte soll ich Ihnen denn erzählen? Dass man in meinem Land in jeder Bibliothek nachschlagen kann, um etwas über den berühmten Abbé Bérenger Saunère zu lesen und woher dessen Reichtum rührt? Ich sehe schon, das glauben weder Sie noch ich so recht. Oder dass es mir vielleicht sogar Bekannte aus Frankreich selbst erzählt haben, was sie über Sie erfahren haben? Dann möchten Sie bestimmt von mir wissen wer und wo diese ‚Bekannten‘ sind. Nun, auch diese existieren nicht und vor allem können sie ja wahrscheinlich gar nicht soviel über Sie wissen, denke ich mir jedenfalls.“

Plötzlich wusste ich nicht mehr, was ich sagte und ich selbst war am meisten überrascht darüber. „Vielleicht kam ich ja auch durch einen fantastischen Zufall in diese Gegend, der mir selbst unheimlich vorkommt.“

Er sah mich fragend an. „Welches Spiel haben Sie vor, mit mir zu spielen? Für mich sieht dies die ganze Zeit so aus, als würden Sie sich am liebsten vor einer Antwort drücken. Aber Sie dürfen mich nicht zuerst neugierig ma-

chen, um mir gleich darauf mehrere Antworten zu präsentieren. Also, ich höre."

Es war eine dumme Situation, in die ich mich da ma-
növriert hatte. Zumal ich ihn als sehr nüchtern und sach-
lich denkenden Menschen kennengelernt hatte. Jedoch
hatte es in der letzten Zeit schon öfters unheimliche Ereignisse gegeben und vielleicht war er ja doch für so etwas empfänglich. Ich beschloss, ihm meine fantastische
Geschichte zu erzählen, komme, was wolle. „Ich weiß,
das mag jetzt in Ihren Ohren unglaublich klingen, aber
es ist wirklich die einzige Erklärung, die es gibt. Es steht
Ihnen frei, es zu akzeptieren oder nicht. Haben Sie schon
einmal etwas von der Existenz von Zeitreisenden gehört
oder glauben Sie vielleicht sogar an so etwas?"

„Was meinen Sie damit, ich verstehe nicht ganz ... Erklären Sie es mir!"

„Damit meine ich, dass man sich plötzlich einfach von
einem Moment auf den anderen in einem anderen Jahrhundert wiederfindet. Und man begreift gar nicht, was
mit einem geschehen ist, ein Zeitsprung sozusagen." Ich
machte absichtlich eine Pause, damit er Zeit hatte, das
Ganze erst einmal zu verdauen. „Ob Sie es nun glauben
oder nicht, ich selbst bin ein Opfer davon geworden und
ich schwöre Ihnen bei Gott, dass es die reine Wahrheit
ist und ich Ihnen keine Märchen erzähle. Es ist für mich
noch immer absolut unbegreiflich." Ich musste mehrmals
kräftig schlucken und war ein weiteres Mal nahe daran,
verzweifelt in Tränen auszubrechen.

Saunière musste bemerkt haben, dass es mir nicht besonders gut ging dabei, umso mehr überraschte mich seine Aussage hierzu. „Ich muss zwar sagen, das ist starker
Tobak, aber so wie ich Sie bis jetzt kennenlernen durfte,

scheinen Sie mir weder verrückt noch ein Fantast zu sein. Sie haben mich neugierig gemacht und deshalb müssen Sie mir jetzt auch Ihre ganze Geschichte erzählen. Aus welchem Jahrhundert kommen Sie? Logischerweise kann es sich doch nur um die Zukunft handeln. Denn nach alledem wird mir jetzt langsam klar, dass Sie tatsächlich jede Menge über mich zu wissen scheinen. Also heraus mit der Sprache."

Niemals hatte ich erwartet, dass er mir diese äußerst dubiose Erklärung abkaufen würde. Vielleicht wollte er aber auch nur abwarten, was ich ihm über das nächste Jahrhundert erzählen würde und sich dann selbst ein Bild darüber machen, ob es der Wahrheit entsprechen könnte oder nicht. Schließlich war er ein aufgeschlossener Mensch, den man wahrscheinlich nicht so leicht hinters Licht führen konnte. Und ihm nur meine Armbanduhr als erlesenes Wunderwerk der Technik zu präsentieren, würde bestimmt auch nicht genügen.

Oder hatten ihn seine esoterischen Freunde in Paris schon so in Beschlag genommen, dass er mittlerweile auch so etwas einräumen konnte, ohne kritische Fragen hierzu zu stellen? Wie auch immer, sein Interesse war geweckt und so erzählte ich ihm alles der Reihe nach, auch wenn es mehr Zeit in Anspruch nehmen sollte, als ich ursprünglich angenommen hatte. Dazu kam, dass ich ihm nicht nur von meiner abenteuerlichen Reise hierher erzählen musste, er wollte auch möglichst viel über das 21. Jahrhundert erfahren. Immerhin hatte ich es ihm so realitätsnah erzählt, dass ich dadurch letzte verbliebene Zweifel über eine eventuelle Hochstaplerei meinerseits ausräumen konnte.

Als ich geendet hatte, folgte ein minutenlanges Schweigen.

Ich merkte, wie sich mein Magen lautstark zu Wort meldete. Diese andauernden Schübe von Unterzucker rührten nicht zuletzt daher, dass ich einfach keinen regelmäßigen Essensrhythmus fand.

Ich nahm mir vor, dies endlich zu beachten und mich dementsprechend zu verhalten.

„Was Sie mir da erzählt haben, kann man als wissenschaftliche Sensation bezeichnen, meinen Sie nicht auch?"

„Ja, aber was sollte ich daraus für einen Vorteil ziehen können? Ich bin ja sozusagen in Zeit und Raum gefangen, vergleichbar mit einem Eisbären, welcher sich urplötzlich in der Wüste wiederfindet. Zwar könnte ich, falls sich dieser Zustand jemals wieder für mich ändern sollte, bei der Rückkehr in mein Jahrhundert allen Freunden und Bekannten etwas über Südfrankreich im ausgehenden 19. Jahrhundert erzählen, aber wer würde mir das schon glauben? Im Gegenteil, dort gibt es inzwischen jede Menge psychiatrische Krankenhäuser, in die man Patienten wie mich ziemlich schnell stecken würde. Vor allem aber gibt es auch nicht besonders viel seriöse Fachliteratur über einen Abbé Bérenger Saunière, der in einem mehr als unbedeutenden Dorf namens Rennes-le-Château lebte und über dessen Reichtum es nach wie vor wilde Spekulationen gibt."

Als ich dies erwähnte, brach er in schallendes Gelächter aus und konnte sich nur langsam wieder beruhigen.

„Was würde es am Lauf der Geschichte ändern, wenn ich Ihnen das ‚Geheimnis von Rennes-le-Château', wie Sie es offensichtlich gerne nennen, für die Nachwelt verraten würde? Ich denke, die Erde käme dabei bestimmt nicht ins Stocken."

„Dies sicherlich nicht, aber mein Interesse gilt trotzdem weiter den momentanen Ereignissen in Ihrem Dorf. Das werden Sie nicht verhindern können und ich will irgendwann alles darüber wissen." Dass sich diese Ereignisse in irgendeiner Form sehr bald überschlagen würden, wusste ich aus der Erinnerung zwar, verriet es ihm aber nicht. Er war sowieso schon ziemlich beunruhigt, dies wollte ich nicht auch noch verstärken, indem ich zusätzlich Öl ins Feuer goss.

Für mich selbst stellte es ebenfalls ein zu heißes Eisen dar, an dem ich mir nicht die Finger verbrennen wollte. Aber eines war mir klargeworden.

Ich war auf dem besten Weg, selbst in den Strudel der Ereignisse hineingezogen zu werden. Das Schlimme war, dass ich keine Möglichkeit hatte, mich ernsthaft dagegen zu sträuben, zu groß war meine Mitwisserschaft geworden.

„Verstehen Sie mich nicht falsch, aber ich hege Ihnen gegenüber keine unlauteren Absichten und schon gar nicht will ich etwas von Ihrem Reichtum abhaben. Für mich steht nur der Abbé und Mensch Bérenger Saunière im Mittelpunkt des Interesses. Wer weiß, vielleicht werde ich sogar nach der hoffentlich gelungenen Rückkehr in mein Jahrhundert ein Buch über meine damaligen Erlebnisse schreiben. Wenn ich Glück habe, wird es möglicherweise ein Bestseller", erklärte ich jetzt feixend.

Auch Bérenger schmunzelte. Die Atmosphäre entspannte sich merklich.

„Wissen Sie, Monsieur Berger, ich bin gewillt, Ihnen dies alles zu glauben. Denn Ihr Erscheinen hier in dieser

Gegend kam wirklich unter äußerst merkwürdigen Umständen zustande, das hat mir Abbé Boudet versichert. Da sich wahrscheinlich schon einige Menschen darüber Gedanken gemacht haben, würde ich vorschlagen, dass wir dieses Geheimnis bis auf weiteres für uns behalten. Und noch etwas: Ich erinnere mich, irgendwo schon einmal etwas gelesen zu haben, dass es Zeitreisende tatsächlich sogar schon lange vor Ihnen gegeben haben soll. Ich selbst habe dies stets mit großer Skepsis betrachtet und bisher nie so recht daran geglaubt, obwohl es seriöse Quellen sind, über welche ich zu dieser Thematik verfüge. Nun sehe ich aber auf einmal den lebenden Beweis vor mir und bin umso erstaunter darüber. Zwar bin ich ein katholischer Priester und vom Glauben her an das gebunden, was in der Bibel geschrieben steht, aber andererseits sehe ich mich auch als Hobbyforscher, dem ein ums andere Mal bewiesen wird, dass die Realität ganz anders aussieht. Wie gesagt, dies ist meine wirkliche Meinung dazu und vieles, was sie mir verraten, als Fachwissen über mich zu besitzen, bereitet mir ziemliches Kopfzerbrechen. Ich denke deshalb, wir sollten uns einmal wegen Ihres Wissens zusammensetzen. Deshalb hätte ich auch gerne gewusst, welches geheime Wissen Sie über mich haben. Wo kann man so etwas vor allem nachlesen? Das sind doch sicherlich Bücher, welche erst lange nach meinem Tod geschrieben wurden, oder?" Es wäre von mir dumm gewesen, zu verraten, dass ich mir einige Informationen auf nicht ganz legale Art und Weise erst bei meiner „Spionagetätigkeit" angeeignet hatte. Also musste ich mir eine plausible Antwort überlegen. Ich erzählte ihm deshalb, dass gerade mehrere Jahrzehnte nach seinem Tod viele seriöse und auch nicht seriöse Forscher hier aufgetaucht seien. Man hätte das halbe Dorf umgegraben und auch die Nachfahren der Dorfbewohner befragt, aber niemand hätte konkrete Angaben machen können. Es habe dann teilweise Spekulationen gegeben, die zur Hälfte dem Reich der Fantasie entsprungen seien. Dann eröffnete ich ihm, dass ich durchaus von der Existenz seiner Dokumente wusste und ungefähr darüber unterrichtet sei, um was es darin ginge.

Dies überraschte ihn etwas, vor allem konnte ich ihm ansehen, dass es ihn frustrierte, da er wirklich unbedingt bemüht war, dies nicht an die Öffentlichkeit dringen zu lassen. „Sagen Sie, der Inhalt der Pergamente, gibt er nicht zwangsläufig großen Anlass zur Beunruhigung? Ist es denn nicht gefährlich, so etwas in der Kirche, also an einem für jedermann zugänglichen Ort aufzubewahren? Ich an Ihrer Stelle könnte jedenfalls nicht mehr ruhig schlafen. Schließlich muss man damit rechnen, dass es Menschen gibt, die, so sie denn von deren Existenz wüssten, nicht davor zurückschrecken würden, einen Mord zu begehen, um in den Besitz dieser Papiere zu gelangen."

„Dies stellt in der Tat ein gewisses Problem für uns alle dar, die wissen, um was es geht. Aber ich bleibe trotzdem bei meiner Überzeugung, dass die Schriftstücke hier noch am sichersten sind. Unsere Gemeindemitglieder könnten wenig damit anfangen, da sie ja, wie Sie wissen, in einer sehr fremdländischen und alten Sprache verfasst sind. Einfache Bauern wie Antoine oder Felix beherrschen sicher nicht die lateinische Sprache. Caclar, unser Bürgermeister, interessiert sich nur in zweiter Linie für den Inhalt der Dokumente. Wichtiger ist ihm der finanzielle Nutzen, den er daraus ziehen kann. Meine beiden Kollegen Boudet und Gelis dagegen befinden sich in derselben gefährlichen Situation wie ich, denn seit den letzten Tagen wissen wir, dass uns die ganze Sache offensichtlich entglitten ist und ich hoffe dabei inständig, dass sie keine eigene Dynamik entwickelt, die sich negativ auf uns auswirken könnte. Ich vermute nämlich, dass wir einen Schritt zu weit gegangen sind, aber damit möchte ich Sie vorerst nicht belasten."

Schon wollte ich ihn fragen, was er damit meine, sah aber sogleich ein, dass es im Moment besser zu sein schien, nicht weiter in ihn einzudringen. Vielleicht würde er es mit noch freiwillig erzählen, obgleich ich schon wusste, um was es ging.

„Ob ich noch ruhig schlafen kann? Zugegeben, das ist nicht so einfach. Aber ich denke, ich sollte es vorerst für mich behalten. Wen ich auf keinen Fall damit belasten will, ist Marie. Ihre sensible Seele würde dies niemals verkraften. Und damit komme ich mit meiner Forderung an Sie. Sprechen Sie in ihrer Gegenwart nicht über die Papiere. Außerdem ist es wichtig, dass dieses vertrauliche Gespräch unbedingt unter uns bleibt. Für heute belassen wir es dabei und ich weiß immer noch nicht, was Sie tatsächlich darüber wissen. Deshalb schlage ich vor, dass wir so bald wie möglich dieses Gespräch fortsetzen." Bérenger erzählte mir noch, was ich schon wusste, nämlich, dass Gelis inzwischen Abschriften der Papiere besitzen würde und er es leider nicht habe verhindern können, dass sich dies bereits in beiden Dörfern herumsprach.

Wer diese Nachricht in Umlauf gesetzt hätte, wisse er trotz angestrengten Nachdenkens nicht. So viel sei sicher, dass ich es nicht gewesen sein konnte.

Zu guter Letzt schärfte er mir ein, um Gottes willen niemandem etwas von meiner tatsächlichen Herkunft zu erzählen. Dies fiel mir aber auch nicht schwer, da ich wusste, dass mir sowieso keiner glauben und mich eher für einen Spinner halten würde.

Dann verließen wir Bérengers Turm und machten uns, mittlerweile geschwächt vor Hunger, endlich auf den Weg zum Pfarrhaus. Wahrscheinlich wartete Marie schon ungeduldig mit dem Essen auf uns.

Unterwegs murmelte Saunière Sätze wie „Unglaublich, dass ich so etwas hier erleben darf" oder „ein Zeitsprung hier in Rennes-le- Château, das kann man ja richtiggehend als Wunder bezeichnen". Ich dachte ebenfalls wieder darüber nach und es kam mir immer noch unheimlich vor. Alles, was ich bisher erleben durfte, war so unreal und mysteriös. Ich kam mir verloren zwischen den Zeiten vor, „lost in time", wie ich einmal irgendwo aufgeschnappt hatte.

Wie es mit mir weitergehen würde, wollte ich zu diesem Zeitpunkt erst gar nicht wissen.

Bérenger gestand mir, dass er am Anfang befremdet war angesichts meiner ungewöhnlichen Kleidung. Schließlich hatte ich ja nichts an, als meine Jeans und ein T-Shirt, ganz zu schweigen von meiner Armbanduhr und, nicht zu vergessen, dem Autoschlüssel, den ich immer noch mit mir herumtrug. Wahrscheinlich, so malte ich mir aus, würde jetzt meine Ehefrau in der Zukunft mächtigen Ärger deswegen bekommen.

Es waren banale Dinge, die mir einfielen, bis mich Saunière aus meinen Tagträumen zurückholte und mich neugierig nach diesem „Ding an meinem Handgelenk" fragte. Ob dies vielleicht der Auslöser für meine Zeitreise sein könnte, meinte er scherzhaft.

Daraufhin erklärte ich ihm die Funktion meiner Armbanduhr und er nickte anerkennend. Ich müsse ihm noch vieles über die Zukunft erzählen, meinte er. Wir waren in unser Gespräch vertieft und merkten dabei nicht, dass wir mittlerweile vor der Eingangstüre der Villa Bethania angekommen waren.

IN DER VILLA

Als wir die Küche betraten, erwartete uns eine kopfschüt-
telnde Marie Dénarnaud.

Bérenger hob sogleich beschwichtigend die Hände und
ich bat darum, mich noch kurz in meiner Kammer fri-
schmachen zu dürfen. Ich versprach, mich dabei zu beeilen und wartete erst gar nicht eine Antwort von ihr ab.

Da es zu der damaligen Zeit noch keine Dusche gab
und das Baden in einer Badewanne allerorts noch einen
gewissen Luxus darstellte, konnte ich mich nur notdürftig mit Tüchern abreiben. Eine Kanne mit frischem Wasser leistete mir hierzu die nötigen Dienste.

Was mich in diesem Moment zusätzlich störte, war,
dass ich schon mehrere Tage dieselbe Kleidung trug.
Freilich gab es zu dieser Zeit noch keine Waschmaschine, aber sicherlich war es möglich, seine Wäsche anders
zu waschen. Ich begann, mir im Geiste vorzustellen,
was man damals zum Waschen verwendete. Spontan
fielen mir dazu ein Waschzuber und ein Waschbrett ein
und natürlich jede Menge Seife. Jedenfalls nahm ich mir
vor, Marie zu fragen, ob ich meine Bekleidung vielleicht
morgen waschen könnte. Zwar hatte ich keine Ahnung,

was ich in der Zwischenzeit anziehen sollte und sah mich schon mit einem Fass als Bekleidung herumlaufen, aber ich musste es trotzdem versuchen.

So wie ich die Dénarnaud kennengelernt hatte, würde sie mich bestimmt unterstützen.

Nach meiner „Katzenwäsche" ging ich wieder hinunter in die Küche, wo die beiden bereits beim Abendessen saßen.

Sogleich lud man mich ein, mich zu ihnen zu gesellen. Es gab Erbseneintopf und ich ließ mich nicht zwei Mal bitten, zuzulangen. Hungrig schaufelte ich alles in mich hinein.

Nebenbei unterhielten wir uns über alles Mögliche und kamen dabei, auch vor allem auf Bérengers Betreiben hin, auf die aktuelle politische Lage in Europa zur damaligen Zeit zu sprechen. Saunière nutzte die Gelegenheit, um über die regierenden Republikaner in Frankreich ziemlich vom Leder zu ziehen.

Ich entgegnete ihm, dass ich wenig Ahnung hätte, wie die aktuellen politischen Verhältnisse in seinem Land seien.

Dies war für ihn umso mehr der Anlass, mich umfassend aufzuklären. In erster Linie, so meinte er, wäre ihm diese Aufspaltung des Parlaments in „hunderterlei" verschiedene Parteien schon lange ein Dorn im Auge. Wie man so regieren könne, sei ihm ein Rätsel. Dies führe zu Stillstand und fördere keinesfalls die Rolle Frankreichs in der restlichen Welt. Vor allem käme der amtierenden Regierung die Kontrolle über die ihr unterstellten Organe gänzlich abhanden.

Mich interessierte, ob er seine politische Meinung auch in seine Predigten mit einfließen lasse und er antwortete prompt, wenn es nötig wäre, dann auf jeden Fall.

Im selben Moment verstand ich auch, warum er gegen Caclar, den Gemeindepräsidenten eine gewisse Aversion hatte. „Aber macht denn so etwas Sinn?" Schließlich konnte ich mir vorstellen, dass die einfachen Bauern in dieser Gegend dem Thema Politik ziemlich gleichgültig gegenüberstanden.

Was sollten sie davon schon haben?

In diesem Punkt gab er mir Recht, er beklagte sich darüber, dass er sich zwischendurch immer wieder ziemlich missverstanden fühle. Zwar wäre er in Montazels, ebenfalls ein Nachbardorf von Rennes-le-Château, in einfachen Verhältnissen zur Welt gekommen und aufgewachsen, aber im Laufe seiner geistigen Entwicklung habe er ein gewisses Schwarzweißdenken abgelegt und viele Dinge kritisch hinterfragt. Spätestens seit Beendigung des Priesterseminars sei ihm klargeworden, dass man als Pfarrer eine bestimmte Rolle in der Dorfgemeinschaft spiele und notfalls in das lokale politische Geschehen eingreifen müsse. Ob dies von den anderen Dörflern einschließlich ihres Bürgermeisters verstanden oder akzeptiert würde, bliebe dahingestellt. „Ich tue dies auch, um mein Gewissen dabei zu beruhigen. Gewisse Dinge, welche mir sauer aufstoßen, kann ich einfach nicht ignorieren und davon gibt es hier in unserem verschlafenen Dörfchen einige. Äußerlich fällt dies einem Fremden zwar nicht auf, aber hinter der Fassade sieht es anders aus. Außerdem habe ich auch eine große Verantwortung als Abbé."

Eine eindeutige Aussage, die darauf schließen ließ, dass er seinen Beruf sehr ernst nahm. Und es zeigte, dass er politisch engagiert zu sein schien, wobei ich mich fragte, was er wirklich war: Ein Monarchist? Ein Intellektueller? Auf jeden Fall ein Konservativer. Aufgrund meiner bisherigen Informationen wusste ich auch, dass er regelmäßigen Kontakt mit einem Mitglied des Hauses Habsburg pflegte und von diesem sogar einmal besucht wurde. Es handelte sich um Johann Salvator von Habsburg, einem Cousin des österreichischen Kaisers.

Dies veranlasste mich, ein weiteres Mal darüber nachzudenken, wie die politischen Verhältnisse im Deutschland der Jahrhundertwende aussehen könnten.

Aber meine Frage wurde sofort von Bérenger beantwortet, indem er erwähnte, dass „Gottseidank bei uns im Deutschen Reich immer noch ein Kaiser namens Wilhelm regieren würde".

Ach ja, Kaiser Wilhelm II., wie konnte ich dies nur vergessen, der Monarch, welcher in Deutschland bis kurz nach Saunières Tod im Jahre 1917 herrschen sollte.

Noch war es friedlich in der Welt, aber der erste Weltkrieg ließ nicht mehr lange auf sich warten. Natürlich hegte ich die Hoffnung, bis zu diesem Zeitpunkt auf alle Fälle wieder in meiner eigentlichen Zeit zurückgekehrt zu sein. Zwar konnte ich mir vorstellen, dass man hier in dieser abgelegenen Gegend nicht besonders viel davon mitbekommen würde, aber man wusste ja nie.

Wir redeten noch eine geraume Zeit über die aktuelle politische Lage in Frankreich, wobei Bérenger mir des Öfteren seine eigentlichen Ansichten dazu verriet. Wir leerten in dessen Verlauf noch das eine oder andere Glas Rotwein, welches bewirkte, dass ich irgendwann mit einem schon schwer erscheinenden Kopf in Richtung meiner Kammer aufbrach.

Leider hatte ich vergessen, Marie wegen des Waschtages zu fragen, aber so war es eben mit dem Genuss von Alkohol, wenn man ihn nicht verträgt, soll man es eben lassen.

Aber aufgeschoben ist nicht aufgehoben und so nahm ich mir vor, sie spätestens am nächsten Morgen darum zu bitten.

Trotz der anfänglichen Tiefe meines Schlafes wurde ich mitten in der Nacht von einem heftigen Gewitter mit Sturm und Hagel geweckt. Im Bergland der Corbières klang dies noch viel bedrohlicher, das dazugehörige Donnergrollen wurde noch um ein Vielfaches verstärkt. Vorsichtig öffnete ich mein Fenster, um die frische würzige Luft hereinzulassen und stellte fest, dass es ziemlich abgekühlt hatte.

Dann legte ich mich wieder hin und schlief nicht zuletzt wegen des beruhigenden Rauschens der Regentropfen wieder ein.

Am Morgen nun bot sich mir ein stimmungsvolles Herbstbild, als ich aus dem Fenster blickte. Weiße Nebelschwaden, welche im Morgengrauen noch viel gespenstischer aussahen, lagen über dem Dorf. Allmählich stiegen sie nach oben und gaben dabei buntbelaubte Bäume frei.

Sehr viel nasses Laub bedeckte dabei alle Wege, jedoch störte dies niemanden. Der Wind würde es irgendwann, wenn es getrocknet wäre, in alle Richtungen verteilen. Nichts erinnerte auch nur im Entferntesten an die peinliche Sauberkeit, welche in etwa hundert Jahren überall vorherrschen würde. Und zum Glück gab es damals noch keine nervtötenden Laubsauger.

Ich zog mich an, verrichtete wie üblich meine Katzenwäsche, auch um meinen leicht verkaterten Zustand des Vorabends einigermaßen in den Griff zu bekommen und begab mich erwartungsvoll nach unten, wo ich mir sicher war, dass schon ein herrliches Frühstück auf mich warten würde.

Ich sollte Recht behalten. Als ich die Küche betrat, empfing mich ein aromatischer Kaffeeduft. Mit Begeisterung schenkte ich mir eine Tasse dieses herrlichen Getränks ein, nicht ohne aber vorher Marie einen wunderschönen guten Morgen zu wünschen,

Saunière war wie üblich schon wieder in seiner Kirche, um den Morgengottesdienst vorzubereiten.

Hungrig setzte ich mich an den Tisch und griff nach zwei Scheiben Brot, die ich fast zentimeterdick mit köstlicher Erdbeermarmelade bestrich.

Marie fragte mich, ob ich gut geschlafen hätte und wie es mir ginge. Ich bedankte mich für ihre Nachfrage und gab dieselbe Höflichkeit wieder an sie zurück.

Während ich nun meine beiden Brote verschlang, erzählte sie mir, dass mir gestern Abend noch ein wichtiges Gespräch zwischen Saunière und ihr entgangen war. Sie verriet es mir, weil sie mittlerweile ziemliches Vertrauen zu mir gefasst habe. Es ging darum, dass Bérenger eine Depesche aus Lyon erhalten hatte, in der man ihm mitteilte, dass ein paar sehr interessante und vor allem wichtige Bücher für ihn in zwei verschiedenen Buchhandlungen zur Ansicht bereitliegen würden. Dem vorausgegangen war eine entsprechende Anfrage, die er dorthin gerichtet hatte. Saunière hatte deshalb beschlossen, in den nächsten Tagen dorthin zu verreisen, um sich vor Ort zu informieren.

Die Dénarnaud verriet mir, dass sie hierüber nicht sonderlich erfreut gewesen sei und versucht habe, ihn dazu zu überreden, die Reise erst zu einem späteren Zeitpunkt anzutreten. Sie hätte kein gutes Gefühl, da sie ahne, dass etwas zutiefst Beunruhigendes in der Luft liege. Auf ihr Gefühl habe sie sich schon immer verlassen können.

Saunière habe sich aber nicht davon abbringen lassen und ihr versichert, er könne schon auf sich selbst aufpassen.

Ich war nun etwas befremdet, warum sie mir dies alles erzählte, bis sie mit dem wahren Grund herausrückte. Sie habe sich nämlich nicht überzeugen lassen und schlug ihm nach einer heftigen Diskussion vor: „Was hältst du davon, wenn du unseren Gast, Monsieur Berger, morgen bitten würdest, dich auf dieser Reise zu begleiten? Du könntest ihm bei dieser Gelegenheit einiges von Südfrankreich zeigen. Mir wäre jedenfalls wohler, wenn er dabei wäre. Schließlich brauchst du ja in dieser Angelegenheit keine Geheimnisse vor ihm zu verbergen."

Zunächst war ich sprachlos. Dann jedoch wollte ich von ihr wissen, was Bérenger dazu gemeint hätte.

„Nun, am Anfang sträubte er sich dagegen. Als er aber merkte, dass es mir mit diesem Vorschlag sehr ernst war, gab er sich geschlagen. Er erwähnte dann, dass er sich sowieso noch mit Ihnen ausgiebig unterhalten wolle und es sei dabei egal, wo er dies tue, seinetwegen könnte dies auch auf einer gemeinsamen Reise sein. Aber ich kann nicht einfach etwas über Ihren Kopf hinweg bestimmen. Deshalb frage ich Sie, mein lieber Monsieur Berger, ob Sie eventuell mit meinem Vorschlag einverstanden wären."

Soviel weiblichem Charme konnte ich nicht widerstehen und stimmte ihr nach anfänglichem Zögern zu. Wir wussten beide, um was es ging, obwohl ich natürlich keinem verraten hatte, was ich die letzten Tage belauscht hatte.

Marie schien erleichtert, dass ich Bérenger auf der Fahrt begleiten würde. Das war für mich die Gelegenheit, zu fragen, ob es möglich sei, dass ich meine Kleidung waschen könne. Schließlich wollte ich nicht in verschwitzten und ungepflegten Kleidern auf die Reise gehen. Marie leuchtete dies sofort ein und sie sagte mir ohne Umschweife ihre spontane Hilfe hierbei zu, ja, sie wollte sogar noch Verstärkung aus dem Dorf hinzuholen. Bevor ich noch etwas sagen konnte, hatte sie schon die Villa verlassen und ich war gespannt darauf, wen sie damit meinte.

Während ich kaute, fiel mir ein, dass ich es zuhause nicht einmal fertigbrachte, unsere Waschmaschine anzustellen und nach dem Waschen alle Sachen aufzuhängen. Waschen im 19. Jahrhundert musste ungleich abenteuerlicher sein, aber ich wollte mich überraschen lassen.

WASCHTAG

Marie drückte mir, bevor das Ganze beginnen sollte, ein Bündel Kleidungsstücke in die Hand und meinte, ich solle sie ruhig einmal anprobieren.

Natürlich konnte ich mir denken, von wem sie stammten. Die Frage war nur, ob sie mir auch passen würden.

Nach ein paar Minuten stellte ich fest, dass sie wie für mich gemacht waren, alles saß wie angegossen. Nur die schwarze Farbe der Hose und das graue Hemd erinnerten etwas entfernt an eine Beerdigung, aber sie ließen mich schlanker erscheinen, als ich es in Wirklichkeit war.

Das einzige, was mich störte, war das Hemd. Zwar bestand es aus reiner Baumwolle, etwas, worauf ich bei mir zu Hause ebenfalls großen Wert legte, aber Marie erklärte mir, dass es der derzeitigen Mode entsprechend hochgeschlossen bis zum Hals getragen werden sollte.

Dadurch hatte ich ständig das Gefühl, dass irgendjemand mir den Atem abschnürte, es war also nicht besonders angenehm zu tragen. Aber ich nahm mir vor, mich nicht darüber zu beklagen. Schließlich konnte ich ja nicht nackt durch die Gegend laufen.

Was Marie allerdings nicht schaffte, war, mich zu überreden, andere Schuhe anzuziehen. Ich beharrte auf meinen bequemen Sandalen. Zugegeben, etwas komisch sah es schon aus, meinem restlichen eleganten Aussehen war es aber trotzdem nicht besonders abträglich, was mir die Dénarnaud bestätigte.

Deshalb nahm ich mir vor, während des Waschens auf die Sauberkeit meiner im Moment getragenen Leihkleidung zu achten.

Dann ging es endlich los. Als erstes bekam ich die Anweisung, Brennmaterial für die Beheizung des Waschkessels herbeizuschaffen. Also schnappte ich mir einen bereitstehenden Weidenkorb und verließ damit die Villa Bethania. Der Holzschuppen, in dem das Holz lag, befand sich nämlich im gegenüberliegenden Park. Ich musste die Straße überqueren, um dorthin zu gelangen. Dabei betrachtete ich den Springbrunnen, welchen Saunière dort hatte anlegen lassen. Das gab dem Ganzen einen gewissen Hauch von Exklusivität.

Gerne wäre ich an dieser Stelle verweilt und hätte mich auf einer davorstehenden Bank niedergelassen, um gewissen Tagträumen nachzuhängen.

Da ich mich aber nicht unbeliebt machen wollte, kehrte ich eiligen Schrittes zur Villa zurück, wo mich inzwischen zwei Frauen empfingen, die schon fleißig bei der Arbeit waren.

Als sie mich sahen, stellte mich Marie sogleich ihrer Helferin vor und ich erfuhr, dass es sich um Constance, eine ungefähr fünfundzwanzigjährige Frau aus dem Dorf handelte.

Kokett lächelte sie mich an und ich fand sie sehr hübsch. Ihre dunkle lockige Haarpracht verbarg sie hinter einem

Kopftuch, aber alleine ihre schlanke hochgewachsene Gestalt schlug mich sofort in ihren Bann, obwohl ich mir immer wieder krampfhaft einredete, ich wäre schließlich verheiratet und hätte standhaft zu bleiben.

Aber wahrscheinlich war ich sowieso zu alt für sie. So etwas schickte sich einfach nicht.

Jedenfalls stand ich ziemlich betreten da, als mich die Dénarnaud wieder auf den Boden der Tatsachen zurückholte und mir erklärte, dass wir meine Kleidung eigentlich zuerst über Nacht in Soda einweichen hätten müssen, aber angesichts der Spontanität meines Beschlusses müssten wir eben sehen, wie sauber wir meine Kleidungsstücke bekommen würden.

Ich meinte, das ginge schon in Ordnung, so dreckig wäre ich vorher nicht gewesen.

Dann bekam ich den Auftrag, Wasser in den Waschkessel zu füllen und mich um das Feuer im Ofen zu kümmern. Dabei ließ ich Constance nicht aus den Augen, sie hatte es mir einfach angetan.

Sie bemerkte dies und lächelte mich immer wieder aufs Neue an.

Ich wusste nicht, war es mein Standort direkt am Ofen oder dieses Mädchen, welches mich immer mehr zum Glühen brachte, auf alle Fälle kam ich Schritt für Schritt ins Schwitzen. Ich zerrte an meinem hochgeschlossenen Kragen und hätte ein Königreich dafür gegeben, meinen Oberkörper zu entblößen.

Aber wahrscheinlich wäre sie dann schreiend davon gelaufen. Also musste ich in den sauren Apfel beißen.

Während ich die eingeweichte Wäsche mit den bloßen Händen so gut es ging auswrang, sah mir Constance neugierig zu.

Ich wollte mir keine Blöße geben und vor ihr verbergen, dass ich langsam aber sicher schon einen Krampf in den Händen bekam.

Wie ich nicht mehr konnte, nahm sie die Wäsche an sich, um sie erneut einzuseifen und sie anschließend auszubürsten. Dieses Mal war ich es, der ihr interessiert über die Schulter spitzte.

Kokett lächelte sie mich an und ich konnte nicht umhin, sie ebenfalls freundlich anzusehen.

Krampfhaft suchte ich nach einem Gesprächsthema, aber sie kam mir zuvor. „Sie sind also der Fremde, der in unserem Dorf auf so wundersame Weise aufgetaucht ist und bei unserem Abbé im Haus wohnt."

Ich bejahte dies.

„Bleiben Sie noch länger bei uns, Monsieur…, wie ist eigentlich Ihr Name?"

Ich stellte mich ihr vor und erwähnte auch gleich dazu mein Heimatland. „Und Sie sind Mademoiselle Constance, ein schöner Name, finde ich." Ich musste dabei an die Geliebte D`Artagnans denken, einem der vier Musketiere aus Alexandre Dumas' berühmtem Roman.

Constance jedenfalls bedankte sich für dieses Kompliment. „Wenn Sie vorhaben sollten, noch etwas länger hier zu bleiben, könnte ich Ihnen gerne die Gegend hier zeigen. Natürlich nur, wenn Sie einverstanden sind." Sie erzählte mir, dass sie und ihr Bruder Frederic gerne durch die umliegenden Wälder streifen würden und sie sich dort bestens auskennen würde.

Marie indes hatte uns inzwischen die ganze Zeit beobachtet. Sie kam auf mich zu und drückte mir einen Holzstab in die Hand, mit dem ich die Waschbrühe nebst Wäsche umrühren sollte.

Dabei achtete ich aber immer weniger auf den Waschvorgang, sondern hatte nur noch Augen für diese junge Frau, die meine ganze Aufmerksamkeit in ihren Bann schlug.

Je mehr ich sie ansah, desto hübscher kam sie mir vor.

Endlich war es soweit, das Waschbrett kam jetzt zum Einsatz, wobei Constance und ich uns gegenseitig mit dem Rubbeln der Wäsche darauf ablösten.

Da ich wusste, dass man dieses nützliche Utensil nicht nur zum Wäschewaschen verwenden konnte, sondern auch in späteren Jahren zum Musikmachen, versuchte ich mich natürlich auch als Pseudomusiker und begann, irgendwelche komische Rhythmen darauf zu spielen.

Constance und Marie sahen mich zuerst etwas befremdet an, dann wieherte Constance plötzlich los, während Marie nur kopfschüttelnd dabeistand.

Als ich merkte, dass ich etwas übertrieb, fuhren wir mit den weiteren Waschvorgängen fort und hängten meine inzwischen wieder sauber gewordenen Sachen an einer Wäscheschnur auf.

Marie war inzwischen wieder in der Villa verschwunden, um ihrer üblichen Hausarbeit nachzugehen. Zurück blieben nur wir beide und Constance wiederholte ihr Angebot, mir schon in den nächsten Tagen ihr Revier, so nannte sie es, zu zeigen. Dabei blickte sie in Richtung des Pfarrhauses, so, um sich zu vergewissern, dass ihr niemand zuhören konnte. „Ich kenne auch eine Stelle, welche unser Pfarrer schon ein paar Mal aufgesucht hat. Keine Ahnung, was er dort wollte. Aber, wenn Sie wollen, Monsieur Jacques", sie zwinkerte mir verschwörerisch zu, „dann zeige ich sie Ihnen."

Dies war für mich die eigentliche Überraschung und ich wurde sofort hellhörig, durfte mir aber keine übertriebene Neugier anmerken lassen. „Oh, ich denke, hier gibt es bestimmt jede Menge Interessantes zu entdecken. Sie haben mich neugierig gemacht. Wann wollen wir damit anfangen?"

„Nun, heute Nachmittag habe ich leider keine Zeit mehr, denn mein Vater benötigt mich noch beim Ziegenhüten. Zusammen mit meinem Bruder will er den Weidezaun in Ordnung bringen, bevor der Winter kommt. Deshalb muss ich auf die Tiere aufpassen. Aber wenn Sie wollen, können wir uns morgen Vormittag treffen, dann können wir losziehen."

Damit war ich einverstanden und wir verabschiedeten uns voneinander. Es imponierte mir von Anfang an, dass sie überhaupt nicht schüchtern war und eine ziemlich burschikose Art an den Tag legte. Wieder im Waschhaus angekommen, beschloss ich, bis zum Mittagessen die nähere Umgebung noch etwas auf eigene Faust zu erkunden. Dabei hatte ich keinen festen Plan und spazierte deshalb zuerst gemütlich durch das Dorf.

Ich genoss den Anblick spielender Kinder, die in ungezügelter Lebensfreude durch die Straßen stoben. Ich kam dadurch zu dem Schluss, dass die Jugend damals vielleicht glücklicher war als heute im 21. Jahrhundert, wo sie nicht mehr ohne Computer und Handys auskommen konnte.

Als ich den Ort verlassen hatte trabte ich langsam den staubigen Weg nach Couiza hinab. Nach etwa einer halben Stunde ruhte ich mich auf einem kleineren Felsbrocken am Wegesrand aus. Ich drehte mein Gesicht direkt in die Richtung der tiefer stehenden Sonne, um mich von ihr kräftig wärmen zu lassen.

Manch einer der vorbeikommenden Dörfler musste mich von weitem bestimmt für ihren Abbé halten, da ich seine Kleidung trug. Beim Näherkommen wurden sie jedoch ihres Irrtums schnell gewahr und grüßten mich schüchtern.

Ich beschloss, die Straße nicht zu verlassen, da ich sie sonst beim Durchstreifen des sehr dichten Waldes womöglich noch beschädigt hätte. Dennoch kam es mir in den Sinn, dass sich irgendwo unterhalb von meinem Standort ein Hohlweg befinden musste, welcher möglicherweise zu einer geheimen Grotte führen könnte, in der sich … aber ich wollte lieber den morgigen Tag abwarten und war gespannt darauf, was mir meine neue Bekanntschaft zeigen würde.

Auf einmal musste ich an eine Legende denken, die besagte, dass ein Schäferjunge aus Rennes-le-Château im Jahre 1645 auf der Suche nach einem verirrten Tier seiner Herde in ein Loch fiel, das sich als geheimer Zugang zu einer Grotte entpuppte. Dort fand er angeblich einen Schatz voller wertvollem Geschmeide. Allerdings brachte ihm dieser Fund kein besonderes Glück, da ihn seine Mitbürger aus lauter Wut darüber getötet hatten, dass er ihnen den Fundort auf keinen Fall verraten wollte.

Zwar bestanden bis in die Gegenwart massive Zweifel daran, aber vielleicht konnte ich, wenn ich demnächst mit Bérenger darüber sprechen konnte, noch einiges mehr in Erfahrung bringen. Was aber nicht heißen musste, dass es sich um denselben Schatz handelte, wie ihn Saunière gefunden hatte. Jedenfalls war ich mir sicher, dass mich dieser nicht belügen würde, soviel Vertrauen musste er inzwischen zu mir haben.

Ein anderer Gedanke bemächtigte sich meiner. Was passierte, wenn ich durch den Fund des Schatzes von Rennes-le-Château tatsächlich in den Lauf der Geschichte eingreifen würde? Ich konnte es nicht abschätzen, wahrscheinlich würde es dazu führen, dass hier irgendwann der Teufel los sein würde und dass das Dorf kein solches mehr bleiben würde. Der Tourismus würde sich noch viel mehr entwickeln, als es bisher der Fall wäre. Man würde alles zubetonieren mit Hotels und Geschäften und vom Mythos Saunières bliebe nicht mehr viel übrig. Und das Schlimme daran wäre, das ich dies alles dann alleine zu verantworten hätte.

Wollte ich dies überhaupt? Nein, ich durfte auf keinen Fall eingreifen und musste mich als neutraler Beobachter zurückhalten, soweit es möglich war.

Dies redete ich mir zumindest jeden Tag krampfhaft ein. Ich nahm mir vor, mich daran zu halten, komme, was wolle.

Des vielen Nachdenkens überdrüssig, erhob ich mich wieder und beschloss, noch ein Stück bergab zu gehen. Dabei ließ ich meinen Blick nach oben schweifen, um mir die Kronen der sehr gesunden und vor Kraft strotzenden Bäume anzusehen.

Fünfzig bis sechzig Jahre später würden hier viele Autos und Busse die steile Serpentinenstraße herauffahren und Tagestouristen mit sich führen, die dann oben angekommen in den Souvenirladen und Saunières aus dem Dorf herausragende Bauwerke einfallen würden, darunter natürlich vor allem Esoteriker, welche sich eine besondere Inspiration von diesem mystisch-magischen

Ort erhoffen. Schatzsucher aber würden weiterhin nichts finden, da die Zugänge zu einer oder mehrerer Grotten, welche vielleicht Gold beherbergen würden, sowieso zugewachsen wären. Was davon übrigbleiben würde, wäre der Mythos eines einsamen Bergdorfes am Fuße der mächtigen Pyrenäen.

Zum jetzigen Zeitpunkt zog ich es jedenfalls vor, die Ruhe zu genießen, welche hier noch herrschte und die nur von Vogelgezwitscher und dem vereinzelten Ruf eines Kuckucks unterbrochen wurde.

Das war es, was ich an Südfrankreich so liebte, die wunderbare Natur und der herrlich würzige Duft der berühmten Kräuter dieser Gegenden.

Nach einer geraumen Zeit beschloss ich, meine Erkundungen fürs Erste zu beenden und mich wieder zurück ins Dorf zu begeben. Als ich mich wieder auf der Dorfstraße befand, konnte ich von weitem zwei Männer erkennen, welche gerade die Kirche verließen.

Es handelte sich um den alten Antoine und seinen jüngeren Kollegen Felix. Ich vermutete, dass sie Saunière in der Kirche bei bestimmten Arbeiten geholfen hatten, da es sicherlich noch einige Sachen dort zu erledigen galt.

Hierbei bedauerte ich es aufs Neue, dass man bei derlei Dingen bisher auf meine Hilfe verzichten wollte. Ich stand schließlich immer noch tief in der Schuld meines Gastgebers und wollte diese endlich einmal abtragen.

Als ich die Küche des Pfarrhauses betrat, war Marie schon wieder dabei, das Mittagessen zuzubereiten. Ein weiteres Mal machte sie mir dabei ein Kompliment, wie überraschend gut mir Saunières Kleidung passen würde und bemerkte dabei spitz, dass ich dadurch anscheinend sogar einen gewissen Erfolg bei den Frauen des Dorfes hätte. Natürlich wusste ich, worauf sie hinauswollte und wiegelte sofort ab. Scherzhaft erklärte ich ihr, dass ich nicht die Absicht hätte, mir eine Zweitfrau zuzulegen. Insgeheim aber dachte ich, dass dies eigentlich gar nicht so abwegig wäre. Wer wusste schließlich, ob ich jemals wieder im richtigen Jahrhundert landen würde? Da konnte es vielleicht nicht schaden, zweigleisig zu fahren.

Aber das verriet ich ihr selbstverständlich nicht. Sie meinte jedenfalls, dass meine Bekleidung mittlerweile fast schon wieder trocken wäre und ich sie spätestens heute Abend wieder anziehen könnte. Zwar hatte sie noch vor, sie zu bügeln, aber das konnte ich ihr nach einer kurzen Erklärung wieder ausreden.

Dann bot ich mich an, den Abbé aus seiner Kirche zum Essen zu holen. Nach einem kurzen Türenwechsel konnte ich gerade noch verfolgen, wie Bérenger seine Dokumente wieder in einem der Pfeiler seiner Kirche verschwinden ließ.

Ich räusperte mich kurz, um ihn nicht zu erschrecken. Trotzdem fühlte er sich offensichtlich wie ein kleines Kind, das man bei einem Streich ertappt hatte, denn er zuckte merklich zusammen, als er mich erblickte.

„Wissen Sie, Jacques, manche Dinge in dieser Kirche haben nun mal ihren festen Platz – dort waren sie schon immer und da sollen sie auch bleiben. Ich weiß nicht, was Sie beobachtet haben, vielleicht auch, weil ich leichtsinnigerweise vorher die Kirche nicht zugesperrt habe, aber sehen Sie mir es bitte nach, dass ich Ihnen nichts dazu sagen kann. Der Kreis derer, die etwas darüber wissen, ist nicht besonders groß und das soll nach Möglichkeit auch so bleiben. Vielleicht verrate ich es Ihnen einmal später, zum jetzigen Zeitpunkt ist es jedenfalls noch zu gefährlich für Sie – und für mich. Übrigens habe ich mitbekommen, dass Sie heute mit Marie einen Waschtag eingelegt haben. Wie erledigt man dies eigentlich im 21. Jahrhundert? Nebenbei bemerkt, meine Freizeitkleidung steht Ihnen ausgezeichnet, aber ich gehe mal davon aus, dass man in Ihrem Jahrhundert wieder ganz anders herumläuft. Habe ich Recht?" Damit wollte er eindeutig vom Thema ablenken.

Ich tat ihm den Gefallen und erklärte ihm das Prinzip der Waschmaschinen und dass man in meiner Zeit immer häufiger die Mode wechselt. Dies befremdete ihn doch einigermaßen, da er einfach den Geist der schnelllebigen Zeit nicht ganz nachvollziehen konnte, schon gar nicht, dass man heutzutage Geräte nicht mehr reparierte, sondern gleich wegwarf.

Traulich vereint saßen wir wieder beim Essen zusammen. Zu meiner großen Freude gab es dieses Mal erneut ein Cassoulet. Es schmeckte mir einfach von Mal zu Mal besser und ich freute mich inzwischen riesig darauf.

Gedankenverloren und schweigend leerten wir nun unsere Teller. Nach dem Essen wandte sich Marie an Bérenger. „Du wolltest doch Monsieur Berger etwas fragen." Sie nickte ihm aufmunternd zu. Dieser zierte sich zunächst etwas und zündete sich erst einmal nach dem Essen eine Zigarette an. Dann blies er den Rauch aus und begann, mir von der Depesche aus Lyon zu erzählen. Als er damit geendet hatte, verriet er mir, dass es ihm eine große Freude bereiten würde, wenn ich ihn dorthin begleiten könnte. Dadurch würde ich noch einen großen Teil von Südfrankreich kennenlernen.

Ich tat so, als wäre ich perplex angesichts dieser "überraschenden" Offerte und versuchte, ihm vorzugaukeln, dass ich etwas Bedenkzeit bräuchte. Außerdem würde ich gar nicht über genügend finanzielle Mittel verfügen, um ihn zu begleiten.

Daraufhin wiegelte er ab und meinte, er würde selbstverständlich sämtliche Kosten übernehmen, ich solle mich getrost von ihm als eingeladen betrachten.

Saunière bekam jetzt auch noch eindringliche Unterstützung von der guten Marie.

Nach weiterem gespieltem Zögern, ließ ich mich am Ende doch breitschlagen.

Deshalb beschlossen wir, den Abreisetag auf den übernächsten Tag zu legen. Ich merkte dennoch, dass meine Nervosität von diesem Augenblick an langsam unaufhaltsam anstieg. Was würde uns erwarten, so fragte ich mich und warum wollten beide, dass ich Bérenger unbedingt begleiten sollte? Lauerte möglicherweise eine Gefahr auf uns, wenn wir in Lyon ankämen?

Offensichtlich hatte er keine Wahl und verabschiedete sich immer mehr von dem Gedanken, dass ich ihn ausspionieren könnte, so dachte ich.

Jedenfalls war ich gespannt darauf, was uns dort erwarten würde. Diese Bücher, für die er die Reise auf sich nahm, mussten etwas sehr Wichtiges für ihn enthalten. Mir hatte er nur erzählt, sie würden mit viel Glück eine Bestätigung für seine bisherigen wissenschaftlichen Forschungen darstellen und in unmittelbarem Zusammenhang mit den in der Kirche aufbewahrten Dokumenten stehen.

Was mich betraf, so beschloss ich, mich völlig unwissend und unbefangen zu stellen. Schließlich wusste ich ja angeblich nichts darüber.

Saunière verabschiedete sich wieder, um sich wie immer in seinen Turm zurückzuziehen. Sein ruheloser Geist arbeitete immerzu. Dabei hatte er keinerlei Interesse an dem schönen Herbstwetter, welches im Oktober des Jahres 1897 herrschte und förmlich zum Spazierengehen einlud.

Andererseits war er jederzeit für seine Gemeindemitglieder zu sprechen, wenn sie ihn wegen eines Problems aufsuchten. Selbst Caclar, den Gemeindepräsidenten wies er nicht ab, auch wenn es ihm schwerfiel. Er unterbrach dazu sogar seine Studien.

Außerdem hatte ich einmal in meiner Zeit gelesen, dass die Einwohner von Rennes-le-Château durchaus von seinem Reichtum mitprofitiert hätten, indem er für sie in der Villa Bethania ab und zu Bankette abhielt, wo sie sich richtig satt essen konnten. Er war ein gütiger Mensch und ging nur auf Abstand, wenn man ihm zu nahe auf die Pelle rückte.

Ich blieb noch eine Weile bei Marie und wir unterhielten uns noch über dieses und jenes, wobei sie natürlich versuchte, herauszufinden, wie mein Eindruck von Constance war.

Aber ich sagte ihr, dass ich nach wie vor meiner Frau gegenüber treu wäre und auch keine Absichten hegte, diesen Zustand auf Dauer zu ändern. Außerdem wäre sie viel zu jung für mich. Dennoch redete ich mich da in ein Problem hinein, weil ich mich andererseits locker mit ihr verabredet hatte für den nächsten Tag.

Wie konnte ich mich unbemerkt mit ihr treffen? Constance würde sicherlich hierherkommen, um mich abzuholen.

Ich musste mir eine Ausrede einfallen lassen, koste es, was es wolle oder noch besser, vielleicht konnte ich herausfinden, wo sie wohnte und ihr zuvorkommen. Oder ihr zumindest morgen ein Stück entgegengehen, ohne dass es besonders auffiel. Das Problem war nur, dass ich keine genaue Uhrzeit mit ihr ausgemacht hatte.

Probleme über Probleme, aber möglicherweise würde sich trotzdem alles in Wohlgefallen auflösen. Mir blieb nichts Anderes übrig als abzuwarten.

Nach zwei Tassen guten französischen Kaffees verließ ich die Dénarnaud endgültig, nicht ohne mir von ihr einschärfen zu lassen, dass ich unbedingt pünktlich zum Abendbrot erscheinen solle. Es gäbe noch einiges zu besprechen wegen der Lyonreise.

Ich überlegte, wo ich mich hinbegeben sollte und beschloss, noch einmal Richtung Couiza den Berg hinunter zu laufen, natürlich mit der insgeheimen Hoffnung, den vorher beschriebenen geheimen Hohlweg zu finden. Dass dies schon etliche vor mir versucht hatten, war mir in diesem Moment ziemlich egal. Ich ließ mich einfach treiben. Dabei genoss ich die herrlich bunte Verfärbung des Laubes an den Bäumen und die milde reine Luft. Beides verlieh mir ein wunderbar wohliges Gefühl.

In diesem Zustand nahm ich mir vor, irgendwo unterhalb des Dorfes vom üblichen Waldweg abzuschweifen und in den Forst hineinzulaufen, dabei war es mir egal, ob es sich um einen Trampelpfad handelte oder nicht. Ich durfte mich nur nicht zu weit vom Weg entfernen, wenn ich später wieder herausfinden wollte.

Es gab hier viel Unterholz, aber auch abgestorbene Bäume, welche man einfach liegen ließ. Dabei wusste ich nicht, ob man damals bereits dasselbe Verfahren anwendete, wie heute in der Gegenwart, wo man entwurzelte umgestürzte Bäume bewusst liegen ließ.

Gab es überhaupt einen Förster? Ich wusste es nicht. Jedenfalls bewirkte dieses Dickicht ein unheimliches Gefühl bei mir und je weiter ich vordrang, desto dunkler wurde es. Allmählich kam ich nicht mehr vorwärts und mir wurde klar, dass ich hier garantiert nicht nach Saunières Schatz zu suchen brauchte, es sei denn, ich hätte eine Machete oder ähnliches bei mir. Also kehrte ich wieder um und hatte bereits tatsächlich leichte Probleme, auf den Weg hinauszukommen. Ich wollte vor allem nicht riskieren, meine Sandalen kaputtzumachen. Es ging gerade noch so und endlich erblickte ich wieder den breiten Weg, welcher Couiza und Rennes-le-Château miteinander verbindet. Froh darüber, wieder auf festerem Boden zu stehen, gönnte ich mir zunächst eine kleine Verschnaufpause, genug Bewegung hatte ich jedenfalls hinter mich gebracht.

Als ich etwas später die Straße hinabblickte, sah ich etwas weiter entfernt eine dunkle Gestalt um die nächste Kurve biegen. Sie bewegte sich zwar nicht besonders schnell, dafür aber ziemlich gleichmäßigen Schrittes bergaufwärts auf mich zu.

Die Person kam immer näher und ich erkannte einen etwa mittelgroßen und von der Gestalt her gedrungen wirkenden Mann. Er war sehr seriös gekleidet und hatte eine Halbglatze, die auf einem Gesicht saß, dessen einzige Zierde ein markanter roter Schnurrbart bildete. In der einen Hand trug er einen Zylinder, die typische Kopfbedeckung dieses Jahrhunderts. Wahrscheinlich war er ihm unterwegs zu warm geworden. Dennoch schwitzte er aufgrund der relativ hohen Herbsttemperaturen sehr im Gesicht.

Er ging an mir vorüber, musterte mich dabei mit einem sehr abschätzenden Blick und brachte nur ein undeutliches „njour" zwischen seinen Lippen hervor.

Ich erwiderte freundlich seinen Gruß, da ich nicht unhöflich erscheinen wollte und schickte mich an, ebenfalls meinen Weg fortzusetzen. Auf einmal hörte ich ein halblautes „Monsieur" hinter mir.

Ich drehte mich um und es folgte sogleich noch ein „auf ein Wort." Ich ließ mich nicht lange bitten und ging auf ihn zu. „Ja, bitte?".

Als wir uns gegenüberstanden, musterte er mich erneut von oben nach unten und ich fragte ihn, was er denn von mir wolle.

Was ich denn in dieser Gegend mache, kam er ohne viel Federlesens zur Sache. Es komme schließlich nicht jeden Tag vor, dass man hier Fremde treffen würde.

„Das glaube ich gerne", versuchte ich ihn aufzuklären, „aber ich konnte mir leider nicht aussuchen, dass ich hier gestrandet bin. Dennoch will ich Ihre Neugierde nicht länger auf die Folter spannen. Mein Name ist Jacques Berger und ich bin ein Reisender aus dem Deutschen Kaiserreich. Ich wohne mehr oder weniger freiwillig im Pfarrhaus und mein Gastgeber, Abbé Saunière, dürfte Ihnen hinlänglich bekannt sein. Ihren Äußerungen entnehme ich, dass Fremde hier nicht besonders willkommen zu sein scheinen. Leider muss ich Ihnen aber mitteilen, dass ich noch nicht weiß, wie lange ich mich hier noch aufhalten werde. Meine bescheidenen finanziellen Möglichkeiten erlauben es mir nämlich im Moment nicht, meine Exkursion in diesem Land fortzusetzen. Sie werden mich also wohl oder übel noch einige Zeit ertragen müssen." Dies war ganz schön frech, aber er war ja andererseits auch nicht besonders freundlich zu mir. „Verzeihung, aber Sie haben sich mir eigentlich noch gar nicht vorgestellt. Mit wem habe ich das Vergnügen? Schließlich wird man nicht alle Tage auf offener Straße von jemandem angesprochen."

„Ich heiße Caclar", kam es nun aus seiner stolzgeschwellten Brust, „und bin der Gemeindepräsident von Rennes-le-Château. Normalerweise habe ich auch ein Recht darauf, von fremden Gästen unseres Abbé zu erfahren, vor allem, wenn sie beabsichtigen, seine Gastfreundschaft länger in Anspruch zu nehmen. Aber ich habe nichts Anderes von ihm erwartet."

In puncto Schlagfertigkeit war er mir ebenbürtig. Und ich war auch nicht überrascht, dass es Caclar war, an den ich hier geraten war. Sein ganzes Imponiergehabe, seine Art sich zu bewegen und zu sprechen, ließen es mich schon vorher ahnen. Also erzählte ich ihm, dass ich nichts davon wusste, dass man sich im Rathaus melden sollte, wenn man beabsichtigte, hier etwas länger als geplant zu verweilen. Ich versprach ihm, dies umgehend nachzuholen, um keinen weiteren Ärger zu bekommen. Dabei wurde mir bewusst, dass ich mit meinem deutschen Personalausweis nicht gerade glaubhaft erscheinen würde. Aber immerhin hatte ich den Bürgermeister jetzt etwas besänftigen können. „Sagen wir, es wäre auch nicht Ihre Aufgabe gewesen, sich hier auf dem Rathaus zu melden, Monsieur …, wie war noch mal der Name?"

Ich verriet ihm diesen nochmals.

„Saunière hätte Bescheid geben müssen. Aber das ist mal wieder typisch für ihn. Nur weil er eisern an seiner

Monarchie festhält, ist er der Meinung, die Regierung und die von uns Republikanern gemachten Gesetze hätten für ihn keine Bedeutung und würden ihn auch gar nichts angehen. Als Pfarrer meint der Herr, er könne ja tun und lassen, was er für richtig hielte." Er steigerte sich langsam wieder in Rage und ich konnte verfolgen, wie sein Kopf dabei immer röter wurde. Dazu begann er ein weiteres Mal, heftig zu transpirieren. Er zog ein blütenweißes Taschentuch aus seiner von Hosenträgern gehaltenen Hose und wischte sich damit über Gesicht und Glatze.

„Sie scheinen mir nicht besonders gut auf ihn zu sprechen zu sein", erwiderte ich mit gespieltem Erstaunen. „Ich selbst kann eigentlich nichts Negatives über ihn behaupten. Sowohl er als auch seine Haushälterin Mademoiselle Dénarnaud haben mich bisher sehr freundlich und aufmerksam behandelt. Nur, weil jemand andere politische Ansichten sein Eigen nennt, muss er doch deswegen kein schlechter Mensch sein. Finden Sie nicht auch?"

„Papperlapapp! Sie kennen ihn noch nicht richtig. Er ist eine Schlange, seien Sie vorsichtig. Er kann auch anders."

„Wie darf ich das verstehen?"

„Nun, er neigt ab und zu zu Gewalttätigkeiten und dafür gibt es jede Menge Beispiele."

„…?"

„Doch, da gibt es Dinge, die man mir damals erzählte, als er vor zwölf Jahren in unser Dorf kam. Bereits zu dieser Zeit war er bekannt für seine klassischen Wutausbrüche."

„Darf ein Pfarrer nicht auch mal schlechte Laune haben?"

„Das meine ich nicht damit. Es ist viel schlimmer. Man erzählte sich nämlich, er hätte, als er zum ersten Mal seinen Fuß in die zu diesem Zeitpunkt noch halb verfallene Kirche setzte, vor Wut über den erbärmlichen Zustand dieses Gebäudes dort zu randalieren begonnen, indem er geweihte Gegenstände wie der leibhaftige Teufel herumgeworfen habe. Außerdem erzählte man sich, dass er sich in jungen Jahren mehrfach mit der jüngeren Dorfbevölkerung angelegt und den einen oder anderen dabei verprügelt haben soll. Sie wissen ja, dass er von kräftiger Statur ist und keine Herausforderung scheut. Selbst mir hat er schon des Öfteren bei verschiedenen Auseinandersetzungen durch seine Körpersprache gedroht. Deshalb warne ich Sie nochmal, vorsichtig zu sein.“

Das war starker Tobak. Dabei dachte ich mir, entweder Saunière mag einen oder eben nicht. Ich musste an die berühmten Filme von Don Camillo und Peppone denken, wobei ich fast einen Heiterkeitsausbruch bekam.

Dennoch ließ ich Caclar in dem Glauben, seinen Ratschlag zu beherzigen. Ich lenkte vom Thema ab, indem ich erwähnte, dass es mir hier sehr gut gefalle und bekam ein paar Vorschläge, was ich mir hier noch unbedingt ansehen müsse.

Der Bürgermeister wirkte jetzt schon wesentlich aufgeräumter. Sein ganzer Stolz war dabei natürlich sein Rathaus und ich musste ihm versprechen, unbedingt in den nächsten Tagen dort vorbeizukommen, weil er mir noch einiges erzählen müsste. Dann entließ er mich endlich und wir zogen beide unseres Weges.

Sobald er aus meinem Blickfeld verschwunden war, blieb ich stehen. Ich konnte mir vorstellen, dass der Gemeindepräsident durch seinen Hass oder Neid auf Saunière nicht zögern würde, ihn jederzeit bei der geringsten Verfehlung ans Messer zu liefern. Außerdem war mir klar, dass er ein Auge auf die Dokumente geworfen hatte und sie unbedingt für sich haben wollte. Ich war gespannt darauf, wie sich das Ganze noch entwickeln würde.

Dann setzte ich meinen Weg fort und erreichte die nächste Wegbiegung. Ihr Anblick kam mir dabei seltsam vertraut vor und ich erinnerte mich daran, schon einmal dort gewesen zu sein. Natürlich, das war über hundert Jahre später und ich befand mich genau an jener Stelle, an welcher sich um diese Zeit ein großer Parkplatz für PKWs und Busse befunden hatte. Hier hatte ich auch unseren Leihwagen geparkt. Sofort befiel mich eine wehmütige Erinnerung und mir wurde ganz schwindelig. Gleichzeitig zog mich in diesem Augenblick irgendetwas nach unten und ich musste mich auf einen Baumstumpf setzen. Schlagartig befiel mich eine Müdigkeit und ehe ich mir`s versah, war ich im Sitzen eingeschlafen und hatte einen seltsamen Traum.

Ich konnte ein großes, nicht besonders gemütliches Zimmer erkennen. An den vier Wänden befanden sich einfache und absolut nichtssagende Bilder. Ich selbst lag in einem Bett und ein metallisches Nachttischschränkchen stand auf meiner rechten Seite. So etwas kannte ich bisher nur aus Krankenhäusern und die restliche Einrichtung ließ darauf schließen, dass ich tatsächlich in einem war. Den größten Schock bekam ich allerdings, als sich plötzlich die Türe öffnete und eine mir nur zu gut bekannte Person hereinkam: meine Ehefrau Claudia.

Als sie an mein Bett trat, blickte sie mich sorgenvoll an und sagte etwas, aber ich konnte sie nicht verstehen. Es dauerte ein paar Minuten, in denen sie immer wieder auf mich einredete und ich dämmerte dabei langsam wieder in einen schlafähnlichen Zustand. Schließlich konnte ich mich nicht mehr wachhalten und mir wurde es erneut schwarz vor den Augen.

Eine gewisse Zeit später hörte ich Vogelgezwitscher und den Ruf eines Kuckucks. Ich schlug die Augen auf und sah mich wieder an derselben Stelle, wo ich offensichtlich vorher eingenickt war – im Wald bei Rennes-le-Château.

Als ich mich umdrehte, erschrak ich.

Hinter mir stand eine Gestalt, die ich zuerst nur schemenhaft erkannte. Ich rieb mir die Augen und konnte die Person endlich erkennen. Es war Felix.

„Geht es Ihnen gut, Monsieur?", fragte er. „Ich habe den Auftrag, nach Ihnen zu suchen. Mademoiselle Dénarnaud macht sich Sorgen um Sie. Außerdem bittet sie, dass Sie in die Villa Bethania kommen."

„Ist es etwas Wichtiges?"

„Das weiß ich nicht."

Ich erhob mich und wir gingen beide zurück Richtung Dorf. Unterwegs sprachen wir über alles Mögliche und ich stellte dabei fest, dass mein Begleiter ein sehr aufgeweckter junger Bursche war, ganz im Gegensatz zu dem des Öfteren recht griesgrämig dreinblickenden Antoine, dem man manchmal jedes Wort aus der Nase ziehen musste. Felix jedenfalls sprudelte nur so über von Zuversicht und deswegen erzählte er mir auch, dass Abbé Saunière, den er in den höchsten Tönen lobte, ihn Anfang nächsten Jahres auf eine Schule nach Carcassonne schicken wolle. Er schwärmte mir vor, dass er dort eine richtige Ausbildung erhalten solle. Seine Eltern wären sehr stolz auf ihn. Er hätte Abbé Saunière versprochen, sich größte Mühe zu geben, um das in ihn gesetzte Vertrauen auf keinen Fall zu enttäuschen. Aufmerksam hörte ich ihm zu und wünschte ihm zu guter Letzt alles Gute für sein Vorhaben.

Dann befanden wir uns auch schon vor dem luxuriösen Pfarrhaus und als ich eintrat, empfing mich Marie mit der Bemerkung, dass es noch einige wichtige Dinge zu besprechen gäbe wegen des geplanten Ausflugs mit Bérenger nach Lyon.

Gemeinsam warteten wir nun auf Saunière, der ebenfalls versprochen hatte, sogleich zu kommen. Derweil schenkte ich mir aus einem Krug, den sie auf den Tisch gestellt hatte, Wasser ein, da ich vom vielen Reden und der spätherbstlichen Wärme sehr durstig geworden war. Ich trank mein Glas in einem Zug leer und dachte währenddessen noch einmal an meinen seltsamen Traum.

Inzwischen betrat Bérenger ebenfalls die Küche und sah genauso geschafft aus wie ich. Nachdem er sich zu uns gesetzt hatte, nahm er dankbar einen großen Schluck Wasser zu sich. Dann kam er ohne viel Umschweife zur Sache und erklärte mir, wie unsere Reise in den nächsten Tagen ablaufen würde. Die Abreise wäre bereits morgen und er empfahl mir, möglichst zeitig ins Bett zu gehen, da die Nacht morgen früh für uns bereits um 6 Uhr zu Ende wäre.

Ich war etwas überrascht, da ich davon ausgegangen war, dass wir erst übermorgen fahren würden. Außerdem fiel mir ein, dass ich ja noch mit Constance für den nächsten Tag eine Verabredung hatte. Wie konnte ich sie jetzt noch benachrichtigen, dass es nicht klappen würde?

Ich nahm mir vor, später Marie um Rat zu fragen, sie brauchte ja nicht unbedingt zu wissen, was wir vorhatten.

Ich war mir auch sicher, dass Constance ebenfalls nichts verraten würde und Verständnis für mich hätte. Ich konnte mich ja mit ihr treffen, wenn ich wieder im Land war.

Trotzdem war ich leicht schockiert ob des frühen Aufstehens am nächsten Tag. Andererseits erfüllte es mich aber auch mit einer gewissen angespannten Unruhe, weil ich nicht wusste, was uns erwarten würde.

Als nächstes eröffnete er mir, dass es nicht lange dauern würde, bis wir in Lyon wären. Die Verbindung dorthin sei sehr gut und wir müssten nicht oft umsteigen.

Dann war Marie an der Reihe. Ihr als Hausfrau oblag es natürlich, unsere beiden Reisetaschen, die aus schwerem Leder und bestimmt nicht billig gewesen waren, mit dem Nötigsten zu füllen, was man für einen „Kurzurlaub" benötigte.

Bérenger hingegen interessierte dies wenig, er war es gewohnt, dass sich Marie ausgiebig darum kümmerte und wollte mit solchen Nebensächlichkeiten nicht weiter belästigt werden. Als Herr des Hauses sah er sein Betätigungsfeld in der Organisation der Reise. Ich sah die Gelegenheit gekommen, ihn ein weiteres Mal nach den Büchern zu fragen, die er beabsichtigte, in dieser Stadt zu erwerben. Jedoch erhielt ich nur eine ausweichende Antwort, er meinte, das würde ich noch früh genug erfahren.

Also musste ich mich damit zufrieden geben.

Er sah das Thema als beendet an und schien mir in Gedanken schon wieder ganz woanders zu sein.

Dann kam die Zeit fürs Abendbrot und meine beiden Gastgeber saßen entspannt am Tisch, es war ihnen keinerlei Aufregung anzumerken. Dies konnte ich keinesfalls von mir selbst behaupten.

Bérenger merkte dies und versuchte, meine Aufregung zu vertreiben, indem er lustige Reiseerlebnisse zum Besten gab.

Saunière betrachtete das Ganze als reine Routineangelegenheit und Marie blieb ebenfalls ziemlich ruhig und unbeeindruckt. Sie war wahrscheinlich aus ihrer Erfahrung heraus schon einiges in dieser Richtung gewöhnt.

Trotzdem hatte ich noch eine Frage an Bérenger. Ich wollte von ihm wissen, wer ihn denn in der Zeit seiner Abwesenheit vertreten würde. „Das übernimmt Abbé Boudet. Er wird sich um das Nötigste kümmern. Allerdings habe ich von ihm verlangt, dass er niemandem etwas über diese Reise erzählt. Wenn ihn jemand danach fragen sollte, so wird er ihm sagen, dass ich für ein paar Tage infolge Krankheit das Bett hüten muss."

Das kam mir sehr seltsam vor. Warum sollte es ein Geheimnis bleiben? Hatte er Angst, dass uns jemand hinterherfahren könnte, um herauszufinden, was Saunière vorhatte? Mussten wir mit einem heimlichen Verfolger rechnen?

Mir fiel aus meinem immensen Wissensschatz über Rennes-le-Château ein, dass Marie immer Briefe abschicken musste, um zu verheimlichen, dass Saunière mal wieder auf Reisen war.

Ich rechnete nun damit, dass wir uns auf Einiges gefasst machen konnten. So etwas trug nicht gerade zu meiner Beruhigung bei.

Nachdem alles geklärt war, zog sich jeder von uns langsam zurück, um für den nächsten anstrengenden Tag ausgeruht zu sein.

Wie ich im Bett lag, kam mir wieder dieser eigenartige und mysteriöse Traum in Erinnerung. Ich versuchte zu ergründen, was es wohl damit auf sich hatte, kam aber zu keinem rechten Schluss. Ich sah dabei ganz deutlich das Bild meiner Frau vor meinem geistigen Auge. Was wollte sie mir mitteilen?

Eine furchtbare Sehnsucht nach ihr überwältigte mich und ich stellte mir vor, dass sie sich vielleicht in Gefahr befinden könnte. Oder machte sie sich Sorgen um mich? In meinem Traum sah ich mich in einem Krankenhausbett. Nach allem, was ich erkennen konnte, musste etwas Furchtbares passiert sein.

Ich lag noch länger wach und konnte nicht einschlafen. Das konnte ja heiter werden, wenn ich irgendwann am morgigen Tag unterwegs eindösen würde. Eine fürwahr schlechte Gesellschaft für Bérenger. Aber das Schicksal war gnädig. Ein, zwei Stunden später schlummerte ich langsam ins Land der Träume hinüber.

ABREISE

Die Nacht war ziemlich kurz und ich konnte am Morgen nur reichlich benebelt und in dämmerndem Zustand des Unterbewusstseins Maries Klopfen an der Türe vernehmen.

Auf ihre Frage, ob ich wach wäre, konnte ich nur ein gequältes „Ja" herausbringen. Ich musste ihr aber versprechen, so bald wie möglich am Frühstückstisch zu erscheinen.

Noch etwas widerwillig stand ich auf und verrichtete zuerst meine übliche Katzenwäsche, welche mich aber auch nicht munterer werden ließ. Im Gegenteil, ich musste sogar aufpassen, dass ich nicht vollends die Treppe hinunterstürzte und konnte mich gerade noch abfangen. Ich hoffte, am nächsten Tag in Lyon wieder etwas auszuschlafen.

Als ich mich noch reichlich benommen am Türstock festhielt und nur ein nicht besonders deutliches „n Morgen" brummte, amüsierten sich Bérenger und Marie gleichzeitig darüber. Ihnen merkte man gar nicht an, ob sie noch müde waren. Ich fragte mich, wie man so früh schon so munter sein konnte und setzte mich zu ihnen an den Tisch. Immerhin deutete das üppige Frühstück darauf hin, dass ich dadurch wesentlich wacher werden könnte. Sie luden mich ein, kräftig zuzulangen. Wer wusste, ob und wann wir heute zum Essen kämen. Obwohl Marie natürlich dafür sorgte, dass wir unterwegs nicht Hungers zu leiden bräuchten. Aber man wusste ja nie.

„So wie es aussieht, scheinen wir heute gutes Reisewetter zu haben", erklärte mir ein gut gelaunter Bérenger. „Da können wir die herrliche Landschaft der Provence genießen, durch die heute unser Weg führt. So etwas sieht man nicht jeden Tag. Das kann ich Ihnen jetzt schon versprechen. Lassen Sie sich überraschen."

Ich schaute jetzt zufälligerweise zu Marie und las in ihrem Gesicht, dass sie bestimmt gerne einmal mit ihrem Bérenger dorthin gefahren wäre, aber das wusste und merkte er garantiert nicht, so wie ich ihn einschätzte.

Was mich betraf, so war ich schon einmal in dieser zauberhaften Gegend gewesen. Unsere Reise führte uns damals allerdings nach Digne-les-Bains und Avignon, wo wir den berühmten Papstpalast besichtigt hatten.

Nebenbei konstatierte ich, dass unsere Reisetaschen schon vollständig gepackt und abreisefertig bereitstanden. Das hatte den Vorteil, dass wir unser Frühstück in aller Ruhe hinter uns bringen konnten und Saunière sogar noch Zeit hatte, eine Zigarette zu rauchen. Dabei schilderte er mir alle Sehenswürdigkeiten, die sich uns auf der Reise bieten würden.

Jedoch wusste ich genau, dass wir die meiste Zeit sowieso nur im Zug verbringen würden.

Aber möglicherweise hatte ich Gelegenheit, bei entsprechend längeren Aufenthalten an den einzelnen Stationen mir trotzdem einiges von den Städten anzusehen.

Dazwischen klärte ich die Beiden auf, dass ich die Provence nicht das erste Mal bereisen würde und zum Beispiel auch schon die grandiose Gorge du Verdon, eine atemberaubende Schlucht fast vergleichbar mit dem Grand Canyon besichtigt hatte.

Zwar wusste ich nun immer noch nicht, wann unser Zug käme, aber in der Absicht, noch etwas frische Luft zu ergattern, trug ich unsere Taschen vor die Haustüre. Dort nahm ich ein paar tiefe Züge, obwohl es noch relativ kalt war und ein unheimlicher Nebel über dem Dorf lag.

Man konnte jedenfalls die Hand nicht vor den Augen sehen und es fröstelte mich leicht.

Ich wartete trotzdem noch einige Minuten, um Bérenger die Gelegenheit zu geben, sich von Marie gebührend zu verabschieden. Als ich dann ins Haus zurückkam, bekam ich gerade noch mit, dass Saunière über einen Brief sprach, der auf der Kommode lag. Marie sollte ihn unbedingt noch heute Abbé Boudet zukommen lassen.

Sie versprach ihm, Felix noch am Vormittag damit nach Rennes-les-Bains zu schicken.

Währenddessen vernahmen wir Geräusche von draußen, hauptsächlich das Klappern von Pferdehufen. Es war Zeit, sich zu verabschieden. Unser Kutscher, ein Monsieur Legrand wie ich sogleich von Saunière erfuhr, war mit seiner Kalesche vor dem Haus zum Stehen gekommen. Als ich so zwischen Tür und Angel das Gefährt erblickte, sah ich Bérenger fragend an. Er meinte aber, dass wir alle drei genügend Platz hätten und darüber hinaus sogar noch das Gepäck unterbringen könnten.

Ich verließ mich darauf, denn die Beiden hatten ja schließlich Routine, was dies anbetraf. Legrand lud also unser Gepäck auf und begrüßte uns dabei freundlich. Er war ein netter Herr mittleren Alters und fragte mich, ob ich vielleicht neu hier nach Rennes-le-Château gezogen wäre, denn er hätte mich vorher noch nie in dieser Gegend gesehen. Er käme ziemlich herum und ich wäre ihm wegen meiner Kleidung bestimmt sonst aufgefallen.

„Kommen Sie etwa aus Amerika? Dort soll man solche neumodischen Sachen tragen, habe ich gehört," wollte er von mir wissen.

Als ich ihn davon unterrichtete, dass ich aus dem Deutschen Kaiserreich stammen würde, konnte er zunächst gar nicht glauben, dass man in diesem Land schon so fortschrittlich mit der Mode wäre. Bevor er mich aber noch weiter ausfragen konnte, stießen glücklicherweise Saunière und Marie zu uns und ersparten mir dadurch weitere peinliche Fragen.

Man tauschte die üblichen Höflichkeiten bei der Begrüßung aus und unserer Abfahrt stand nun nichts mehr im Wege.

Kurz vorher legte mir Marie nochmals eindringlich ans Herz, Bérenger auf keinen Fall aus den Augen zu lassen.

Der saß bereits auf dem Kutschbock und warf ihr einen spöttischen Blick zu, als wolle er zu ihr sagen, er könne sehr gut auf sich selbst aufpassen.

Dann ging es los.

Während der Fahrt fragte uns der Kutscher, wohin es uns dieses Mal verschlagen würde.

Bérenger gab ihm bereitwillig Auskunft darüber, da er offensichtlich wusste, dass er sich auf diesen Menschen hundertprozentig verlassen könne. Dennoch ermahnte er ihn, wie immer eisern gegenüber anderen zu schweigen.

Ein weiteres Mal fragte ich mich, warum er über diese und etliche andere Reisen immer so großes Stillschweigen bewahren wollte. So sehr ich auch überlegte, ich fand keine Antwort auf diese Frage. Alleine der ganze Aufwand mit dieser geheimnisvollen Briefeschreiberei während seiner Abwesenheit kam mir mehr als merkwürdig vor.

Gab es unmittelbar in seiner Umgebung bestimmte Personen, die ihm möglicherweise unangenehme Fragen stellen konnten oder ihn gar mit einem unerwarteten Besuch in die Bredouille bringen konnten? Irgendwie befiel mich dabei ein komisches Gefühl. Die Fahrt im immer noch andauernden Nebel trug auch nicht gerade zu meiner Beruhigung bei. Mussten wir am Ende noch damit rechnen, von irgendjemandem verfolgt zu werden?

Ich versuchte, diesen Gedanken wieder zu vertreiben, allerdings gelang mir dies nur halbherzig. Deshalb beschloss ich, die ganze Fahrt über wachsam zu sein.

Den weiteren Weg mit der Kutsche hinunter nach Couiza und von dort nach Montazels, wo sich der Bahnhof befand, verbrachten wir weitestgehend schweigend. Mich fröstelte und wir hielten unterwegs kurz an, damit ich mir von Monsieur Legrand eine Decke geben lassen konnte.

Besonders wärmer wurde es mir dabei allerdings auch nicht.

Unser Kutscher war bemüht, uns keine weiteren unangenehmen Fragen zu stellen und redete nur über das Wetter in der Provence und die vorzügliche Landschaft.

Nach einer serpentinenreichen Fahrt, welche immer bergab führte, waren wir in Couiza angekommen. Der Nebel lichtete sich hier und wir konnten verfolgen, wie das Leben langsam erwachte, um in den gewohnten Tagesrhythmus überzugehen.

Erste Händler bauten ihre Stände auf, um wie jeden Tag ihre ganz bestimmt regionalen Erzeugnisse aus der Landwirtschaft anzubieten. Neugierig schaute ich mir im Vorbeifahren an, was man dort erwerben konnte.

Saunière bemerkte dies und klärte mich darüber auf, dass die Pfarrei von Rennes-le-Château eine der besten Kunden dieses Marktes sei. Leider gäbe es in seinem Dorf keine derartige Einkaufsmöglichkeit. Zwar habe er sich schon immer dafür eingesetzt, diesen Zustand zu ändern, stieß aber mehrheitlich auf Ablehnung seitens der Dorfbewohner.

Es bestehe leider immer noch eine gewisse Sturheit verbunden mit der Furcht, auf ihren Erzeugnissen sitzenzubleiben, aber er würde nicht aufgeben. Irgendwann käme der richtige und wahre Fortschritt nach Rennes-le-Château und dazu brauche er keine Republikaner. Diesen letzten Satz gab er nicht ohne Wut im Bauch von sich. Dann fügte er noch hinzu, dass einem momentan nichts anderes übrigbleiben würde, als sich genau zu überlegen, was man alles von einem Einkauf in Couiza benötige, da man ja schließlich nicht mehrmals am Tag dorthin fahren könne.

Dies leuchtete mir ein und ich verstand, warum Maries Dienstboten manchmal einen halben Tag in diesen Dingen unterwegs waren. Da kam mir eine Idee. Ich nahm mir vor, Marie nach unserer Rückkehr aus Lyon anzubieten, anfallende Besorgungen für das Pfarrhaus in Zukunft zu übernehmen.

Natürlich hoffte ich, dass dies nicht für immer der Fall sein würde, aber im Moment wäre es für mich eine gute Gelegenheit, einen Teil meiner Schuld endlich abtragen zu können.

Als wir aus Couiza herausfuhren, konnte ich auf der rechten Seite bereits die Schienen der Zugstrecke erkennen. Alles deutete darauf hin, dass es jetzt nicht mehr weit bis Montazels sein würde.

An unserem Bestimmungsort angekommen, trug ich unser Gepäck zum Bahnsteig, Saunière verschwand dabei in einem winzigen Haus, welches wahrscheinlich den Fahrkartenschalter beherbergte. Eine Bahnhofshalle existierte hier nicht. Dazu war diese Station zu unbedeutend und es war überhaupt ein Wunder, dass der Zug hier hielt.

Der Bahnsteig war vollkommen verlassen um diese Zeit und der Nebel war im Begriff, wieder zurückzukehren. Ein seltsames Gefühl befiel mich dabei. Ich bildete mir immer noch ein, wir würden ständig von jemandem verfolgt. Aber als ich mich umsah, konnte ich noch immer niemanden erkennen.

Ach was, ich bildete mir dies alles nur ein. Wer sollte Interesse haben, uns zu verfolgen und vor allem, warum?

Von Bérenger erfuhr ich wenig später, als wir im Zug saßen, dass die Bahnstrecke nur bis Quillan, dem letzten Haltepunkt im Süden erschlossen sei. Weiter war man noch nicht in die Pyrenäen vorgedrungen.

Die französische Staatsbahn existierte erst seit 60 Jahren, also etwa um dieselbe Zeit, als 1835 die erste deutsche Eisenbahn von Nürnberg nach Fürth fuhr.

Die Zugstrecke führte in der Gegenrichtung von Quillan zunächst bis Carcassonne, wo wir das erste Mal umsteigen müssten. Es handelte sich dabei um eine Nebenstrecke, welche nur zweimal am Tag, nämlich früh und abends, bedient wurde. Wollte man also den Zug nicht verpassen, empfahl es sich, möglichst pünktlich am Bahnhof zu erscheinen.

Ich wartete also, bis Saunière mit den Fahrkarten in der Luft wedelnd auf mich zukam, derweil hatte ich kalte Füße bekommen, was mich zusätzlich frösteln ließ.

Als er vor mir zum Stehen kam, klärte er mich darüber auf, dass der Zug in acht Minuten hier einfahren würde. Offenbar musste ich einen recht ungesunden Eindruck auf ihn machen, denn er fragte mich, ob mit mir alles in Ordnung wäre.

Ich versicherte ihm, er brauche sich keine Sorgen zu machen. Dann setzte er sich neben mich auf die Bank. „Übrigens, Montazels ist mein Heimatort, in welchen ich gerne ab und zu zurückkehre. Aber mit demselben Eifer fahre ich auch immer wieder nach Lyon. Dort haben es mir vor allem seine beiden großen Buchhandlungen angetan. In diesen konnte ich schon einige antiquarische Schätze ergattern, welche meine Bibliothek bereichern. Ich bin eben ein Mensch, der sich ein Leben ohne Bücher gar nicht mehr vorstellen könnte. Es gibt für mich nichts Erquickenderes als immer wieder zwischendurch in einem geschriebenen Werk nachschlagen zu können. Alleine dabei jedes Mal etwas Neues darin zu entdecken und trunken den Worten zu lauschen, berauscht mich ungemein. Ich könnte jedenfalls Stunden auf diese Art und Weise verbringen."

Mir fiel dazu nichts Besseres ein, als ein Zitat von Thomas Mann:

„Ein Haus ohne Bücher ist wie ein Zimmer ohne Fenster."

Dieser Spruch begeisterte ihn vollends. Ich solle ihn unbedingt nochmal im Zug wiederholen, damit er ihn sich aufschreiben könne. Er stellte sich dabei vor, dass er ihn in seiner Bibliothek später aufhängen wolle.

Endlich fuhr unser Zug lautstark in den Bahnhof ein.

Wir suchten uns ein freies Abteil, denn noch hatten wir die Möglichkeit der Wahl. Je näher wir an Carcassonne herankämen, desto schwieriger würde es sich gestalten, etwas zu finden, wo wir noch ganz unter uns wären.

Meine Bedenken jedenfalls, dass uns jemand verfolgen könnte, erwiesen sich vorerst als gegenstandslos. Nach allem, was allerdings an Gerüchten über die Dokumente im Umlauf war, konnte es trotzdem nicht ausgeschlossen werden. Mal abwarten.

Voller Erwartung freute ich mich auf die bevorstehende Fahrt. Schließlich bekommt man so etwas nicht alle Tage geboten und das Reisen in der guten alten Zeit mit der Dampflok war schon ein ganz besonderes Ereignis. Wie ein kleiner Junge hing ich mit großen Augen am Fenster.

Bérenger sah mir dabei amüsiert zu. Wer wusste schon, was in ihm vorging, wahrscheinlich dachte er nur an die Bücher, die in Lyon auf ihn warteten.

Mir wurde indes immer klarer, dass diese mit seinen geheimnisvollen Forschungen in unmittelbarem Zusammenhang stehen mussten, die er zu Hause in seinem Dorf intensiv betrieb.

Irgendwie hatte er mich auch mit dieser Neugier angesteckt. Deshalb freute ich mich ebenso darauf, sie endlich zu Gesicht zu bekommen. Wobei ich nicht behaupten konnte, dass mich die anderen Buchschätze, die ebenfalls in den beiden Lyoner Buchhandlungen zu erwerben waren, nicht interessiert hätten. Buchsammlungen aus dem 19. Jahrhundert bekam man schließlich nicht alle Tage zu sehen. Aber bis dahin mussten wir uns beide noch ein wenig gedulden, auch wenn es uns schwerfiel.

Aber zunächst war die Etappe nach Carcassonne zu bewältigen. Ich fragte ihn, wann wir denn dort einträfen.

Er meinte, es wäre gegen Mittag. Zwar spräche nichts dagegen, aber man wisse ja nie. Eine Schafherde oder ein durch die anhaltende Trockenheit umgestürzter Baum auf den Gleisen wäre immer wieder mal im Bereich des Möglichen. Trotzdem war er guter Hoffnung, dass wir zügig vorankommen würden.

Das hatte ich noch nicht gewusst, dass es bisher so anhaltend trocken gewesen war. Alles was ich über das Wetter in dieser Gegend wusste, war, dass irgendwann im Herbst immer heftige Stürme auftraten, die von wolkenbruchartigen Regenfällen begleitet wurden.

Offensichtlich war dies bis jetzt noch nicht der Fall.

Wir hatten Glück – unsere Reise verlief störungsfrei. So kamen wir auch pünktlich um die Mittagszeit in dieser mittelalterlichen Festungsstadt an.

Wir fuhren auf Carcassonne zu und bestaunten bereits aus der Ferne deren beeindruckende Silhouette, es war ein märchenhafter, ja fast unwirklicher Anblick für uns. Mir fiel ein, dass sie irgendwann im 20. Jahrhundert als Drehort für mehrere Disney-Filme diente und hier sogar ein Robin-Hood-Film entstand. Dabei durfte man sich nicht darüber hinwegtäuschen lassen, dass dort blutige Geschichte geschrieben wurde, schuld daran war ein weiteres Mal die Auseinandersetzung zwischen den Albigensern und der katholischen Kirche.

Saunière fuhr öfters dorthin, um sich von seinem zuständigen Bischof Rat zu holen, was seine Dokumente anbetraf. Davon war aber heute nicht die Rede.

Ich konnte aber trotzdem verfolgen, wie Bérenger auch dieses Mal wieder von dem Anblick der Festungsstadt eingenommen war. Sie schlug einen immer wieder in ihren Bann, ganz gleich, in welchem Jahrhundert man sie sich besah.

Langsam fuhr unsere Eisenbahn in den Bahnhof ein und bei einer Aufenthaltsdauer von 12 Minuten brauchten wir nicht lange zu warten, bis es weiterging. Der Bahnhof selbst war leicht überschaubar und für eine solche Stadt schon etwas zu „provinzmäßig". Schade nur, dass wir aufgrund mangelnder Zeit der „Cite", der eigentlichen Altstadt, keinen längeren Besuch abstatten konnten.

Vielleicht hatte ich ja nochmals irgendwann später die Gelegenheit, mir diese mittelalterliche Metropole ein weiteres Mal anzusehen.

Am Bahnhof herrschte rege Betriebsamkeit.

Unsere Reise fand unter der Woche statt und es herrschte auch hier der gewohnte Berufsverkehr.

Eigentlich wusste ich hierbei gar nicht, welcher Wochentag heute war. Die Tage in Rennes-le-Château waren bisher immer einem unerbittlichen Rhythmus unterworfen, der wenig Abwechslung bot. Außer den Sonntagen waren sie von Arbeit bestimmt, die sich über den gesamten Tag erstreckte und wenig Spielraum für Abwechslung ließ.

Zwar hatte ich wenig zu tun, da ich notgedrungenerweise ein Leben des Müßiggangs führte, aber trotzdem traf dies in gewisser Weise auch auf mich zu.

Zwischendurch musste ich an meine Arbeit bei mir zu Hause denken und wenn ich es mir so überlegte, dann kam ich zu dem Schluss, dass vom Ablauf her das gleiche Zeremoniell herrschte wie im neunzehnten Jahrhundert.

Der einzige Vorteil der modernen Zeit besteht darin, dass man mehr Freizeit hat als früher.

Während wir mit unserem Gepäck am richtigen Abfahrtsbahnsteig standen, hatte ich das Bedürfnis, Saunière an meinen Gedanken über das Arbeitsleben teilhaben zu lassen. Für ihn jedoch war dies nichts Ungewöhnliches, denn als Pfarrer war er ja auch rund um die Uhr im Einsatz, so meinte er. Er müsse zum Beispiel auch manchmal spätabends oder noch zu nachtschlafender Zeit am Morgen ausrücken, um einem plötzlich Verstorbenen die Absolution zu erteilen.

„Glauben Sie mir, ich würde auch lieber noch im Bett liegen bleiben", meinte er scherzhaft.

Noch leicht darüber schmunzelnd betraten wir unseren Anschlusszug und fanden sogleich wieder ein gemütliches Abteil, wo wir uns für die nächsten Stunden häuslich niederlassen konnten.

Ohne Umschweife fragte ich ihn jetzt nach seinem Verhältnis zu Mgr. Felix Arsen Billard, dem für Saunières Gemeinde zuständigen Bischof, welcher seinen Sitz in Carcassonne hatte. „Er ist ein der Würde seines Amtes angemessen gestrenger Herr, der aber auch eine väterliche Güte gegenüber seinen Priestern ausstrahlt. Ich kann jedenfalls nichts Negatives über ihn sagen, im Gegenteil, ich bin ihm sogar dankbar dafür, dass ich vor einigen Jahren beim Wiederaufbau unserer Dorfkirche mit seiner finanziellen Unterstützung rechnen durfte."

Eine weitere Ausrede, um von der Herkunft des eigentlichen Reichtums von Saunière abzulenken, dachte ich mir. Aber ich spielte mit, tat so, als würde ich ihm dies alles glauben.

„Mgr. Billard holte mich auch zu seinem Priesterseminar nach Narbonne, wo er als Professor lehrte, und wurde zu meinem Gönner." Das stimmte eigentlich nicht, Bérenger wurde damals bestimmt nicht aus freien Stücken nach Narbonne beordert, es handelte sich eher um eine Zwangsversetzung, weil er seiner Kirche zu aufsässig geworden war.

Mir fiel im selben Atemzug ein, dass Billard ihn außerdem zweimal in Rennes-le-Château besucht hatte. Einmal am 1.Juli 1889 in der Folge seines offiziellen Antrittsbesuches als zuständiger Bischof. Das zweite Mal kam er am 6. Juni 1897 anlässlich der Einweihung der neurestaurierten Dorfkirche in Saunières Ort.

Er soll dabei sehr begeistert gewesen sein darüber, was sein Schützling aus diesem Bauwerk gemacht hatte. Noch mehr, so erzählte man sich, soll ihm aber das zu seinen Ehren veranstaltete anschließende Bankett in der Villa Bethania gefallen haben. Dort fiel ihm besonders Marie auf, welche ihn an diesem Abend buchstäblich um den Finger wickelte, worüber Saunière sehr befremdet gewesen sein soll.

Eine Frage hätte ich Saunière trotzdem gern noch gestellt – ich hätte gerne von ihm gewusst, warum er für Billard einen großen Grabstein vor der Kirche errichten ließ. Vermutlich würde ich jedoch nie eine Antwort von ihm bekommen, natürlich gesetzt den Fall, ich würde bis dahin Rennes-le-Château verlassen haben, ganz egal, auf welche Art und Weise.

Denn schließlich befand ich mich im Jahre 1897, der Bischof würde aber erst vier Jahre später sterben.

Ich blickte, sobald sich der Zug in Bewegung gesetzt hatte, versonnen aus dem Fenster und ließ die pechschwarzen Nebelschwaden, welche die alte Dampflok produzierte, an mir vorbeiziehen.

Bérenger hatte mir vorhin verraten, dass der nächste größere Bahnhof schon Narbonne wäre. Ich freute mich insgeheim darauf, möglicherweise den Anblick der dortigen Mittelmeerküste genießen zu dürfen.

Zwischendurch schweifte mein Blick wieder zu ihm und ich konnte verfolgen, wie er ein kleines Notizbuch aus seiner Soutane zog und darin zu blättern begann. Er musste mir wohl meine Neugierde angesehen haben und meinte, er wolle sich nur ein weiteres Mal vergewissern, dass er sich auch wirklich die Adressen der beiden Lyoner Buchhandlungen aufgeschrieben habe.

Sollte ich nochmals einen Versuch starten, ihn darüber auszufragen, was in den von ihm bestellten Büchern stand? Ich verwarf den Gedanken sogleich wieder und dachte mir, dass die Zeit ja schließlich für mich arbeiten würde. Je weniger Interesse ich hierfür zeigte, desto eher verriet er es mir.

Dennoch kam er mir sehr angespannt vor und um ihn wieder etwas zu entkrampfen, fragte ich ihn ganz unbefangen, ob er sich denn in Lyon gut auskennen würde.

„Ich denke schon", war seine kurze Antwort. „Um die Buchhandlungen zu finden reicht es jedenfalls allemal."

„Na, dann kann ja nichts mehr schiefgehen", fügte ich scherzhaft hinzu und es heiterte ihn tatsächlich auf.

Wir beide schauten jetzt jeder auf seine Art gedankenverloren aus dem Fenster. Hinterher zog er eines seiner mitgeführten Bücher aus seiner Reisetasche und begann darin zu lesen.

Oh ja, ich genoss jeden Kilometer dieser nostalgischen Fahrt. Behäbig schob sich unsere Lokomotive durch das

Hügelland der Corbières. Ab und zu erhaschte ich dabei einen Blick auf den fast parallel zur Eisenbahnlinie verlaufenden Canal du Midi, ein bauliches Wunderwerk und eingebettet zwischen herrlichen Alleebäumen, ein Anblick, der jedes Herz höher schlagen lässt und einen dazu animiert, selbst auch einmal darauf mit einem großen Hausboot unterwegs zu sein.

Der einzige Unterschied war, dass noch keine Schiffe mit Touristen dort unterwegs waren. Die kamen erst viel später.

Ich machte mir einen Spaß daraus und klärte Bérenger darüber auf, was hier ungefähr hundert Jahre später los sein würde.

Der aber schüttelte nur ungläubig den Kopf und konnte sich dieses gar nicht so recht vorstellen.

Wehmütig verriet ich ihm, dass wir jetzt ganz in der Nähe meiner Ferienwohnung vorbeikämen, wo mein ganzes Abenteuer seinen Anfang genommen hatte.

Nach einer geraumen Zeit näherten wir uns Narbonne, der schon erwähnten mittelalterlichen Küstenstadt.

Mein Reisebegleiter erzählte mir, was ihm über Narbonne bekannt war. Da er hier schon einmal im Priesterseminar als Schüler war, konnte er mir natürlich über die große Kathedrale St. Just Interessantes verraten. Sie beherberge mit einer Höhe von 41 Metern einen der höchsten Chöre Frankreichs.

Auch hier gab es Spuren der Katharer, auch hier mussten früher die Scheiterhaufen gebrannt haben.

Leider war es mir nicht vergönnt, die Altstadt Narbonnes zu besichtigen, da der Bahnhof etwas weiter außerhalb im Norden gelegen und unsere Aufenthaltsdauer nicht sehr lang war.

Bérenger jedenfalls versank wieder hinter einem seiner mitgenommenen Bücher, was die Vermutung naheliegen ließ, dass er mehr Bücher als überhaupt Kleidung dabeihatte. Dieser Mensch studierte und studierte. Aber mit keinem einzigen seiner mitgeführten Bücher konnte ich etwas anfangen, alle waren sie in lateinischer Sprache.

Es fehlte jetzt nur noch, dass er die Dokumente auch irgendwo noch mit sich führte, aber das wäre zu gefährlich gewesen. Ich hätte es ihm jedenfalls zugetraut.

Insgeheim dachte ich mir, dass er erstaunlich ruhig blieb angesichts der Tatsache, dass die Papiere zuhause nicht besonders sicher verstaut waren.

Als Bérenger von einem seiner Bücher aufblickte und sah, dass ich mich etwas langweilte, legte er dieses augenblicklich zur Seite. Dann begann er mir von seinen teilweise recht amüsanten Erlebnissen wären seines Studiums in Narbonne zu berichten. Dabei blühte er richtig auf und wir mussten manchmal beide herzhaft lachen. Trotzdem sprach er fortwährend in den höchsten Tönen von seinem Lehrer und Mentor, Mgr. Billard. Mit einem Mal wurde er todernst und senkte seine Stimme auf ein halblautes Flüstern. Schon damals, so meinte er, habe er vieles, was man so landläufig unter christlicher Lehre verstand, massiv angezweifelt.

Ich wurde hellhörig und fragte mich, was jetzt kommen würde.

Er hätte sich, so gestand er mir, schon immer als kritischer Geist betrachtet, daran habe sich auch bis heute nichts geändert.

Eine spontane Frage rutschte mir heraus. „Aber an Gott glauben Sie doch, oder?"

Das sei für ihn überhaupt kein Thema, natürlich tue er das, sonst wäre er ja auch nicht Priester geworden.

„Und was ist mit Jesus Christus?"

„Was wollen Sie jetzt von mir hören? Wollen Sie mich als Ketzer entlarven? Den Gefallen tue ich Ihnen nicht."

Ich wiegelte ab. „Ihre Einstellung als normal denkender Mensch ist mir wichtig, nicht mehr und nicht weniger." Damit wollte ich einen gewissen psychischen Druck von ihm nehmen und ihn nicht aufs dünne Eis locken. Schließlich war ich nicht Satan in der Wüste.

Was war er für ein Mensch? Konnte ich überhaupt so tief schürfen bei einem katholischen Pfarrer wie ihm? War das Ganze nicht etwas zu vermessen?

Andererseits gab es Dinge, die sich zwangsläufig während eines Gesprächs ergaben, die man auch nicht großartig beeinflussen konnte. Gegen jede Vernunft fuhr ich deshalb mit meiner Stichelei fort. Ich nahm mir tatsächlich heraus, ihm gegenüber zu behaupten, dass die Lehrmeinung der Kirche gerade, was die Kreuzigung anbelangt, einen vernünftig denkenden Menschen schon vor eine große Probe hinsichtlich seines Verstandes stellen würde. Was erzählte ich da, kam da etwa wieder der Atheist in mir durch? Augenblicklich haderte ich mit mir selbst, dies einfach ausgeplaudert zu haben. Die einzige Entschuldigung, die ich hierfür fand, war die Mystik meines ganzen bisherigen Abenteuers, so redete ich mir ein.

„Ich stimme Ihnen zumindest darin zu, dass es tatsächlich viele noch offene Fragen, welche das Leben von Jesus Christus betreffen, stellen muss. Eine davon ist auch die ewige Diskussion, ob er ein normaler Mensch war oder wirklich Gottes Sohn. Ich brauche Ihnen ja nicht zu sagen, dass er in einer Zeit lebte, als man sehr leicht manche für damalige Verhältnisse unerklärliche Dinge als ‚Wunder‘ bezeichnete. Heute würde man so etwas ganz anders sehen und lieber zweimal hinschauen, bevor man es glaubt. Ich habe mich auch mit anderen Religionen auseinandergesetzt, in denen es auch nur einen und vielleicht sogar denselben Gott gibt. Auch hier ist von einem Jesus die Rede, allerdings nur in dem Sinne, dass er nicht der Sohn Gottes sondern nur ein einfacher Prophet gewesen sei. Aber wenn Sie jetzt von mir wissen wollen, ob er am Kreuz gestorben ist oder nicht, so bin ich verpflichtet, die Meinung meiner Kirche zu vertreten.“

Das ließ einige Fragen offen und gerade so, als bekäme ich die Bestätigung, was Andersdenkende betrifft, fuhren wir mit unserem Zug in den Bahnhof von Béziers ein, einer Stadt mit einer schrecklichen Vergangenheit. Das Schlimmste davon geschah irgendwann im 12. Jahrhundert, als es zum Hauptsitz der Albigenser wurde. Die Stadt wurde im Jahre 1209 beim Albigenserkreuzzug als erste der okzitanischen Städte durch ein Kreuzritterheer aus dem Norden erobert. Man leistete dabei dem Aufruf von Papst Innozenz III. Folge mit dem Ziel, die von der katholischen Kirche als ketzerisch deklarierten Katharer zu bekämpfen. Der Vicomte von Béziers, Raimund-Roger Trencavel, flüchtete in das weitaus besser befestigte Carcassonnne und ließ die Einwohner Béziers im Stich. Diese fielen am 22. Juli 1209 dem Feind in die Hände und wurden Opfer eines blutigen Massakers. Etwa 7000 Einwohner, die in furchtbarer Angst in die Magdalenenkirche der Stadt geflüchtet waren, wurden kurzerhand zusammen mit dem Gotteshaus bei lebendigem Leib verbrannt und man tötete zahlreiche weitere Bürger. Insgesamt spricht man von 20000 Menschen, welche dieses sinnlose und grauenhafte Morden nicht überstanden haben sollen.

Der dort anwesende Abt und päpstliche Legat antwortete auf die Frage der Mordenden, wie man die Ketzer und die „wahren Katholiken" auseinanderhalten könne: „Tötet sie alle, Gott wird die Seinen schon erkennen."

Als unser Zug zum Stehen kam, konnten wir einen ausgiebigen Blick auf den direkt neben uns liegenden zauberhaften Canal du Midi werfen.

Das musste man ihm lassen, er strahlte einen Hauch von Romantik aus. Zwar hatte ihn Ludwig XIV. erbauen lassen und der war alles andere als ein Romantiker, aber was spielte das heute noch für eine Rolle?

Auf der gegenüberliegenden Seite konnte man vom Fenster des Zuges aus das geschäftige Treiben unter den Passagieren und am Bahnhof erkennen. Alle Bevölkerungsschichten waren vertreten, von vornehmen Reisenden, die bestimmt gewissermaßen Erster Klasse fuhren bis hin zu Familien mit Kindern. Dazwischen fielen mir einige verdächtige Subjekte auf, die jedoch in der Gegenrichtung unterwegs waren.

Wir genossen die Fahrt weiterhin und vor allem für mich hielt sie noch eine Menge Eindrücke bereit.

Was mich am meisten überraschte, war, dass Bérenger plötzlich damit fortfuhr, sich mit mir über einen der wichtigsten Abschnitte des Neuen Testaments zu unterhalten.

Normalerweise wäre ich davon ausgegangen, dass dieses Thema für ihn zu heikel sei. Bevor er jedoch anhob, darüber zu reden, vergewisserte er sich, dass wir wirklich völlig unter uns wären. Er öffnete kurz die Tür unseres Abteils und spähte in beide Richtungen. Als er sah, dass niemand mehr auf dem Gang herumstand, schloss er sie vorsichtig wieder.

„Da wir unter uns sind und es Ihnen als einem Menschen aus der Zukunft egal sein wird, dass man als katholischer Pfarrer eigentlich die gängige Lehrmeinung der Amtskirche vertreten muss, kann ich Ihnen ja verraten, was ich wirklich darüber denke. Ich muss Ihnen nämlich sagen, dass ich nach all den Jahren gewisse Zweifel hege, ob die Kreuzigung und vor allem ihr Ausgang tatsächlich in dieser uns allgemein überlieferten Form stattgefunden hat. Damit verbunden…", er wurde immer leiser, immer unsicherer, was bewirkte, dass seine Unsicherheit stieg, „…damit verbunden weiß ich nicht mehr, ob Jesus wirklich noch derjenige ist, für den man ihn heute nach fast zweitausend Jahren hält. Ich weiß, würden wir nun im Mittelalter leben, könnte man mich wegen dieser Äußerung auf dem Scheiterhaufen verbrennen. Und das noch dazu als Priester!"

Vor Staunen bekam ich meinen Mund fast nicht mehr zu. Das war ungewöhnlich, aber andererseits konnte ich es verstehen, nach allem, was man ihm bisher angetan hatte. Vor allem von Seiten Roms war er immer wieder Repressalien ausgesetzt.

Beschwichtigend meinte er aber auch, dass viele Gläubige ihre Kirche in erster Linie als festen psychischen Halt sähen. Da spiele seine unmaßgebliche Meinung nur eine untergeordnete Rolle.

In diesem Punkt musste ich ihm spontan zustimmen. Ich hätte nur gerne seine Meinung über die Katharer gehört und wissen wollen, ob er es für ein großes Unrecht hielt, was man ihnen angedeihen ließ. Aber diese Äußerung beantwortete meine Frage schon im Voraus und dass er sich darüber hinaus noch mit ihnen sozusagen auf eine Stufe stellte, überraschte mich umso mehr.

Waren es diese geheimnisvollen Dokumente, die es bewirkten? Hatten sie eine magische Wirkung auf ihn und vielleicht sogar auf jeden, der sie in Augenschein nahm?

Fast konnte man meinen, sie wären mit einem uralten Fluch behaftet und würden ihren Besitzer in ihren Bann schlagen.

War dies tatsächlich der sogenannte „Fluch von Rennes-le-Château"? Ein eiskalter Schauer lief mir bei diesem Gedanken den Rücken hinab. Ein kurzes Gefühl der Panik kam in mir auf.

Siedendheiß fiel mir wieder ein, was ich der Dénarnaud versprochen hatte, nämlich Saunière auf keinen Fall aus den Augen zu lassen, koste es, was es wolle.

Langsam wurde mir bewusst, dass sich der Glaube der Albigenser offensichtlich bis in die Neuzeit erhalten hatte.

Er war noch lange nicht tot!

Ich kämpfte mit mir selbst. Ach was, redete ich mir ein. Du spinnst, Bérenger ist nur ein überkritischer Mensch, der seinen Glauben immer wieder auf die Probe stellt. Vielleicht hatte Jesus sogar gepredigt, man solle nicht alles bedingungslos glauben, was einem vorgesetzt wird. Könnte ja schließlich auch der Fall sein.

Ihm musste aufgefallen sein, dass ich in Gedanken und Selbstzweifel versank. „An was denken Sie jetzt?"

Ich versuchte, mich zu sammeln, jedoch fiel mir nichts Besseres ein, als das Ganze noch zu verschlimmern. „Was ich jetzt behaupte, ist nur meine Meinung als Laie, aber ich habe schon sehr viel Kritisches über die Kreuzigung des Gottessohnes gelesen. Dabei musste ich feststellen, natürlich nur, wenn man diesen Quellen glaubt, dass es etliche Ungereimtheiten zu diesem Thema gibt. Wobei die zentrale Frage darin besteht, ob er tatsächlich am Kreuz den Tod gefunden hat. Soviel mir bekannt ist, wurden die Evangelien alle zu einem viel späteren Zeitpunkt aufgezeichnet. Dienten sie vielleicht mehr dazu, den Gläubigen ein festes Fundament zu vermitteln, an welches sie sich halten können? Ich denke da an die bisherige Geschichte der Menschheit, die von schrecklichen Kriegen bestimmt wurde. Ihre Meinung hierzu würde mich sehr interessieren. Allerdings will ich Sie jetzt nicht drängen. Sie haben sicherlich noch wichtigere Dinge im Kopf, denke ich."

Ich erntete zunächst Schweigen, konnte aber verfolgen, dass er überlegte, was er sagen sollte und dass er durchaus bereit wäre, mir eine Antwort darauf zu geben.

Vielleicht war es ja etwas, was ihm selbst keine Ruhe ließ.

In der Zwischenzeit passierten immer wieder andere Zugreisende unsere Abteiltür. Alle blickten sie neugierig durch die Scheiben, fehlte nur noch, dass sie ihre Nasen daran fast plattdrückten.

Wir konnten jedoch verhindern, dass sich jemand zu uns gesellte, da wir geschickterweise die restlichen freien Plätze mit unseren Reisetaschen belegt hatten und es deshalb so aussah, als würde schon jemand dort sitzen.

Bérenger begann, zu erzählen: "Als ich im Jahre 1885 im festen Vertrauen auf das, was mir aus dem Priesterseminar bekannt war, nach Rennes-le-Château kam, hatte ich mir fest vorgenommen, mich von niemandem davon abbringen zu lassen, unter anderem auch die Lehre über das Neue Testament zu verbreiten. Damit sollte es aber vorbeisein, als ich mit meinem späteren Freund Henri Boudet, dem jetzigen Pfarrer des Nachbarortes Rennes-les-Bains, zusammentraf. Sie kennen ihn ja mittlerweile und ich kann Ihnen sagen, dass er ein Querkopf und äußerst kritischer Theologe ist. Er hat maßgeblich dazu beigetragen, dass sich meine Weltanschauung als Christ gravierend geändert hat. Vor allem hat er mich dazu gebracht, nicht mehr alles nur als gegeben hinzunehmen, sondern manches kritisch zu hinterfragen. Das sollte man gerade als katholischer Theologe. Außerdem, und das ist vielleicht der ausschlaggebende Punkt, ist er schon länger in unserer Gegend als ich. Er ist ja praktisch hier aufgewachsen und kennt die Gegend wie seine Westentasche. Er erzählte mir, dass er zusammen mit seinem Bruder öfters in der Vergangenheit die umliegenden Wälder bis zu den Corbières durchstreift hat. Falls es Sie interessiert, er hat sogar ein sehr interessantes Buch darüber geschrieben. Fragen Sie ihn doch einmal, wenn wir zurückkommen, ob er es Ihnen zum Lesen gibt."

Ohja, ich kannte dieses Buch und wie Saunière davon erzählte, interessierte es mich wieder umso mehr. Aber ich wusste auch, dass Saunière was seine Weltanschauung betraf immer nur um den heißen Brei herumredete.

Da gab es auch noch etwas Anderes, was ihn veranlasst hatte, seine Meinung zu überdenken und das schlummerte in einem der Pfeiler seiner Kirche.

Ich überlegte, ob ich ihn darauf ansprechen sollte, seine Reaktion darauf machte mich brennend neugierig und, als hätte mich irgendein Teufel geritten, rutschte es mir auch schon heraus. „Hängt die Erschütterung Ihres christlichen Weltbildes vielleicht auch mit bestimmten

Funden in Ihrer Kirche zusammen, die Sie im Verlauf Ihres Wirkens in dieser Gegend gemacht haben?"

Im selben Moment, in welchem ich es gesagt hatte, tat es mir auch schon wieder leid.

Er zuckte förmlich zusammen, sein Gesicht nahm eine rot-violette Farbe an und es bildeten sich einige Schweißtropfen auf seiner in Falten gezogenen Stirn. Wie um sich Luft zu verschaffen griff er sich automatisch an den Kragen trotz der moderaten Temperaturen im Abteil.

„Wo … woher haben Sie davon erfahren? Es sollte doch ein absolutes Geheimnis bleiben, in das nur wenige Personen eingeweiht sind. Haben Sie vielleicht etwas belauscht oder hat Ihnen Marie, diese Plaudertasche, gar wieder einmal etwas verraten, weil sie anscheinend in Ihrer Naivität Angst um mich hatte? Sie ist ja offensichtlich nach wie vor der Meinung, ich könne nicht auf mich selbst aufpassen und bräuchte einen Aufpasser."

Mir blieb nichts Anderes übrig, als zu versuchen, ihn einigermaßen herunterzubringen. In dieser Hinsicht hatte ich schließlich nichts weiter zu verlieren. „Marie trifft ganz bestimmt keine Schuld. Meine Informationen stammen ausschließlich aus der Zukunft." Er wusste, dass ich ein Zeitreisender war. Und da es ihn zu beruhigen schien, klärte ich ihn weiter über den Wissensstand in meiner Zeit auf. Dabei riskierte ich auch, dass eine Welt in ihm zusammenbrach, weil er bisher angenommen hatte, es würde für immer oder zumindest bis zu seinem Tode ein Geheimnis bleiben, was die Existenz seiner Dokumente betraf. „Ich verfüge bei mir zuhause in Nürnberg über Bücher, mehr oder minder seriös-wissenschaftliche Werke, die behaupten, dass es sich dabei sogar um den eigentlichen Schatz der Albigenser handeln könnte. Er soll sich in Montségur befunden haben und der Legende nach durch eine abenteuerliche Flucht einiger Insassen der Burg gerettet worden sein. Natürlich ist es vermessen, anzunehmen, dass er ausgerechnet nach Rennes-le-Château in die Dorfkirche gelangt sein soll. Aber man sollte niemals nie sagen. Vielleicht wissen Sie ja mehr darüber?" Ich wusste genau, dass ich ihn in die Enge getrieben hatte und wollte auf keinen Fall unsere noch so junge Freundschaft riskieren. „Bérenger, verstehen Sie mich bitte nicht falsch. Niemand schätzt Ihre ausgiebigen wissenschaftlichen Arbeiten so sehr wie ich. Deshalb ist es für mich eine oberste Pflicht, Ihnen meine absolute Loyalität zu versichern. Nichts und niemand wird mich dazu bringen, jemals etwas davon nach außen dringen zu lassen. Alles, über was wir uns auf dieser Zugfahrt unterhalten, bleibt unter uns. Außerdem gilt mein wirkliches Interesse nach wie vor nur dem Gedanken, wie ich wieder in mein richtiges Jahrhundert zurückkehren kann."

Seltsamerweise fiel mir ein, dass ich vielleicht irgendwann später sogar ein Buch über meine Erlebnisse schreiben könnte, ganz gleich wo ich mich zu diesem Zeitpunkt befinden sollte.

„Sie meinen, man hat Bücher über mich und Rennes-le-Château geschrieben? Ich dachte immer oder ich wollte dies sogar, dass ich ein armer unbedeutender Dorfpfarrer bleiben würde, auf keinen Fall wollte ich traurige Berühmtheit erlangen. Aber anscheinend bleibt es nur bei der bescheidenen Hoffnung."

„Vor mir zumindest brauchen Sie jetzt tatsächlich nichts mehr geheimzuhalten. Ich kann Ihnen versichern, dass es bereits Bücher in teilweise sehr unterhaltender Form darüber gibt. Sogar…" – und damit schockierte ich ihn ein weiteres Mal – „…sogar von Ihren Papieren gibt es mittlerweile Kopien in meinem Jahrhundert. Das Seltsame daran ist, dass die Originale irgendwann im Verlauf der Zeit verschwunden sind und ich kann Ihnen beim besten Willen nicht sagen, wer sie jetzt besitzt."

Wahrscheinlich war er frustriert angesichts der Feststellung, dass seine ganzen Arbeiten umsonst gewesen sein sollten. Aber er wollte ja unbedingt die Wahrheit wissen.

„Naja", äußerte er jetzt kleinlaut, „diese Schriftstücke stammen, so vermute ich jedenfalls, offensichtlich aus dem Vermächtnis der Ketzer. Ja, es sind auch für mich in gewisser Hinsicht Abtrünnige der Mutter Kirche, auch wenn Marie mir vorwirft, ich solle nicht dieses abfällige Wort verwenden. Ich bin ja auch nicht der Meinung, alles wäre schlecht, was man über sie weiß. Ich habe durchaus in manchen Punkten große Hochachtung vor ihnen. Sie verfügten über ein hohes Bildungsniveau und vor allem stand die Menschlichkeit bei ihnen im Vordergrund, was ja im 13. Jahrhundert beileibe keine absolute Selbstverständlichkeit im Zusammenleben der Menschen war. Für ihre Zeitgenossen waren sie natürlich Irregeleitete."

„Würden Sie dann behaupten, dass diese Dokumente der eigentliche Schatz der Katharer sind? Das war es ja schließlich, was die Anführer des Kreuzfahrerheeres aus dem Norden bei der Einnahme von Montségur gesucht haben. Denn eigentlich ist es ja logisch, dass nach allem was wir wissen, die Albigenser keine materiellen Werte besessen haben können. Es ist bekannt, dass sie lediglich eine bescheidene Kriegskasse ihr Eigen nannten. Mit diesem Geld haben sie Söldner bezahlt, die sie beschützen sollten."

An seiner Reaktion auf meine gestellte Frage konnte ich sehen, dass ihm schon wieder mulmig wurde. Diese Entdeckung, die er mit seinen beiden Kollegen in der Kirche von Rennes-le-Château machte, hing immer noch wie eine Klette an ihm.

Ich versuchte deswegen, unser Schiff wieder in ein ruhigeres Fahrwasser treiben zu lassen. „Es freut mich, mit einem katholischen Priester so offen über dieses heikle Thema reden zu können."

Es folgte Schweigen, jeder von uns sah aus dem Fenster.

Die herrliche Landschaft, welche von den rauen Corbières langsam in die liebliche Provence wechselte, zog an uns vorüber und ich genoss jeden Anblick in vollen Zügen. Ach, hätte ich nur genügend finanzielle Mittel, es wäre keine Frage, wo ich mich im Alter niederlassen würde. Ganz gleich, in welchem Jahrhundert ich mich dabei befinden sollte.

Bérenger musste mir meinen zusehends verklärten Gesichtsausdruck angesehen haben, je weiter wir Richtung Osten fuhren. Teilweise konnten wir sogar das Schimmern des herrlich blauen Mittelmeeres sehen.

Nein, nicht nur essen, sondern auch leben wie Gott in Frankreich kam mir dabei in den Sinn.

„Ich kann Ihnen nachfühlen, ich komme auch jedes Mal ins Träumen, wenn ich das hier alles sehe. Oft wünsche ich mir dann, mit Marie hier in Frieden zu leben, fernab von jeglichen Problemen des Alltags." „Das ist nicht Ihr Ernst, ein Workaholic wie Sie, der hielte es doch an keinem Ort ohne ernsthafte Beschäftigung aus", scherzte ich.

Er sah mich fragend an. „Wie haben Sie mich genannt, einen Wor…Wor…"

„Workaholic, ich vergaß ganz, dieses Fremdwort kennt man in Ihrem Jahrhundert ja noch gar nicht." Daraufhin erklärte ich es ihm und er musste mir seufzend zustimmen, dass er sich tatsächlich manchmal so fühle und ich ihn in dieser Hinsicht durchschaut habe.

Seine Gesichtsfarbe wechselte wieder. „Bitte entschuldigen Sie mich, es geht mir im Augenblick nicht besonders gut. Ich denke, ich sollte vielleicht etwas frische Luft schöpfen." Mit diesen Worten verließ er unser Abteil, um im Gang das Zugfenster herunterzuklappen, wo er seinen Kopf vom Fahrtwind umspielen ließ.

Möglicherweise hatte ich ihn etwas zu arg genervt und nahm mir vor, in Zukunft behutsamer mit ihm umzugehen.

Eine Viertelstunde später kam er wieder zurück. Er kam mir jetzt wieder etwas entspannter vor und seine Frisur war aufgrund des Fahrtwindes etwas durcheinandergeraten, was mich heimlich amüsierte.

Beiläufig erwähnte er, dass wir jetzt nur noch wenige Kilometer von Montpellier, unserem nächsten Haltepunkt entfernt wären. Wir hätten dort seines Wissens einen längeren Aufenthalt vor uns. Dann zog er eine Tageszeitung aus seiner Reisetasche, welche er sich anscheinend vor der Fahrt besorgt hatte. Er fragte mich, ob es mich störe, wenn er darin lese.

Ich verneinte dies, dennoch schien er ein schlechtes Gewissen dabei zu haben, mich sozusagen links sitzen zu lassen und bot mir die Hälfte des Blattes an. Er meinte, darin würde bestimmt auch einiges über das Deutsche Kaiserreich stehen. Schließlich gingen wir seiner Meinung nach unruhigen Zeiten entgegen und so könnte es nicht schaden, sich darüber so gut es ging zu informieren.

Diese Meinung teilte ich mit ihm.

„Um Dinge in der Gegenwart besser zu verstehen, kann es nicht schaden, über die Vergangenheit ausreichend Bescheid zu wissen", meinte er.

Ein Satz, den ich auch in meiner Zeit schon ab und zu gehört hatte. Ich beklagte mich bei ihm darüber, dass es mit dem Geschichtsinteresse in meiner Zeit, nicht mehr so weit her sei. Vor allem die Jugend würde ein kräftiges Defizit in dieser Richtung aufweisen.

Das wäre sehr bedauerlich, kommentierte er.

Ich begann zu lesen und erfuhr einiges Interessantes, was ich bis dahin noch nicht gewusst hatte. Da schrieb man zum Beispiel, dass der derzeitige Ministerpräsident Fürst Chlodwig zu Hohenlohe-Schillingsfürst hieß und einer der vier letzten Nachfolger des berühmten Fürsten Bismarck, der im Jahre 1890 abgedankt hatte, sei. Außerdem berichtete man, dass die deutsche Wirtschaftsentwicklung ungebrochen nach oben tendiere und damit sogar schon Frankreich übertrumpft hätte. Was die Eitelkeit der Franzosen in dieser Hinsicht wieder schmälerte.

Im 19. Jahrhundert ging dies glücklicherweise mit einer Verbesserung der Lebensverhältnisse einher. Dies galt nicht zuletzt auch für die stetig anwachsende Industriearbeiterschaft, die ihre Interessen vermehrt gewerkschaftlich organisierte und vertreten ließ.

Die Schattenseite war, dass es in häuslicher Arbeit und traditionellem Handwerk kaum noch ein Auskommen gab. Im Zuge des wirtschaftlich prosperierenden Kaiserreichs dieser Zeit schien es vielen gesellschaftlich einflussreichen Industriellen an der Zeit, sich auch weltpolitisch im Kampf um Märkte und Rohstoffe einen Platz an der Sonne zu sichern. In Kombination mit der Neigung Kaiser Wilhelms II. zum Auftrumpfen und der Prestigesteigerung, wurde daraus eine hyperaktive, unstete und wenig substantielle äußere Politik, die mit vielen Forderungen und Drohgesten vor allem Unruhe stiftete.

Dies konnte ich alles in einem interessanten Kommentar zu den derzeitigen Verhältnissen lesen und es kam mir zugleich wie ein Crash-Kurs in Geschichte vor.

Wir waren beide dermaßen in unsere Zeitungslektüre vertieft, dass wir gar nicht bemerkten, wie unser Zug im Bahnhof von Montpellier zum Stehen kam.

Plötzlich klopfte es an der Glastüre unseres Abteils und ein Bediensteter der Zuglinie steckte seinen Kopf durch den geöffneten Spalt. „Je regrette, Messieurs, aber unser Zug hat hier in Montpellier eine Stunde Aufenthalt. Wenn Sie möchten, können Sie sich die Stadt ansehen oder im am Bahnhof angrenzenden Restaurant etwas zu sich nehmen, das Essen dort ist sehr zu empfehlen. Ich darf Sie aber in jedem Falle bitten, sich pünktlich wieder zur Abfahrt einzufinden. Ich wünsche Ihnen einen angenehmen Aufenthalt."

Als der Schaffner wieder außer Sichtweite war, teilte ich meinem Reisebegleiter mit, dass ich mir gerne ein bisschen in der Stadt die Beine vertreten wolle. Saunière selbst meinte, er würde weiter seine Zeitung lesen. Vorher aber empfahl er mir noch unseren Aufenthaltsort wärmstens.

Das ließ ich mir nicht zweimal sagen und ich nützte die Gelegenheit, um den Kopf wieder freizubekommen. Ich musste zugeben, der Gedanke an die Dokumente und die damit verbundenen Abenteuer, welche wir sicherlich noch erleben würden, hatte mich zu arg in seinen Bann geschlagen.

Etwas Ablenkung tat mir jedenfalls gut und so kam ich schon nach kurzer Zeit vor der ersten Sehenswürdigkeit Montpelliers zum Stehen, dem sogenannten Place de la Comédie.

In dessen Mitte befand sich ein Brunnen, Eingeweihten besser bekannt unter der Bezeichnung „Les trois graces". Warum er so genannt wurde, konnte mir auf Nachfrage keiner der Einheimischen erklären. Hinter dem Platz konnte man das Opernhaus als eines der charakteristischen Bauwerke der Stadt erkennen. Der schon geschilderte Platz davor entpuppte sich jetzt immer mehr als reger Treffpunkt vieler Menschen, ein gesellschaftliches Zentrum.

Ich fühlte mich hier wohl. Man konnte hier anonym sein, wie es „zuhause" in Rennes-le-Château nicht möglich war. Da konnte man ungestört untertauchen, ohne Angst zu haben, von irgendjemandem belauscht oder ausspioniert zu werden. Eine große Kirche, selbstverständlich viel größer als in Bérengers Heimatort, hatte man hier auch. Sie trug den Namen Eglise Saint Roche, jedoch meinten einige Einheimische, ich müsse mir unbedingt noch die Kathedrale Saint Pierre ansehen.

Die Gelegenheit war günstig, ich hatte immer noch Zeit und sie lag nicht weit von meinem Standpunkt entfernt. Ich fand sie schnell und es war ein wirklich sehr imposantes Bauwerk.

Papst Urban V. ließ sie gegen Ende des 14. Jahrhunderts erbauen und ich musste mir eingestehen, dass mich solche Bauwerke immer wieder aufs Neue beeindrucken. Ich stellte mir vor, welches Leid und welche Schmerzen die Menschen auf sich nahmen, die sie mit eigenen Händen erbaut hatten, sei es freiwillig oder unter Zwang.

Ohne Stadtplan und ohne Navigationsgerät lief ich ziemlich kopflos in der Stadt umher, fand dabei aber auch noch den Arc De Triomphe, ein unbedingtes Muss für jede größere Stadt mit römischen Wurzeln. Dieser Triumphbogen brauchte sich nicht hinter seinem berühmten Vorbild in der Hauptstadt Frankreichs zu verstecken. Ein wissenskundiger Einwohner Montpelliers erklärte mir auf Nachfrage, dass er im Jahre 1693 zu Ehren des Sonnenkönigs Ludwig XIV. errichtet wurde. Seine Höhe betrug immerhin 15 Meter und er beeindruckte mich sehr.

Es wurde endgültig Zeit, wieder aufzubrechen und ich gelangte unterwegs noch zu verschiedenen Marktständen. Dort erwarb ich ein paar herrlich duftende Äpfel, da ich einfach nicht widerstehen konnte. Das Geld hierfür hatte mir zuvor Bérenger im Zug gegeben, ja er hatte es mir förmlich aufgedrängt. Was sollte ich dagegen tun? Ich war ja schließlich immer noch mittellos. Dabei kam ich mir vor wie ein kleiner Junge, dem man ein paar Münzen zugesteckt hatte, damit er auf die Kirmes gehen kann.

Die Äpfel nahm ich selbstverständlich auch für Saunière mit und war mir dabei sicher, dass sie ihm auch schmecken würden.

Zwar hatte ich meinen Schritt beschleunigt und kam ganz schön außer Atem am Bahnhof an, war aber dennoch 5 Minuten zu spät gekommen. Hätte Bérenger nicht genügend dafür interveniert, auf mich zu warten, wäre der Zug ohne mich weitergefahren.

Als ich ihm dann völlig zerknirscht gegenübersaß, grinste er mich an und konnte sich die Bemerkung nicht verkneifen, dass ich ja sehr beeindruckt von Montpellier sein müsse, da ich mich kaum davon losreißen könne. Dabei deutete er auf mein Handgelenk und meinte, dass selbst meine futuristisch anmutende Uhr es nicht habe verhindern können, dass mein Zeitgefühl offensichtlich außer Kontrolle geraten sei.

Darauf ging ich nicht mehr weiter ein und meinte nur, dass ich immer wieder aufs Neue von den Bauvorhaben längst vergangener Zeiten beeindruckt wäre.

„Ich habe solche Pläne auch bereits für unser Dorf im Sinn."

Ich sah ihn befremdet an.

„Es ist nämlich so: Da sich mein Vermögen inzwischen zu einer respektablen Größe entwickelt hat, sollte es mir möglich sein, sie auch umzusetzen. Ich denke, wir werden harten und ungewissen Zeiten entgegensehen, auch in Rennes-le-Château. Deshalb habe ich beschlossen, unseren Ort mit einem mehrere Meter hohen Wall zu umgeben. Man soll zu uns nur noch durch ein, höchstens zwei Tore gelangen können und natürlich sollen diese ständig bewacht werden." Das war starker Tobak. War er jetzt total verrückt geworden? Warum wollte er ein unbedeutendes Dorf wie Rennes-le-Château zu einer richtigen Festung ausbauen? Waren dies gewisse Tendenzen zum Wahnsinn?

Er musste mir mein Staunen angesehen haben, fuhr aber unbeirrt fort: „Und dann soll das gesamte Dorf ein auf neun Säulen ruhendes und mehr als fünfzig Meter hohes Tempeldach erhalten. Das gesamte Vorhaben wird nach ersten vorsichtigen Schätzungen meines Architekten Monsieur Elias Both 8 Millionen Francs verschlingen. Es wird einzigartig im Rousillon, ja sogar in ganz

Südfrankreich sein. Diese Republikaner in Paris werden nur noch ehrfürchtig staunen, zu was wir hier im Süden fähig sind. Sie, mein lieber Jacques, werden auch die Ehre genießen, an der Erbauung dieses Projektes teilhaben zu dürfen. Ist das nicht großartig?!"

Ich erinnerte mich in diesem Zusammenhang, dass besagter Architekt auch bei der Entdeckung von Saunières Papieren in der Dorfkirche von Rennes-le-Château anwesend war. Aber trotzdem: So etwas Verrücktes hatte ich noch nie gehört, außer vielleicht die Pläne eines gewissen Größenwahnsinnigen über ein Deutsches Stadion in Nürnberg. Aber das war etwa 30 Jahre später. Und dieser Mensch steckte dann so nebenbei noch das ganze Land in Brand. Mein Mund stand die ganze Zeit sperrangelweit offen.

Ehe ich etwas dazu sagen konnte, erklärte er bereits sein Vorhaben: „Hier unten in Rennes-le-Château gibt es Dinge, die man nicht einfach in einem Tresor einsperren kann, weil man denkt, sie wären dort sicher. Nein, erst, wenn sie hinter dicken Mauern verborgen liegen, kann ich sicher sein, dass es niemand mehr wagen wird, sie zu entwenden. Da wir nun einmal nicht in Carcassonne leben, bleibt mir nichts Anderes übrig, als zu solchen Maßnahmen zu greifen. Ich habe das alles schon mit meinem jüdischen Freund Monsieur Both besprochen, denn dies ist ihm genauso wichtig wie mir. Er wird mir bei der Konstruktion und der Verwirklichung des Bauvorhabens tatkräftig behilflich sein. Ihn werde ich übrigens nach unserer Rückkehr aus Lyon erwarten. Er wohnt zwar in Paris, aber ich habe ihm vor ein paar Tagen eine Nachricht übermittelt. Es ist mir auch wichtig, dass er in die Bücher, welche wir in Lyon zu sehen bekommen und dann hoffentlich auch nutzen können, einen Einblick erhält. Mit ihnen steht und fällt unser Bauprojekt."

Also kam ich zumindest einer Erklärung für Saunières Verrücktheit etwas näher. Er hatte nicht vor, sich besonders zu profilieren, sondern die nackte Angst um seine geliebten Dokumente trieb ihn vor sich her. Oh ja, sie waren ein Heiligtum und mit was konnte man solch etwas besser schützen als mit einem großen Schutzwall?

Mit Elias Both indes verband ihn eine inzwischen sehr lange und innige Freundschaft. Vielleicht war er es sogar, der Saunière nicht ganz uneigennützig auf die Idee zur Verwirklichung seines gigantischen Vorhabens brachte. In diesem Zusammenhang fiel mir zu Elias Both noch eine andere, unheimliche Geschichte ein: Irgendwann gab es über ihn das Gerücht, dass er zuletzt im Wald zwischen Couiza und Rennes-le-Château gesehen worden sei. Er wäre jedoch von dort nicht mehr zurückgekommen. Im Buch eines französischen Schriftstellers hatte ich dazu einmal die Theorie gelesen, dass Both in die unterirdischen Schatzkammern, welche angeblich nur Saunière kannte, eingedrungen und dort durch den Dämon Asmodis ums Leben gekommen wäre. Oder hatte ihn Saunière eigenhändig erschlagen, als er merkte, dass jemand an seinen Schatz wolle? Was für ein abwegiger Gedanke, dachte ich mir. Zugegeben, er konnte manchmal durchaus gewalttätig sein, wenn es darum ging, sich gegenüber manchen Einheimischen durchzusetzen, aber Mord war ein ganz anderes Kaliber.

Warum wollte Bérenger einen Tempel in seinem Dorf errichten? Ein Bauwerk, das man als winziger unbedeutender Mensch gar nicht mehr richtig wahrnehmen konnte, wenn man sich in dessen Inneren befand? Aus meinen

Geschichtskenntnissen wusste ich nur, dass Römer und Griechen so etwas erbauten, um ihren nicht gerade wenigen Göttern zu huldigen und sie gnädig zu stimmen. Es war eine reine Vorsorge gegen bevorstehende Naturkatastrophen. Und natürlich hatte ein Tempel auch ein Heiligtum zu beinhalten, im Sinne eines Gegenstandes, der die göttliche Macht symbolisieren sollte.

Also fragte ich mich, ob Saunière vielleicht etwas viel Geheimnisvolleres entdeckt hatte, einen Gegenstand, der würdig war, eine zentrale Position im Inneren des Bauwerkes einzunehmen. Mir schossen mehrere Antworten durch den Kopf, eine davon drehte sich um den Heiligen Gral, der einigen Vermutungen zufolge, vorher sogar in Montségur gewesen sein soll.

„Das müssen Sie mir schon erklären. Solche Bauwerke sieht man schließlich nicht alle Tage, vor allem nicht in abgelegenen Bergdörfern. Um gewisse geheime Dokumente vor unbefugten Zugriffen zu schützen, braucht es meiner unmaßgeblichen Meinung nach nicht unbedingt dicke Mauern. Da würde doch ein moderner einbruchssicherer Safe auch genügen. Außerdem finde ich, dass es durchaus bereits genügt, wenn Ihr Dorf solche Bauwerke wie die Villa Bethania oder Ihren Bibliotheksturm aufzuweisen hat. Sie ragen aus den üblichen Natursteinhäusern von Rennes-le-Château sowieso schon als markantes Merkmal heraus. Ich kann Ihnen nur versichern, hundert Jahre später wird Rennes-le-Château von vielen Touristen besucht werden, schon alleine, um etwas über Ihr Leben zu erfahren. Ohne Sie würde dieses Dorf weiter durch die Jahrhunderte hindurch seinen Dornröschenschlaf fortsetzen. Ich selbst bin ja auch deswegen hierhergekommen, da man viel über Sie und Ihren geheimnisumwitterten

Reichtum geschrieben hat. Allerdings bin ich keiner von denen, die etwas davon abhaben wollen. Schließlich muss jeder selbst auf seine Art versuchen, glücklich zu werden, ob mit oder ohne materielle Dinge. Bérenger, ich bitte Sie als Freund, gehen Sie keinen Pakt mit dem Teufel ein – Sie sind kein Doktor Faustus."

Ich war ausgesprochen aufgewühlt wegen seines Vorhabens. Einen Tempel wollte er errichten lassen, vergleichbar mit einem der Sieben Weltwunder. Dass man den Tempel Saunières einmal im gleichen Atemzug mit den Pyramiden von Gizeh oder den Hängenden Gärten der Semiramis nennen würde, konnte ich mir beim besten Willen nicht vorstellen. Aber vielleicht gab es ja noch etwas anderes, viel Wertvolleres, was er dort unterbringen und mir erst ganz am Schluss verraten wollte.

Dann schoss mir ein aberwitziger Gedanke blitzartig durch den Kopf, der mir Gänsehaut bereitete.

Nein, das konnte nicht möglich sein – oder doch? Er hatte schon mehrmals davon gesprochen, auch in meiner Gegenwart. Jedoch hatte ich es nie ernsthaft in Erwägung gezogen, mir Gedanken darüber zu machen, wo es sich im Augenblick befände – das Grab des Christus hier in Südfrankreich! Hatte er vor, es nach Rennes-le-Château zu versetzen? Ich unterließ es, ihn direkt darauf anzusprechen, irgendwann würde er es mir schon noch verraten.

Während unserer Unterhaltung bewegte sich der Zug jetzt immer weiter Richtung Norden durch die herrliche Landschaft des Rhonetals.

Der Abbé und ich saßen uns währenddessen eine ganze Weile schweigend gegenüber, jeder von uns hing seinen eigenen Gedanken nach. Ich konnte mir vorstellen, dass Bérenger weiter von seinem monströsen Vorhaben träumte und was mich betraf, so freute ich mich darauf, wieder ein paar Eindrücke von der Camargue zu sammeln, auch wenn wir nur am nördlichen Rand dieses romantischen Landstriches entlangfuhren.

Ich dachte daran, dass diese Gegend sicher auch schon im ausgehenden 19. Jahrhundert bei vereinzelten Touristen sehr beliebt war, nicht zuletzt wegen ihrer traditionellen Pferde- und Rinderzucht, die schon seit dem Mittelalter existierte und von den Arabern eingeführt wurde.

Die Zeit war wie im Flug vergangen und wir erreichten die Stadt Nimes.

Saunière meinte, dass man in ihr die meisten antiken Bauwerke Frankreichs an einem Punkt fände. Besonders erwähnenswert seien hierbei ein Amphitheater, datiert aus dem 1. Jahrhundert, ein Tempel und Reste von Römischen Thermen.

Leider war es mir dieses Mal nicht vergönnt, dies alles zu besichtigen, da unser Zug nur eine Viertelstunde Aufenthalt im Bahnhof hatte. Saunière nutzte dennoch die kurze Zeit, um sich außerhalb des Zuges etwas die Beine zu vertreten und frische Luft zu schnappen.

Als dann der Pfiff zur Abfahrt ertönte, saß er mir auch schon wieder in gewohnter Manier gegenüber. Es habe ihm gutgetan und schließlich könne man ja nicht die ganze Zeit auf einem Fleck sitzenbleiben, meinte er entspannt.

Ich wollte die Gelegenheit nützen, um noch mehr über ihn zu erfahren, als mir bisher bekannt war. Ich beschloss deshalb, ein neues Thema anzuschneiden. „Reisen Sie eigentlich gerne?"

„Oh ja, mit großer Leidenschaft. Ich fühle mich zwar sehr wohl in meiner Pfarrei, aber ab und zu drängt es mich dazu, einmal etwas Neues kennenzulernen. Und wo kann man das besser als auf verschiedenen Reisen? Ich denke, kein Mensch sollte irgendwo stehenbleiben, sondern bereit für etwas Neues und Unbekanntes sein. Dazu hat uns Gott auch unter anderem geschaffen, dafür dass wir unseren Horizont ständig erweitern und nur so können wir die Welt um uns herum auf Dauer verstehen."

Eine Einstellung, die ich sehr lobenswert fand, aber zu seinen politischen Ansichten passte dies überhaupt nicht. „Lassen Sie uns über das Reisen sprechen." Ich verfiel in einen regelrechten Interviewton, aber das war mir egal. „Ich habe erfahren, dass Sie schon des Öfteren Paris besucht haben. Ich selbst muss gestehen, dass ich noch nie dort war. Ich bin gespannt darauf zu hören, was ein Reisender wie Sie darüber zu berichten hat."

Ich fragte mich, ob er mir auch von seiner heimlichen Freundin, Emma Calvé, berichten würde.

„Ja, das stimmt. Ich war tatsächlich schon mehrmals in Paris, muss jedoch gestehen, dass es so groß ist, dass man jedes Mal neue Eindrücke bekommt. Auch kann ich behaupten, noch lange nicht alle Sehenswürdigkeiten dort zu Gesicht bekommen zu haben. Dazu müsste man schon mindestens zwei Wochen dort verbringen. Ihnen kann ich empfehlen, es sich irgendwann selbst anzusehen, es ist diesen Zeitaufwand allemal wert." Ich sah ihm eine ziemliche Begeisterung an.

Für mich stand fest, dass er nicht nur wegen der Sehenswürdigkeiten gute Gründe hatte, dorthin zu fahren. Ich wagte es deshalb, ihn zu fragen, was einen unbedeutenden und bescheidenen Landpfarrer ausgerechnet nach Paris führen würde, außer seiner Vorliebe für Reisen.

„Vor allen Dingen sind es Studiengründe." Diese wollte er mir gegenüber allerdings nicht näher ausführen.

Ich wusste es trotzdem: Der wahre Grund für seinen Besuch in Paris bestand darin, dass er beim ersten Mal wertvolles Gepäck mit sich führte. Denn niemand anderes als sein Freund und Gönner, der Bischof von Carcassonne, hatte ihm vor ein paar Jahren 500 Francs in die Hand gedrückt und ihm den Auftrag erteilt, die von Saunière aufgefundenen Schriftstücke nach Paris zu bringen, um deren Inhalt von einigen Kirchengelehrten entschlüsseln zu lassen. Aber das verriet er mir natürlich nicht. Stattdessen erzählte er andere Dinge. „Ich hatte damals die Gelegenheit, erste Eindrücke von Paris zu sammeln. Sogar ein Verlagshaus durfte ich besuchen, wo ich der Herstellung eines Buches beiwohnen konnte. Man glaubt nicht, wie viele Arbeitsschritte hierfür erforderlich sind. Was mich noch mehr erfreute, war, dass ich mehrere interessante Persönlichkeiten des öffentlichen Lebens kennenlernen durfte. Ich habe mich mit ihnen angefreundet und sie haben mich im Gegenzug schon einmal in meinem Dorf besucht. Gottseidank konnte ich sie in der Villa Bethania empfangen, da ich wusste, dass sie höhere Ansprüche, was das Ambiente betraf, hatten. Sie waren übrigens sehr überrascht angesichts eines derart beeindruckenden Bauwerkes mitten in einem abgelegenen Nest wie Rennes-le-Château. Aber das nur nebenbei bemerkt." Er grinste dabei schelmisch bis über beide Ohren und konnte einen gewissen Stolz nicht verbergen.

„Welche Persönlichkeiten haben Sie denn damals eingeladen?"

Er überlegte kurz. „Nun, es waren Wissenschaftler und Künstler darunter, sehr interessante Menschen jedenfalls."

„So weit ich informiert bin, befand sich darunter auch eine international bekannte Opernsängerin."

Diese unverschämte Frage störte ihn überhaupt nicht, er sprach sogar mit einer gewissen Begeisterung von ihr. „Sie meinen damit sicherlich Emma Calvé, oder?"

Ich nickte.

„Nun ich will Ihnen sagen, was mich an ihr so fasziniert. Es ist einfach so, dass sie eine richtige Persönlichkeit ist und das liegt nicht nur an ihrem äußeren Erscheinungsbild. Verstehen Sie, sie ist in der Welt schon herumgekommen und hat dadurch andere Kontinente besucht. Das kann nicht jeder von sich behaupten. Es prägt einen auch und verleiht Selbstbewusstsein und ein sicheres Auftreten. Ich wette mit Ihnen, dass Sie in Rennes-le-Château niemanden finden, der so etwas von sich behaupten kann. Dadurch, dass die meisten aus ihrem Umfeld gar nicht herauskommen, besitzen sie auch eine ziemliche Engstirnigkeit und ihr Horizont, was ihren Geist angeht, ist doch ganz schön begrenzt. Ich möchte deswegen jetzt niemanden schmälern, es sind größtenteils liebe Menschen, aber … naja, sie wissen schon, was ich meine. Emma Calvé ist jedenfalls eine Frau von Welt und eine begnadete Ausnahmekünstlerin. Bei allen meinen Begegnungen mit ihr konnte ich immer wieder etwas von ihr lernen. Ich komme mir noch heute wie ein ungehobelter Bauernflegel in ihrer Gegenwart vor."

Ich tappte jetzt von einem Fettnäpfchen ins nächste. „Lieben Sie diese Frau?" Jetzt war es heraus und im selben Moment tat mir diese Frage schon wieder leid.

„Ach ja, die Liebe. Ich erzähle Ihnen ja nichts Neues, wenn ich Ihnen sage, dass ich eigentlich wegen des Zölibats nur unseren Herrgott lieben darf. Andererseits bin ich eben auch nur ein Mann, welcher sein Gelübde nicht immer im Griff hat. Aber versprechen Sie mir bitte, dass dies unter uns bleibt."

„Was sollte ich für einen Nutzen daraus ziehen? Aber trotzdem stehen Sie ständig zwischen zwei Frauen. Für mich wäre dies schon als einfacher Mensch keine leichte Situation. Ich kann mir vorstellen, dass es für Sie als Pfarrer ungleich schwerer ist. Ein Streit aus Eifersucht fällt bestimmt im Dorf sehr schnell auf, denke ich mir."

„Das ist tatsächlich ein kleines Problem." Er schmunzelte.

„Ein kleines Problem?" Ich wurde wieder etwas lauter und bereute es zugleich. „Sie scherzen, mein lieber Abbé. Wenn man an höherer Stelle davon Wind bekommt, möchte ich nicht in Ihrer Haut stecken. Sie dürfen diese Sache nicht einfach auf die leichte Schulter nehmen. Immerhin kann es bis zur Exkommunikation führen! Wie verhält sich Ihr Amtskollege Boudet zum Beispiel dazu? Er weiß doch bestimmt auch etwas davon, oder?"

„Er mischt sich da nicht ein, weil er der Meinung ist, das ginge ihn nichts an. Er meint, ich dürfe es nur nicht übertreiben, ansonsten wäre es meine Sache."

Ich merkte schon, dass es ihm immer unangenehmer wurde und beschloss, einen Schlussstrich zu ziehen.

Wir sahen gleichzeitig aus dem Fenster und schwiegen.

Insgeheim aber dachte ich, dass Emma Calvé nicht der einzige Grund für Saunières Aufenthalte in Paris war, da steckte garantiert noch mehr dahinter.

RENNES-LE-CHÂTEAU

Es war Nachmittag geworden und Marie wollte die Zeit nutzen, um verschiedene Dinge zu erledigen, die bisher liegengeblieben waren. Außerdem wollte sie einmal in Bérengers Turm nach dem Rechten sehen und nötigenfalls dort etwas aufräumen und vielleicht sogar putzen.

Zwar wusste sie, dass er dies nicht gerne sah, aber sie setzte sich einfach darüber hinweg und ließ ihn meckern. Meistens endete es damit, dass er resignierte und sie gewähren ließ. Am Ende war er doch immer froh, dass es dann zivilisierter in seinem Büro aussah.

„Ihre beiden Männer" waren also unterwegs nach Lyon. Langsam hatte sie auch Monsieur Berger in ihr Herz geschlossen. Er war für sie ein ehrlicher Mensch, mit dem man über vieles reden konnte. Bestimmt hatte er auch schon beobachtet, dass sie ein spezielles Verhältnis mit ihrem Bérenger pflegte. Sie hatte nämlich ab und zu das Gefühl, dass er sie und Saunière heimlich belauschte, wenn sich die Gelegenheit bot.

Jedoch tat sie so, als hätte sie nichts bemerkt. Außerdem schätzte sie ihn als verschwiegen genug ein, dass er alles für sich behalten würde. Sie fuhr damit fort, das

Geschirr in der Küche aufzuräumen, als es energisch an der Tür klopfte. Ohne abzuwarten, dass man ihm öffnete, stürmte Abbé Boudet herein. Bevor er überhaupt anhob, etwas zu sagen, merkte sie an seinem ganzen Verhalten, dass irgendetwas nicht stimmte.

„Guten Tag, Hochwürden. Sie wollten doch erst morgen vorbeikommen, um den Gottesdienst abzuhalten. Was ist der Grund Ihres Kommens?"

Boudet zitterte am ganzen Körper und der Schweiß trat ihm aus sämtlichen Poren. „Stellen Sie sich vor, mein Kind, es ist etwas Schreckliches passiert. Während ich in unserem Dorf den Gottesdienst abhielt, wurde im Pfarrhaus nebenan eingebrochen. Man hat dort sämtliche Schränke durchwühlt. Ich war ja selbst daran schuld, denn ich habe es vorher nicht abgeschlossen und so hatten die Einbrecher leichtes Spiel. Ach Gott, ach Gott, ach Gott, es ist alles so entsetzlich!"

„Hat man denn etwas entwendet", fragte Marie schockiert.

„Eben nicht!" schrie er beinahe. „Das ist ja gerade das Seltsame." Boudet ließ sich schwerfällig auf einen in der Nähe stehenden Stuhl sinken, dann zog er ein Taschentuch aus seiner Jacke hervor und wischte sich damit den Schweiß aus seinem Gesicht.

„Sie sprachen vorhin von den Tätern. Wie kommen Sie darauf, dass es mehrere gewesen sein könnten?"

„Das hat mir die alte Odette erzählt. Wie an jedem zweiten Tag in der Woche war sie auch dieses Mal wieder auf dem Weg zum Pfarrhaus, um dort zu putzen. Sie konnte bereits aus der Ferne beobachten, dass die Türe weit offen stand und hat sich darüber gewundert, weil sie wusste, dass dies nicht meine Art ist. Dann konnte sie verfolgen, wie zwei Männer eiligst das Pfarrhaus verließen. Als sie Odette bemerkten, sind sie in verschiedenen Richtungen davongerannt. Odette erzählte mir, dass sie die Beiden noch nie hier in dieser Gegend gesehen hätte und es sich demnach nur um Fremde handeln könnte."

„Hat sie denn die Männer wenigstens beschreiben können?" „Nein, Odette meinte, dass alles sehr schnell gegangen wäre." Marie schüttelte ratlos den Kopf, so etwas war noch nie in der beschaulichen Idylle dieser Gegend vorgekommen. Dann meinte sie. „Aber was könnten sie gesucht haben, wenn noch alles vollständig vorhanden war? Könnte es Bargeld gewesen sein oder vielleicht etwas anderes Wertvolles? Haben Sie denn wenigstens Fabius verständigt und war er schon dort, um sich vor Ort ein Bild über den Schaden zu machen?" Fabius war der für die umliegenden Dörfer zuständige Gendarm, ein einsamer Außenposten der Landpolizei, der nur ein kleines Büro in seinem Haus in Rennes-les-Bains hatte. Dort traf man ihn meistens schlafend an, da er fast nie etwas zu tun hatte. Die nächste größere Polizeistation befand sich in Couiza und von dort verirrte sich so gut wie keiner jemals nach Rennes-le-Château.

Boudet seufzte. „Selbstverständlich habe ich ihn holen lassen. Allerdings meinte er nur, er könne nichts für mich tun. Dazu müssten schon die Kollegen aus Couiza heraufkommen und gründlich nach Spuren suchen. Zwar befragte er auch Odette, aber wie gesagt, sie konnte ihm da auch nicht weiterhelfen. Ach, es ist ein Jammer!" Maria sprach jetzt aus, was Boudet ebenfalls schon durch den Kopf gegangen war: „Schade, wenn Abbé Saunière jetzt hier wäre, könnte man wenigstens gemeinsam überlegen, was man noch tun könnte."

„Da stimme ich Ihnen zu. Hat er Ihnen gegenüber etwas verlauten lassen, wann er zurück sein wollte?"

„Er hat nur erwähnt, dass er und Monsieur Berger mindestens drei Tage abwesend sein würden, denn alleine die An- und Abreise mit dem Zug nähme schon zwei volle Tage in Anspruch."

Boudet war sehr überrascht darüber, dass dieser deutsche Tourist Saunière begleiten würde. Er hatte zwar nichts gegen ihn, aber dass ihm Saunière jetzt schon so vertraute, war ihm neu. „Das ist äußerst fatal. Ich bin mir nämlich gar nicht sicher, ob sich dieses Diebsgesindel bei seinen Einbrüchen nur auf Rennes-les-Bains beschränkt, oder ob sie vorhaben, auch die anderen Dörfer heimzusuchen. Eine bestimmte Vermutung treibt mich um, was sie vielleicht suchen könnten. Wenn dies tatsächlich so wäre, dann müssten wir unverzüglich handeln."

Marie wollte ihn erst gar nicht fragen, was er damit meinen würde, sie konnte es sich denken. Boudets Vermutung ließ sie erbleichen. Sie und der Pfarrer von Rennes-les-Bains, aber auch höchstwahrscheinlich Gelis waren unzweifelhaft in großer Gefahr, denn man musste damit rechnen, dass sich die Einbrecher notfalls ihre Informationen mit Gewalt beschaffen würden.

„Sie müssen auf jeden Fall sämtliche Türen der Kirche zusperren, sie dürfen nur noch während der Gottesdienste offenbleiben. Ich kann mir zwar vorstellen, dass dies Saunière überhaupt nicht schmecken wird, aber es ist unbedingt erforderlich. Ich will vorher dort nochmal nach dem Rechten sehen. Geben Sie mir bitte die Schlüssel, damit ich nachher absperren kann."

Er hatte Marie ziemlich überrumpelt.

Sie händigte ihm die Schlüssel aus und ehe sie noch etwas dazu sagen konnte, war Boudet schon wieder verschwunden.

Bevor er die Kirche betrat, schaute er sich um, da er sichergehen wollte, dass ihm niemand gefolgt war. Dann ging er hinein und zog so geräuschlos wie möglich die Kirchentüre hinter sich zu.

Gerade als die Dunkelheit Oberhand gewann, drehte er sich zur Seite und erschrak, als er der Statue des Asmodis unvermittelt in die kalten blauen Augen blickte. Diese funkelten ihn böse an.

Vor Schreck bekreuzigte er sich ein paar Mal, ärgerte sich jedoch kurz darauf, dass er solch ein Hasenfuß war. Er hielt auf den Altar zu und zündete dort zunächst zwei Kerzen an, um etwas erkennen zu können. Ein unheimliches Flackern ließ geisterhafte Schatten an den Wänden tanzen.

Bei Saunières Versteck angekommen, nahm er den zylinderförmigen Behälter aus dem Betonpfeiler.

Genau in diesem Moment ging die Tür auf und Marie kam herein. „Was tun Sie da, Hochwürden?"

Boudet war zusammengezuckt wie ein kleines Kind, das man beim Naschen von Verbotenem ertappt hatte. „Ich äh, ich äh, ich habe es mir überlegt. Hier in der Kirche sind die Dokumente auf keinen Fall mehr vor fremden Zugriffen geschützt. Diese Türen sind nicht einbruchsicher, jeder kleine Dieb kann sie mit Leichtigkeit öffnen. Deshalb werde ich…", er schluckte hörbar, „…sie an mich nehmen und mir einstweilen überlegen, wo ich sie unterbringen kann. Das müssen Sie verstehen, denn für mich steht auch außer Zweifel, was dieses Diebsgesindel tatsächlich gesucht hat. Ich glaube, es ist nur noch eine Frage der Zeit, bis sie auch hier auftauchen werden."

Marie jedoch hatte keinerlei Verständnis für Boudets Vorhaben. „Aber was wollen Sie Abbé Saunière sagen? Wie wollen Sie ihm das klarmachen? Sie kennen ihn schließlich, er wird furchtbar wütend reagieren."

Boudet dachte nach. Er kam zu dem Entschluss, dass er die Papiere auch nicht behalten konnte, zumal damit gerechnet werden musste, dass die Diebe möglicherweise ein zweites Mal das Pfarrhaus von Rennes-les-Bains durchstöbern könnten. „Ich muss Ihnen Recht geben, Marie. Die Situation erfordert es, zu handeln. Die einzige Alternative, welche mir noch einfiele, wäre der Tresor von Abbé Gelis in Coustaussa. Dort wären sie wahrscheinlich sicherer als bei uns beiden aufbewahrt. Dafür muss auch mein geschätzter Kollege Saunière Verständnis aufbringen."

Boudet musste Marie versprechen, unbedingt mit ihrem Bérenger über den Verbleib seines „Schatzes" zu reden und ihn davon zu überzeugen, dass es die einzige Möglichkeit wäre, einem Diebstahl der Papiere nachhaltig vorzubeugen.

Sie holte eine schwarze Aktentasche aus der Villa Bethania, in welcher der Abbé die Dokumente verstaute.

Gemeinsam verließen sie die Kirche, wobei sich Boudet erneut davon überzeugte, dass kein ungebetener Zaungast die Szene beobachtet hatte. Dann verschloss er trotzdem noch die Kirchentüre.

So unauffällig wie möglich begaben sie sich zu Boudets Kalesche, die er etwas oberhalb der Villa Bethania abgestellt hatte. Der Abbé setzte sich schwungvoll auf den Kutschbock, vergewisserte sich dabei aber, dass die neben ihm liegende Aktentasche keinesfalls herunterfallen konnte. Dann beugte er sich zu Marie herunter. „Also, ich werde die bewussten Sachen jetzt zu Abbé Gelis bringen und Sie werden mir versprechen, dass Sie niemandem ein Wort davon verraten. Morgen früh werde ich wegen des Gottesdienstes vorbeikommen. Bis dahin Au revoir, Mademoiselle." Dann trieb er sein Pferd zur Eile an und verschwand zügig vom Ort des Geschehens.

Marie blieb noch ein paar Minuten stehen, blickte ihm hinterher und betete in Gedanken, dass alles gutgehen würde. Dann ging sie wieder ins Haus zurück.

Einige Zeit vorher jedoch hatte Caclar das Rathaus verlassen. Er war gerade im Begriff, zum Mittagessen nach Hause zu gehen. Gerade als er um die Ecke kam, fielen ihm aus der Ferne zwei ihm nur zu gut bekannte Personen auf, von denen die eine dem anderen eine schwarze Aktentasche aushändigte. Aber nicht die Übergabe als solche weckte sein Interesse, sondern wie sie sich dabei verhielten. Es war ihm sofort klargeworden, dass niemand sie dabei beobachten sollte.

Dabei drehte sich Mademoiselle Dénarnaud plötzlich genau in seine Richtung und es gelang ihm gerade noch so, sich in die Nische einer Hauswand zu drücken.

Als er dann sah, wie Boudet seine Kalesche mit der Tasche in der Hand bestieg und losfuhr, hielt ihn nichts mehr auf seinem Beobachtungsposten. Er rannte so schnell wie sein unförmiger Körper es zuließ, zurück zum Rathaus.

Dort stieß er mit Cornelius, dem Gemeindediener zusammen. Fast hätte er ihn deswegen angeblafft, besann sich aber in letzter Sekunde noch anders und instruierte ihn, er solle sofort Caclars Pferd satteln und Boudet damit unauffällig folgen.

„Warum?" fragte Cornelius, aber Caclar hatte keine Zeit für Erklärungen übrig und befahl ihm nur, er solle sofort tun, was er ihm aufgetragen habe.

„Du wirst den Abbé nicht aus den Augen lassen. Ich möchte genau wissen, wohin er fährt. Aber pass auf, dass er keinen Verdacht schöpft. Wenn du es herausgefunden hast, kommst du zurück und erstattest mir umgehend Bericht. Du findest mich heute noch länger in meinem Büro. Und jetzt beeil dich, dass du ihn noch einholst." Cornelius verstand überhaupt nichts mehr, holte aber das Pferd so schnell wie er konnte aus dem Stall und nur wenige Augenblicke später war er unterwegs. Zum Glück führte nur diese eine Straße nach Couiza hinunter und so konnte er den Abbé nicht verpassen.

Während Caclar sich nun endgültig auf den Weg zum Mittagessen am heimischen Herd machte, wunderte er sich, warum Saunière nicht bei der Übergabe der Mappe anwesend war. Sollte dieser vielleicht krank sein? Das musste er auf jeden Fall noch in Erfahrung bringen. Jetzt trieb ihn zuerst einmal der Hunger heim, beim Essen konnte er sich dann immer noch überlegen, was als nächstes zu tun wäre.

Als Marie wieder in die Villa zurückkam, konnte sie gerade noch verfolgen, wie jemand auf einem Pferd an ihrem Fenster vorbeiritt. Dessen Besitzer musste es offenbar sehr eilig haben. Allerdings konnte sie nicht mehr in Erfahrung bringen, um wen es sich dabei handelte, sonst hätte sie möglicherweise die nötigen Schlüsse daraus ziehen können.

Cornelius hatte Boudet gerade noch einholen können, war aber dennoch sorgsam darauf bedacht, angemessenen Abstand zu halten. Der Pfarrer sollte sich schließlich weiterhin sicher wähnen.

Auf diese Art ging die Verfolgung über einige Kilometer, bis Cornelius erkennen konnte, wohin die Fahrt führen würde. Als man dort ankam, ließ er sich automatisch etwas zurückfallen, konnte aber trotzdem aus sicherer Entfernung beobachten, wie Boudets Kalesche vor dem Pfarrhaus von Coustaussa zum Stehen kam.

COUSTAUSSA

Gelis hatte gerade sein Mittagessen beendet und ließ sich zufrieden an die Lehne seiner Küchenbank zurückfallen. Den Vormittag hatte er damit verbracht, den Gottesdienst wie an jedem Tag abzuhalten. Dieser war nur spärlich frequentiert worden, nur vier Leute hatten sich im Innenraum der Kirche zwischen den Bänken eingefunden. Vielleicht lag es daran, dass es wie überall in den umliegenden Dörfern nur Bauern und Tagelöhner gab, die zur Zeit des Gottesdienstes ihrer gewohnten Tätigkeit auf den Feldern oder im Stall nachgehen mussten. Schließlich machte sich die Arbeit nicht von alleine. Möglicherweise bestand aber auch der Grund darin, dass Gelis im Dorf nicht besonders beliebt für seine Predigten war.

Trotz seines verantwortungsvollen Amtes war er ein Einzelgänger geblieben, dem man privat nicht zu nahe kommen durfte. Aber man behandelte ihn mit Respekt, denn er kümmerte sich besonders um kranke und alte Leute. Dies brachte ihm auch großes Lob vom Bürgermeister seines Dorfes ein.

So auch heute wieder, als er nach dem Gottesdienst den alten Julian Duclot dienstlich besuchte, um ihm die Sterbesakramente abzunehmen, weil er eigentlich im Sterben lag, wie gesagt – eigentlich. Aber jedes Mal, wenn Gelis zu ihm kam und diese Aufgabe durchführen wollte, musste er dies wieder verschieben, da es Julian urplötzlich wieder besser ging und er laut eigenem Bekunden keinerlei Lust hatte, jetzt schon zu sterben.

So blieb Gelis nichts anderes übrig, als sich mit dem verhinderten Sterbenden eine geschlagene Stunde über Gott und die Welt zu unterhalten, bis dieser ihn endlich entließ.

Gerade als Gelis sich von ihm verabschiedet hatte und sich im Hinausgehen befand, rief ihm dieser spitzbübisch hinterher: „Bis zum nächsten mal, Herr Pfarrer!"

Gelis amüsierte dies heimlich, was er sich aber nicht weiter anmerken ließ. Er war sich im Klaren darüber, dass Duclot, wie viele alte Leute, eben nur etwas Ansprache brauchte.

Gelis wusste, dass er selbst nicht mehr der Jüngste war und noch dieses Jahr in den wohlverdienten Ruhestand gehen sollte. Deshalb hatte er vor fast zwei Monaten, genauer gesagt im September des Jahres 1897, seinen Cousin Maurice Malot damit beauftragt, für ihn nach einem Haus, welches er als Alterssitz nach Beendigung seiner Laufbahn als Abbé beziehen wollte, zu suchen.

Malot war zu diesem Zeitpunkt ebenfalls Priester und wirkte in Grezes, einem Dorf am Rand der mittelalterlichen Stadt Carcassonne.

Wie bereits erwähnt, lebte Gelis alleine. Die einzige Person, die jemals bei ihm wohnte, war seine Schwester und frühere Haushälterin Marianne. Diese war allerdings seit einigen Jahren tot und seitdem kümmerte sich seine Nichte Marie Malot um ihren Onkel, indem sie ihm täglich etwas zu essen brachte und zweimal in der Woche bei Francoise Pagès, der in Coustaussa einen kleinen Laden hatte, für ihn einkaufte.

Gelis hatte inzwischen ein stolzes Alter von 70 Jahren erreicht Früher war er eine stattliche Erscheinung gewesen, aber davon war nicht mehr viel übriggeblieben. Er wirkte durch das Alter unscheinbar und kämpfte mit diversen gesundheitlichen Beschwerden. Es wurde einfach Zeit, dass ein Nachfolger seine Arbeit weiterführte, denn er fühlte sich müde und war seiner Meinung nach schon viel zu lange im Amt.

Ein lautes Klopfen an der Tür ließ ihn hochschrecken. Wer konnte das nur sein?

„Ja, ja, ich komme ja schon", antwortete er und schlurfte dabei demonstrativ ohne Eile zur Tür.

Abbé Boudet stand überraschend vor ihm.

„Henri, was um alles in der Welt machen Sie hier?" Dabei blickte er ihn an, als wäre ihm gerade ein Geist erschienen. „Sie sind ja völlig außer Atem, was ist passiert? So erzählen Sie doch."

Boudet vergeudete keine große Zeit mit Begrüßungsfloskeln und legte stattdessen sofort los, um ihm alles zu berichten, was sich seit Saunières Abfahrt ereignet hatte.

Gelis seufzte nur zur Bestätigung. „Ich habe schon immer geahnt, dass es irgendwann soweit kommen wird. Schon als mir Saunière die Kopien seiner Dokumente zur Verwahrung in meinem Tresor gab, war ich mir nicht sicher, ob es nicht doch irgendjemand mitbekommen hätte. Aber der Herr bestand ja unbedingt darauf, sie mir aufnötigen zu müssen. Er war der Meinung, dass es auf Dauer die beste Lösung für uns alle wäre. Warum er mir allerdings nur die Durchschriften seiner mittlerweile unheilbringenden Papiere gab, habe ich bis zum heutigen Tag nicht so recht verstanden, obwohl er es mir zugegebenermaßen schon ein paar Mal zu erklären versucht hat. Dass das Ganze ein gravierender Fehler war, hat sich jetzt als bittere Wahrheit entpuppt. Zwar gab es hier in der ganzen Umgegend in den letzten zehn Jahren keinerlei nennenswerte Einbrüche mehr, aber irgendwann ist eben immer das erste Mal."

„Fragen Sie mich auch nicht, warum. Offenbar konnte er sich einfach aus purem Egoismus nicht von den Originalen trennen. Umso wichtiger ist es jetzt für uns alle, dass Sie diese nun ebenfalls an sich nehmen. Wir müssen sie auf jeden Fall vor fremden Zugriffen schützen. Antoine, ich verlasse mich da ganz auf Sie. Die Dokumente sind einfach nicht mehr sicher in der Kirche von Rennes-le-Château. Das muss auch Saunière einsehen, wenn er wieder hier ist. Also nochmals, verwahren Sie die Schriftstücke. Ich werde es Saunière gegenüber voll und ganz verantworten. Was mich betrifft, so werde ich versuchen, ihn zu überzeugen, dass es für uns alle das Beste ist, wenn die Dokumente vorerst einmal hierbleiben, bis wir wieder Entwarnung geben können."

Boudet war aber noch nicht fertig. „Wir sollten so bald wie möglich über unser weiteres Vorgehen beraten. Der Inhalt der Dokumente ist, wie wir wissen, einfach zu brisant und man kann sich ausmalen, was passieren wird, wenn sie in fremde Hände geraten sollten. Bei einer Veröffentlichung könnten sie sogar die Welt gravierend verändern, besonders das christliche Glaubensbild und die gesamte Lehre der beiden christlichen Kirchen könnten nachhaltig ins Wanken geraten. Das müssen wir verhindern und zwar um jeden Preis."

Dass dieser Preis später sehr hoch sein würde, wusste bis dahin noch keiner der Beiden. Gelis war aber nach wie vor der Skeptischste von den Dreien, aber was sollte er machen? Mitgefangen – mitgehangen galt jetzt auch für ihn.

Trotzdem wagte er zaghaften Widerspruch. „Wenn nicht dieses vermaledeite Testament der Magdalena darunter wäre, an dessen Echtheit ich übrigens immer noch etwas zweifle…"

„Kein Wort mehr darüber", unterbrach ihn Boudet. „Davon darf einfach niemand wissen. Wenn insbesondere dieses Schriftstück abhanden kommen würde, würde das offene Chaos in unserer Welt ausbrechen, das wäre nicht auszudenken! Nehmen Sie jetzt um Gottes willen endlich die Aktentasche und legen Sie sie in Ihren Safe. Dann werde ich wieder verschwinden." Boudet war puterrot im Gesicht geworden.

Schweigend und ziemlich eingeschüchtert verschwand Gelis nach oben, denn dort befand sich sein Tresor. Dieser Raum besaß ein Fenster, von welchem man einen direkten Blick auf Rennes-le-Château und damit auch auf Saunières Turm hatte. Hier oben schien von der Luftlinie aus gesehen keine große Entfernung zwischen den beiden Dörfern zu bestehen. Gelis und Saunière hätten sogar mittels Lichtzeichen oder ähnlichem miteinander kommunizieren können, wenn es nötig gewesen wäre.

Bei Gelis Rückkehr nach unten verloren die Beiden keine großen Abschiedsworte mehr, denn Boudet wollte unbedingt noch vor Einbruch der Dunkelheit wieder in Rennes-les-Bains sein. Außerdem hatte er ziemliche Angst, als er sich wieder auf der Straße befand. Dabei meinte er, einen flüchtigen Schatten gesehen zu haben, der eilig davongehuscht war.

„Unsinn, das rede ich mir nur ein. Da war nichts. Ich darf nicht anfangen, jetzt auch noch Gespenster zu sehen."

Dann bestieg er seine Kalesche und fuhr eilig los.

Cornelius hatte genug gehört und sich gerade noch retten können, als Boudet vor das Haus trat. Er wartete nun solange, bis Gelis sich außer Sichtweite befand. Dann trieb er sein Kutschpferd ebenfalls an, um seinem Arbeitgeber möglichst schnell Bericht erstatten zu können. Vielleicht würde dieser alte Geizhals ihm ein paar Franc extra spendieren und ihn loben, wenn er von den Neuigkeiten erfuhr.

Ein Stein war ins Rollen gekommen und riss auf seinem unheilvollen Weg alles mit sich, was sich ihm in den Weg stellen sollte. Die beiden ahnungslosen Reisenden befanden sich jedoch nach wie vor auf ihrem Weg nach Lyon.

ENDE 1. TEIL

DANKSAGUNG

Das Beste zum Schluss. Selbstverständlich müssen alle lieben Menschen erwähnt werden, ohne die ein solcher Roman erst gar nicht möglich geworden wäre.

An erster Stelle steht wie immer meine liebe Frau Birgit, die zugleich mit Recht auch als meine größte Kritikerin bezeichnet werden darf. Zugleich hat sie mir auch den Rücken frei gehalten und mich meistens ungestört weiterschreiben lassen.

Katherina Ushachov von Phoenix Lektorat ist bei der Durchsicht meines Manuskripts ausgiebig ins Detail gegangen und hat mir wertvolle Ratschläge für das Schreiben eines Romans gegeben. Besonders die neue deutsche Rechtschreibung schien bis dahin noch nicht so recht bei mir angekommen zu sein. Aber jetzt bin ich darin schon sicherer dank Katherina.

Timo Hollenfels hat sich ebenfalls viel Mühe gegeben, um ein, wie ich finde, sehr ansprechendes Cover für mich zu gestalten. Vielen Dank an dieser Stelle auch an ihn.

Unbedingt aufgeführt werden müssen noch meine beiden Testleserinnen Ramona Tarka und Lea Katharina Schatz Abram, mit der mich mittlerweile schon so etwas wie eine "literarische Freundschaft" verbindet. Lea wohnt in Südtirol und es beweist einmal mehr, dass Freundschaften auch international sein können. Vielen Dank an euch beide.

Besonders erwähnt werden muss hier auch noch das "Rindlerwahn-Autorenforum", dessen liebe Leute ich inzwischen nicht nur aus dem Internet kenne, sondern auch bei einigen Treffen in Wien. Sie haben mir immer gerne weitergeholfen, wenn ich manches Mal ratlos vor dem Computer saß.

Last but not least gibt es da auch noch Roland Geisler, einen Schriftstellerkollegen, dessen Ratschläge aufgrund mehrjähriger Erfahrung für mich sehr wertvoll waren, was die Veröffentlichung eines Buches angeht.

Und natürlich nicht zu vergessen Ernst Heumann und Jutta Schneider-Dörnhöfer, die meinem Buch nochmals ausgiebig auf den Zahn gefühlt und alles in die richtige Ordnung gebracht haben.

Nochmals herzlichen Dank an euch alle und eines sei versprochen:

Die Legende um Abbé Saunière geht weiter.